SINE FINE

ISRAEL DEL ARCO

INDICE

- PARTE CUARTA -

AGRADECIMIENTOS

A mi mujer Marieta por su apoyo y por ser mi compañera de vida, a mi hijo Sergi por ser mi faro vital, a mi suegra Esther Pedregal, a Mayte Sanchidrián y Marta Parès por haberme ayudado a mejorar la novela con sus aportaciones y primera lectura. Y como no, a todos los que me animaron a seguir adelante, empezando por Dani Castillo con el que empezó todo. Gracias

PRÓLOGO

Corría el verano del año 2.010 en L'Hospitalet de Llobregat, Barcelona, a lo largo de una magnífica velada entre amigos en casa de Daniel y Miriam, donde una interesante conversación después de cenar supuso el inicio de lo que años después se fue transformando en la historia que se narra a continuación.

Recuerdo como Daniel nos explicaba que durante años había participado como locutor en un programa en *Radio Sant Boi* que se llamaba *"Días Extraños"*, un programa radiofónico sobre fenómenos paranormales, conspiraciones políticas, ufología, humor y rock and roll, según sus propias palabras. Aquella interesante conversación fue derivando hacia casos que habían tratado en el programa sobre fantasmas, el alma, y la vida después de la muerte, donde una vez entrados en materia, él y yo estuvimos horas hablando del tema, en una profunda conversación, ensimismados por si existía una respuesta lógica sobre la eterna pregunta de la humanidad: ¿hay algo más allá de la muerte?

Daniel, mucho más informado que yo, cómo no podía ser de otra manera por sus años de experiencia radiofónica, su profesión como profesor de secundaria y ser licenciado en historia, aparte de un completo enamorado de la arqueología, me comentó cómo la ciencia estaba empezando a investigar sobre el tema, y cómo empezaban a desarrollarse estudios que poco a poco parecían aproximarse a una posible respuesta, que por otra parte, podría acabar resultando definitiva, apoyada empíricamente por el estudio médico-científico.

Recuerdo como extrajo de su enorme colección de revistas, un ejemplar de la publicación *ENIGMAS* del año 2.008, concretamente el número 157, en ella, entre artículos de desclasificación de informes OVNIS en Inglaterra, descubrimientos arqueológicos en Egipto, había un interesantísimo artículo que bajo el título: *"La ciencia de las ECM"* hablaba de demostrar científicamente la hipótesis que confirmaría como la conciencia humana sobrevive más allá de la muerte corporal del ser humano. En el artículo también se detallaba, en contraposición, la existencia de otras teorías médicas más conservadoras que explicaban racionalmente como las reacciones químicas del cerebro, en el momento del fallecimiento, podían provocar alucinaciones al respecto y que explicaban estas

Experiencias Cercanas a la Muerte vividas por cientos de testimonios, demostrando que más allá de la muerte no había nada más, documentando las dos versiones contrapuestas con el fin de que cada uno sacara sus propias conclusiones al respecto.

Fue en ese preciso instante donde se me ocurrió la idea de esta historia, ¿qué pasaría si pudiéramos demostrar que después de la muerte hay algo más?, ¿qué pasaría si pudiéramos ir y volver?, a Daniel le parecieron muy interesantes estas reflexiones, y me prestó la revista, que aún conservo hoy en día, para que empezara a documentarme sobre el tema, animándome a escribirlas en forma de futura novela.

A lo largo de los años, lo que empezó con una simple conversación entre amigos, poco a poco, mediante la investigación, como una hormiguita, fui encontrando cientos de documentos sobre técnicas que actualmente se están desarrollando, descubriendo decenas de organizaciones médicas y científicas que trabajan y estudian sobre el tema con el máximo rigor, leyendo experiencias similares en miles de testimonios, conociendo el trabajo de investigadores y médicos ilustres que han dedicado su vida al estudio de la vida más allá de la muerte, y escuchando también a otros que no creen en esa posibilidad, centrándose en la realidad empírica, todo ello hasta completar la historia que aquí presento doce años después.

"La muerte es el comienzo de la inmortalidad." Maximilian Robespierre

"No le tengo miedo a la muerte, a lo que sí le tengo miedo es al trance, el ir hacia allá. Confieso que tengo curiosidad por saber de qué se trata." Atahualpa Yupanqui

"Si la muerte no fuera el preludio a otra vida, la vida presente sería una burla cruel." Mahatma Gandhi

"La vida es una gran sorpresa. No veo porque la muerte no puede ser una mayor." Vladimir Nabokov

"Para la mente bien organizada, la muerte no es más que la próxima gran aventura." JK Rowling

"Morir es como dormir. La muerte es hermana del sueño. El sueño es una muerte corta. La muerte es un sueño largo. Cuando duermes vives y cuando mueres también." Katrina Weiss

PARTE PRIMERA

Capítulo 1 LA ISLA DE LA CALMA

Siempre nos ha gustado hacer las vacaciones de verano en el mes de julio precisamente por esto, no nos ha costado para nada llegar a *Binigaus*, eso sí, como siempre, hemos sido incapaces de levantarnos pronto para ir a la playa, pero al fin hemos llegado después de veinte minutos de coche desde el pueblo de *Fornells*.

Sin lugar a duda esto sería impensable en un mes de agosto, donde la isla, nuestro paraíso mediterráneo deseado, se llena de turistas que provienen de Barcelona, Madrid, Italia, Francia e Inglaterra mayoritariamente, y llenan la ínsula hasta cerca del colapso. Sin embargo, la peculiaridad de este mes, aunque no vacío de actividad precisamente, nos permite deambular por la isla manteniendo ese ritmo lento, esa constante tranquilidad e intensa relajación. Esa sensación que inocula en el alma de cada individuo que cada año la visitamos, el virus benévolo tan propio y autóctono que los nativos de este peculiar territorio balear tienen en su sangre, el virus de la calma.

A Binigaus se llega desde una carretera local que comunica el sur desde el centro de la isla, por donde transcurre la carretera general que la atraviesa desde *Ciutadella* a *Maó*, y que parte la isla en dos mundos que a veces parecen desconectados cada uno de su propia realidad, el norte y el sur.

Una vez llegado al encantador pueblo de *Es Mercadal*, auténtico centro de la isla, uno se dirige hasta el sur por una carretera tranquila, preciosa, estrecha, y no muy larga, donde la frondosidad de sus árboles dibuja largas sombras en el asfalto, atravesando el entramado urbano de *Es Mitjorn Gran*, con sus casas encaladas blancas, típicas, de construcción menorquina, rodeada de kilómetros y kilómetros de muros de piedra que parcelan toda la isla, de este a oeste, y de norte a sur, muros bajos de piedra caliza o como aquí las llaman, *tanques menorquinas*.

Nos encontramos pasando el día, en esta playa virgen, no excesivamente larga, con aguas cristalinas de azul turquesa, muy común en esta parte de la isla, y a la cual se accede por un camino transitable que bordea la costa desde la *playa de San Adeodato*, lugar propicio para dejar aparcado el coche y olvidarte del urbanismo por un buen rato. Sólo diez minutos de caminata separan el bullicio veraniego de la autenticidad más pura de la isla, a través de dicho camino entre el mar y los muros de piedra, dónde la presencia de caballos menorquines dispuestos a saludarte en tu tránsito, hacen el trayecto muy agradable, presentándose ante tus ojos, imágenes envidiadas y dignas de postal.

Laia se está bañando con Ona, las observo desde la arena, y sin que me vean, les estoy haciendo fotos con el Iphone. Desde que estamos juntos, esta isla se ha convertido en nuestro refugio de verano, es el sitio donde somos capaces de desconectar desde hace más de una década y olvidarnos por unos días de la gran ciudad. Barcelona, aunque la amamos, puede llegar a ser un laberinto de tensiones que no te permite ni un segundo de respiro. Si además le añadimos que mi trabajo en el hospital no me deja tiempo para percibir momentos intensos más allá de la rutina, uno mismo se encuentra dentro del ritmo de vida cíclico, frenético, el cual te envuelve sin darte cuenta en una permanente sincronía continua, sin apariencia alguna, vestida de supuesta normalidad, una urbe como la *Ciudad Condal*.

Cuando no teníamos a Ona, aprovechábamos más para caminar por las calas recónditas y vírgenes de Menorca, *Cala Pregonda, Cala Pilar, Cala Pudent...* recorriendo algunos tramos del *Camí de Cavalls*, dónde el Mediterráneo exprime todas sus esencias para que puedas sentirlas y olerlas por cada rincón de la piel, recargando el alma de una energía intangible y vital.

No obstante, una vez nació la niña, viajar y moverse por el mundo se complicó en un nivel superior hasta ese momento desconocido por nosotros. La logística que comporta un bebé y los tempos de su alimentación hizo que nos replanteáramos disfrutar de lugares distintos en su enfoque y en su carácter, dónde la existencia de acceso y comunicación fácil no restara belleza a nuestra búsqueda del paraíso menorquín. Lugares como *Binisafúa, Binigaus,* o *Arenal de Son Saura*, los cuales nos permiten pasar largas jornadas veraniegas sin preocuparnos de dónde comer, y dónde aparcar, sin perder la esencia del verano menorquín que tanto deseábamos, que tanto esperábamos durante todo el año, y que era la moneda de cambio a la que no estábamos nunca dispuestos a renunciar.

A Ona le encanta, como a todas las niñas de su edad, construir castillos con la arena, simular palacios con princesas, pero sobretodo pasar horas y horas en esas aguas de color turquesa y transparentes como el cristal. Su madre y yo siempre intentamos estar a su lado, jugando, saltando, y disfrutando cada segundo de su corta vida, siete años que han pasado en un suspiro, pero siete años de máxima intensidad.

A todo el mundo siempre le explico que en el momento en el cual la comadrona me acercó aquel cuerpecito de casi medio metro y poco más de tres kilos, en el momento en que mi mirada la encontró, en el momento en el cuál yo también nací como padre, la sensación que me invadió y que hoy en día perdura aún, es la de estar descendiendo por un enorme tobogán, en el que se ha convertido mi vida, a una velocidad cada vez más endiablada, cada vez más acelerada. Aunque intento en vano frenar el tiempo con todas mis fuerzas, usando mis manos, clavando mis pies, no puedo evitar que la vida pase cada vez más rápida, que cada vez tenga la amarga sensación que es efímera y que contiene una fecha de caducidad limitada aunque a la par, desconocida.

Es en estos momentos donde los recuerdos que parecen cercanos en el tiempo, dónde pañales, papillas y biberones ocupaban nuestra realidad de manera cotidiana, me devuelven al presente y me hacen reflexionar que esos días ya han quedado un poco lejos. Es en este preciso momento, justo ahora mismo, mirándola a cámara lenta en el agua disfrutando de las olas, enfrente mío, donde empiezo a vislumbrar como, sin prisa, pero sin pausa, de forma continua y con una aceleración constante, se está moldeando una princesita. Como si de un castillo de arena se tratara, se va construyendo, se va formando una mujercita con su propio carácter, y su propia esencia, una mujercita única e irrepetible, Ona.

– ¡Ona venga sal ya del agua que nos tenemos que ir! –sin inmutarse como si no escuchara nada de lo que le digo, ella sigue impertérrita nadando y zambulléndose con aquellas gafas de piscina que tanto le gustan, una y otra vez.

– ¡Venga Ona!, sé que nos estás escuchando, va, que luego si no se hace tarde te prometo que iremos a los caballitos y atracciones de Fornells. –Laia con la inteligencia que sólo las madres son capaces de desarrollar, sabía qué tecla tocar para que su hijita reaccionara con una velocidad inusitada e instantánea.

– No sé cómo lo haces, a mí nunca me hace caso por las buenas y menos a la primera.

– Cariño, a veces comportarse cómo un adulto no es la mejor manera para que una niña reaccione, está de vacaciones, está disfrutando, …o le planteas un plan mejor, o… ¿para qué va a querer salir?

– Tienes razón… como casi siempre. –Hay momentos que es mejor reconocer las derrotas que enrocarse en batallas que uno sabe de antemano que tiene perdidas, aunque sea a expensas de malcriar a una niña en sus vacaciones soñadas, porque sinó, ¿para qué están las vacaciones sino son para disfrutar?

Cuando llegamos al apartamento después de una jornada intensa de playa, me viene a la mente como gozamos con un buen baño en la piscina, mientras juego un rato con Ona, y mi mujer nos mira tomando el sol, descansando desde la hamaca, es lo más cercano a la felicidad que he sentido nunca en mi vida. Sinceramente, esa sensación me encanta, pero irremediablemente, también me asusta, ¿cuánto durará? No pienses más Roger, disfruta lo que tienes en este momento, ese es el secreto.

Es de obligado cumplimiento, como cada año, cenar en *Es Cranc*, quizá el más famoso restaurante de Fornells, lugar de peregrinación para cientos de turistas que van en búsqueda de sus magníficas *calderetes de llagosta* que elaboran y cocinan como en ningún otro sitio. No obstante, resulta curioso como para los que venimos cada verano, hace muchos años ya que no las probamos ni degustamos, como tantas cosas, al final no hay nada mejor que unas buenas endivias al roquefort y una buena *graellada* de pescado para sentirte como un marqués o mejor aún, como un sultán, sin necesidad de pagar las excesivas y astronómicas cantidades que se pagan por una langosta cada verano, le llaman la ley de la oferta y la demanda.

El local está lleno, la reserva la hice como siempre con quince días de antelación, menos mal que Lluís, el *maître*, nos conoce desde hace años y siempre procura encontrar un hueco para nosotros.

La mesa la tenemos al lado de la barra central, justo debajo de las arcadas blancas que coronan y dividen el local en dos partes, como cualquier espacio de la isla, el blanco encalado está presente por todos lados.

Me invaden los recuerdos de cuando íbamos con el cochecito y Ona siempre se quedaba dormidita después de su biberón nocturno, entonces Laia y yo aprovechábamos para disfrutar de aquella intimidad temporal que una pareja en ciertos momentos necesita. Pero este verano, lejos ya de toda esa intimidad en otro tiempo prestada, nuestra princesita ya no escatima en pedir un buen plato para ella solita, no perdona su lenguado a la plancha, ni su Coca-Cola Zero con hielo y limón, para rematar como colofón el famoso tiramisú que hoy en día ya no puede faltar en cualquier negocio de restauración que se precie.

Salimos del restaurante, y antes de volver a nuestro apartamento paseamos por las calles tranquilas de Fornells, la brisa nocturna estival, que proviene directa del puerto de pescadores, actúa como un refrigerante placentero ante las elevadas temperaturas del mes de julio balear.

Al mirar algunas fachadas acicaladas, se nota que en breve, de hecho en pocas semanas, será *Sant Antoni*. Por eso las calles se empiezan a engalanar con guirnaldas para celebrar estas populares fiestas locales, con sus *caixers*, fabulosos jinetes montados en sus caballos, cabalgando entre la muchedumbre, suspendidos por aquellos valientes que al ritmo de la música y animados por las *pomadas*, aún a riesgo de ser aplastados, se sitúan debajo de esos animales preciosos y fantásticos que son los caballos menorquines, sin miedo a un mañana. Es lo que tradicionalmente se llama el *Jaleo*.

– Laia, ¿qué te parece si tomamos antes una pomada?

– Roger, ¿quieres decir?, ¿no es ya muy tarde?, deberíamos volver al apartamento, Ona está cansada y yo también.

La verdad es que me apetece mucho tomar esa bebida menorquina a base de limón exprimido, *Xifoner de Ferreries* y *Gin Xoriguer* menorquín, reducto de su pasado colonial británico, que tanto me gusta, pero tiene de nuevo razón. No me queda otro remedio, como cada noche, cuando llegue al apartamento me podré hacer una pomada y tomármela tranquilamente en la terraza mientras devoro las páginas de mi libro escogido para este período estival, *La Sombra del Viento*, hasta caer rendido por la placentera lectura y algún que otro grado de alcohol.

– ¿Sí que hay tráfico para salir de Fornells hoy? –Laia está en lo cierto, los coches se acumulan a la salida del pueblo que actúa como un cuello de botella.

– Bueno cariño, ya sabes que mucha gente viene a cenar aquí, igual que hacemos nosotros, menos mal que estamos cerca, al lado del pueblo. Es lo bueno de haber reservado este año el apartamento en Platges de Fornells, llegamos en un santiamén.

– Ona se ha dormido, tendrás que cogerla en brazos sin que se despierte cuando lleguemos.

Los veintiún kilos de aquella niña, cada vez me cuestan más de cargar sobre mis brazos. Dicen que cuando un niño crece los problemas crecen con ellos, pero un padre nunca está preparado para eso. En esta noche, en este momento, no puedo pensar más que en transportar a Ona sin que el sueño dulce e infantil se trunque y con ello mi pomada, no puedo evitar pensar que voy a llegar sudando al apartamento, pero por mi princesa siempre estoy dispuesto a soportar lo que haga falta.

Este año, después de la nefasta experiencia que tuvimos el verano pasado, con una reclamación tramitada de por medio, la empresa de alquiler se ha acabado disculpando finalmente, y como resarcimiento, o deferencia comercial como le han llamado ellos, nos ha facilitado sin coste alguno un Renault Clio. La verdad es que está resultando ser un coche la mar de práctico para moverse por esta isla de distancias cortas y trayectos rápidos, donde los lugareños conducen velozmente por ella como si de memoria conociesen todos los cambios de rasante y curvas que atraviesan su territorio. Siempre tengo la impresión, como si fuera un contrasentido, o se tratara de una extraña tradición insular oculta, que tuvieran la obligación o necesidad de llegar cinco minutos antes de lo previsto para no alterar su ritmo de vida, ni su calma.

En la noche oscura del verano menorquín, el trayecto que separa Fornells de la urbanización donde tenemos el apartamento es un recorrido muy corto, de no más de 10 minutos en coche. Una vez pasada la urbanización de *Ses Salines*, justo enfrente del restaurante *Ca Na Marga*, se encuentra el desvío a esa urbanización que tanto nos gusta. Siempre hemos soñado con comprar aquí algún día un pequeño apartamento para nuestros veranos en la isla, para gozar de nuestro tiempo cuando estemos ya jubilados, o para cuando Ona sea mayor y pueda disfrutar con sus amigos de Menorca como hacemos nosotros, si ella quiere por supuesto. Al final no nos engañemos, los hijos acaban haciendo lo que desean y no lo que queremos los padres. Aunque lo hagamos con todo el amor del mundo, cuando uno crece le gusta tomar sus propias decisiones, le llaman madurar.

Justo en la entrada, un enorme cartel nos anuncia que entramos en el acceso a la urbanización,

PLATGES DE FORNELLS

Esta noche, como habitualmente en esta zona, es muy oscura, la luna apenas se divisa en un cielo negro exento de estrellas y luces artificiales que iluminen la carretera, que a esas horas se presenta completamente inhóspita. Curiosamente durante el día, iluminada con los rayos frenéticos del Sol estival, no deja de ser un simple camino transitable, corto y sencillo de trazar, donde cotidianamente las personas caminan por su lateral derecho habilitado, tranquilamente sin peligro alguno que temer.

Al final de la carretera, nos encontramos con un pequeño repecho que nos encauzará hasta la rotonda que lleva hacia la conocida Cala Tirant, dos minutos son los que nos faltan para llegar a lo que es nuestro hogar desde hace ya unos días y para las siguientes dos semanas que nos restan de estancia vacacional.

Un cartel granate a la derecha nos anuncia que nos encontramos entrando ya en las calles de la urbanización. Vemos un chico, con atuendo deportivo, corriendo por nuestro lado izquierdo, justo antes de llegar a la rotonda, y en la parte contraria por la que debería ir, ¿quizá estos días también podría yo salir a correr?, vale, creo que sí, lo haré… pero no tan tarde.

Capítulo 2 EL PINTOR DE LAS TINIEBLAS

– Joan!, *posa'm un altre whisky*! –sus ojos rojos lo delataban muy a su pesar.

– Andalú!, creo que por hoy ya es suficiente, ¿no crees?

En aquel bar oscuro, donde la limpieza parece un bien escaso, la barra era sin lugar a duda el punto de reunión de lo mejor de cada casa, de entre toda la "élite" presente en aquellas contradas sin lugar a duda quien más destacaba entre todos era él, el "Andalú".

El Andalú, como todo el mundo lo conocía, era un hombre de tamaño y estatura pequeña, su tez morena denotaba un origen claramente sureño, un origen lejano de aquellas tierras bañadas por el mar Mediterráneo y los pinos silvestres.

Su nombre verdadero era José, aunque nadie le llamaba así, su cara dibujaba ciertas arrugas que describían hechos y transmitían vivencias de una supuesta vida, larga y dura, de una vida llena de sufrimiento y de dolor, llena de excesos y traiciones. Aquel pelo frondoso, en otro momento oscuro y ahora cubierto de canas, le confería un aspecto particular, curiosamente transmitía a los que no lo conocían, una imagen ruda a la vez que tierna, una imagen fruto de una existencia llena de sabores amargos y dulces que moldearon su carácter y su resistencia ante el mundo en el cual se envolvía como un pez en agua podrida.

José, nació en un pueblecito de *Jaén*, entre olivares y tierras de secano. Tuvo la desgracia y la desdicha de ser el hijo bastardo del cacique del pueblo, el cual y para evitar el escándalo de su gestación, lo envió a Cataluña siendo aún muy pequeño sin permiso de su madre, una simple jornalera de la aceituna. En aquella lejana tierra fue criado por unos primos que se dedicaban a la construcción de casas baratas para la gran cantidad de emigrantes murcianos y andaluces que masivamente se dirigían en los años cincuenta en búsqueda de una aparente vida mejor hacia el moderno nordeste peninsular.

Allí aprendió el oficio de pintor, de paleta, de fontanero, o de cualquier otra tarea que supusiera el uso de sus manos y de su fuerza, aunque con un carácter demasiado fuerte para soportar a ningún jefe que tuviera la osadía de mandarle. Se estableció como autónomo en un pequeño pueblo de la periferia de Tarragona donde gente como él crearon comunidades alrededor de la industria Petroquímica, de la construcción, y del incipiente turismo internacional que empezaba a despuntar.

Se casó con una moza del lugar, también con orígenes foráneos como él, y tuvieron tres hijos juntos, con una vida más o menos humilde, pero sin penurias. El matrimonio desde el primer momento no funcionó emocionalmente como cabía esperar, tanto él como su mujer llevaban vidas paralelas con otras personas cuando querían, aunque de cara a sus hijos intentaban siempre demostrar una ficticia unidad matrimonial. Los días pasaban de lunes a viernes de obra en obra, de bar en bar, de mujer en mujer, sólo se permitía ir de caza de tanto en tanto, con sus perros y hurones, o a pescar al pantalán que la petrolera *Repsol* tenía en la *Pineda*, algún que otro domingo por la mañana.

Todo cambió hace treinta años ya, cuando sus hijos aún eran adolescentes y su primogénito empezaba a acompañarle para trabajar, en pequeñas obras, durante las vacaciones de verano después del curso escolar. Le llamaron de una constructora para encargarle pintar unas casas que acababan de edificar en la isla de Menorca. Él claramente aceptó, era una oportunidad para ganar dinero y de ausentarse un período largo de aquella vida que ya no le llenaba, que ya detestaba, empezando por pasar pequeñas temporadas en la isla que cada vez se fueron espaciando más y más, hasta que un día decidió no volver nunca más a su antigua vida familiar, olvidando su pasado definitivamente.

En ese periodo en la isla, es donde conoció a personajes que contribuyeron a su desvío definitivo, y aunque parezca mentira en un territorio tranquilo como aquel, le iniciaron en el mundo del consumo de la cocaína y la prostitución, para posteriormente encontrar su profesión en el tráfico de drogas, sobretodo la marihuana y el proxenetismo.

Fue acumulando delitos, pero nunca ingresó en ninguna prisión, supo siempre protegerse y guardar la ropa cuando le convino, de vez en cuando ayudaba a la Guardia Civil local a destapar algún pequeño cargamento clandestino a cambio de mirar hacia el otro lado, y así fueron pasando los años sin que su familia volviera nunca más a saber de él.

José, aquel día en el bar, estaba celebrando su segundo cumpleaños como él decía, recordaba que hace justo dos años, en el *Hospital Mateu Orfila* le informaron de la puesta en marcha de su cronómetro vital, del inicio de su personal cuenta atrás.

– José, ya no podemos hacer nada más, lo siento mucho. –pensó que aquella bata blanca no le estaba dando la tranquilidad necesaria y esperada, pero después de todo, aquella noticia sinceramente tampoco le sorprendió, ya que sin motivo alguno había estado perdiendo peso y esto le hizo sospechar de que algo anormal le estaba sucediendo.

Le habían dado seis meses de vida y ya habían pasado dos años, alguna cosa habría hecho bien en su existencia para que su cuerpo se negara a abandonar el espacio terrenal. Los excesos de su vida no parecía que le hubieran ido tan mal, allí estaba, en su bar de siempre, con su whisky de siempre, dos años después, y lo mejor de todo, sin dolores, sin sufrimientos…sin preocupaciones. No tenía a nadie quien dejar, se iría igual que llegó, solo, sin remordimientos, sin sentimientos, sin escrúpulos, como aquel bebé que nace sin una memoria adquirida por el pasado, limpio de todo, listo para comenzar, en su caso, listo para acabar.

Esa noche, José, no estaba dispuesto a dejar de beber, así que de malas maneras le insistió al dueño del bar para que le sirviera otra de whisky, y otra, y otra...

– *No me toquis els collons* Joan!, ¡me pones lo que yo te diga y a callar! –en sitios como ese, todo el mundo temía al Andalú, todo el mundo sabía que era mejor tenerlo de cara, contento y callado, pero sobretodo tranquilo y borracho.

José cada vez que cogía uno de aquellos vasos, parecía que acababa de regresar de una larga travesía por un desierto ficticio y seco, ya que en dos sorbos vaciaba rápidamente aquel recipiente con el líquido dorado de baja calidad que tanto ansiaba. Él tenía algo que celebrar, lo tenía muy claro, y nada ni nadie se lo iba a impedir. Al final de todo, después de dos años, contra pronóstico y contra el deseo del mundo, él aún continuaba vivo.

Capítulo 3 UN CORAZÓN INDOMABLE

– ¡Doctor rápido!, le necesitan en urgencias, acaba de ingresar un paciente con una insuficiencia cardíaca congestiva, nos comentan que no consiguen estabilizarlo, se trata de Xavi, aquel niño que estuvo el otro día en su consulta.

El departamento de cardiología en el *Hospital Clínic* estaba situado en la quinta planta, llevaban años avisando que se debería proceder a un traslado mucho más cercano a Urgencias. En un caso de necesidad o una grave emergencia, esa distancia podría suponer la línea fina y delgada que separa la vida de la muerte, la esperanza de la tragedia. En temas coronarios todos los segundos cuentan, pero parece ser que la Dirección del Centro nunca encuentra el momento adecuado para afrontar dicho problema, hasta el día que haya una tragedia de enormes proporciones y no tengan más remedio que claudicar para evitar cualquier escándalo, como pasa siempre, obligados por las circunstancias.

Roger, estaba en el office habilitado para los doctores y los sanitarios aprovechando para almorzar un sándwich vegetal acompañando como bebida, un *smoothie* de remolacha y plátano. Delante de aquella trágica e inesperada noticia, se levantó de aquella silla con tanta energía que derramó todo aquel líquido morado sobre su inmaculada bata blanca ahora manchada como si de un cuadro *frottage* se tratara. A continuación, salió corriendo a gran velocidad, en un día como aquel, los ascensores habilitados para el personal del hospital suelen ir siempre ocupados de camilleros con pacientes en traslado de planta o para la realización de diversas pruebas médicas. La pantallita digital con el número de planta donde se encontraba el ascensor en ese momento se había quedado fija en la cuarta y no se movía.

No había tiempo que perder, así que decidió, casi sin pensarlo, que lo mejor sería bajar las escaleras que conducen hacia la planta primera, bajando y saltando los escalones de dos en dos al principio, y después de tres en tres aún a riesgo de tropezar y caer rodando. En la frenética bajada tuvo que ir apartando a algunas personas que subían por aquellos peldaños desconocedoras de lo que estaba sucediendo y asombradas por las malas maneras de aquel individuo con una bata blanca manchada de morado y que los desplazaba hacia los lados bruscamente, como si fueran piezas de dominó.

Una vez abajo continuó su carrera en búsqueda del acceso directo a Urgencias, pensó en ese momento en lo beneficioso de salir a correr, por la *carretera de les Aigües*, tres veces por semana, actividad que le permitía no desfallecer de cansancio en esa especial carrera entre la vida y la muerte. Visitantes, personal sanitario, camilleros, enfermos ingresados… todo aquel que estaba en ese preciso momento en aquel pasillo se quedó inmóvil al ver a aquella especie de *Kilian Jornet* de bata blanca correr tan rápido sorteando los obstáculos presentes fijos y movibles.

Sin duda cuando alguien que importa se encuentra en una situación de extremo riesgo, y si encima existe un sentimiento de responsabilidad sobre su bienestar, como en este caso sentía por uno de sus pacientes más pequeños, la adrenalina sube hasta niveles insospechados, el corazón empieza a bombear sangre con gran potencia, no queda otra que sacar las fuerzas del cuerpo y si es necesario, del alma misma. El médico salió corriendo hacia el pasillo central de la primera planta y que comunica a la vez con las diferentes escaleras entorno al atrio urbano en forma de distribuidor ajardinado que se encuentra en el interior del hospital, al final de aquel pasillo, que ese día parecía más largo de lo normal, nuevamente, tuvo que girar a la izquierda hasta encontrar el acceso.

Roger abrió con energía la puerta con el cartel visible de *Urgències*… tras la cual, de nuevo delante de él, la presencia de otro largo pasillo, esta vez con enfermos a ambos lados esperando ser atendidos, camillas y sanitarios saturaban el acceso. No hay nadie en Barcelona que no conozca el grado de saturación que tienen esas urgencias como todas las de los grandes hospitales públicos españoles, pero Roger sólo pensaba que ya se encontraba más cerca de Xavier, ya estaba llegando, preparado para salvarle la vida…

Xavier, era un niño de los que toda la vida se ha llamado "movido", más allá de términos médicos, simplemente era un niño que no paraba quieto. De hecho, su madre siempre apuntó a que su corazón estaba dañado por esa energía que desprendía y que no le dejaba estar sin moverse ni cinco segundos. Durante años, sus padres se gastaron mucho dinero visitando los mejores gabinetes de psicología infantil de la ciudad y le hicieron en su momento un informe psicológico completo para encontrar solución a tanta actividad. Sin embargo, contra todo pronóstico, dicho informe médico descartó definitivamente cualquier presencia de TDAH, cosa que impactó negativamente en los progenitores, ya que estaban totalmente convencidos que la hiperactividad en su hijo no era normal. Ellos lo conocían y sabían que algo no iba bien, estaban dispuestos a encontrar una solución para que su hijo encontrara el equilibrio y pudiera controlar y canalizar ese exceso de energía para llevar una vida y un ritmo un poco más normal.

Pero ¿qué le puedes decir a un niño de seis años que su máximo interés es ir probando cosas nuevas?, ¿que cuando lleva dos minutos haciendo una actividad se cansa y busca nuevas sensaciones, nuevos retos?, ¿qué haces si sus dedos y sus piernas no son capaces de permanecer sin movimiento ni un segundo?, es una situación muy complicada y más aún cuando no se encuentra motivo o causa física, psicológica o incluso médica que lo justifique.

Lo cierto es que esa hiperactividad en aquel niño al final fue determinante para que después de unos problemas respiratorios que tuvo, en una de sus muchas subidas de energía mientras corría alrededor de unos columpios del parque cerca de su casa en *L'Hospitalet de Llobregat*, y que le acabaron provocando una sensación intensa en el pecho, condujo finalmente a un diagnóstico claro. La presencia de un defecto congénito en el corazón que hasta ese momento había pasado desapercibido a todos ante la falta de síntomas claros al respecto.

Roger como cardiólogo del hospital tenía una cierta empatía y capacidad, se podría decir que pediátrica, para atender a los pacientes menores de edad. Él atendía en su consulta periódicamente a Xavier que cada mes o mes y medio se sometía a algunas revisiones sobre el estado de su corazón y de sus constantes vitales. Hasta ese día Xavier no había vuelto a tener ninguna crisis que pudiera revertir peligro para este niño tan dicharachero, es cierto que su problema podía en algún momento causar alguna situación anormal, pero el hecho de no tener bien formados, en el momento del nacimiento, los relieves endocárdicos que separan las cuatro cámaras del corazón, con la medicación prescrita, y los controles rutinarios y constantes, no debería suceder nada que pudiera poner, más aún, en riesgo su salud. El doctor Gilabert mientras se dirigía a Urgencias no paraba de preguntarse angustiado ¿qué podía haber pasado?…

El área de Urgencias del Clínic, remodelada y modernizada desde hacía poco, no deja de ser un largo embudo con los diferentes boxes dispuestos a cada lado de aquel pasillo blanco y naranja, cada uno de ellos está identificado con un gran número circunscrito en un enorme círculo sobre la palabra BOX.

– *Sóc* el doctor Gilabert!, me han llamado que tenéis un paciente mío con una insuficiencia cardíaca, ¡rápido dónde está! – Roger levantó la vista y vio al fondo del pasillo, en el box catorce, como un grupo de sanitarios entraban y salían sin parar, y allí estaban Meritxell y Eduard, los padres de Xavier, abrazados y llorando ante lo que les venía encima…

Al verlos salió disparado hacía allí sin esperar ni la respuesta ni la información de aquel sanitario que parecía no entender la gravedad de aquella situación.

– ¡Txell, Eduard ya estoy aquí!, no os preocupéis vamos a hacer todo lo posible…

– ¡Roger, No lo vimos!, por un momento que nos despistamos un segundo, vimos a Xavier en el suelo sin reaccionar al lado de su primita que estaba asustada, gritando su nombre y llorando, en un momento estaban jugando felices y de repente… ¡Dios mío sálvalo! –Eduard se puso a llorar desconsoladamente, abrazando fuertemente a su mujer y entre el ahogo de sus llantos no paraba de repetir una y otra vez. –¡sálvalo!, ¡sálvalo!

– ¡Doctor Gilabert!, ¡venga rápido por favor! – un médico que se encontraba dentro del box, cuando observó que el doctor ya había llegado, salió rápidamente casi chocando entre ellos, pero el doctor Gilabert ya se disponía a irrumpir con celeridad dentro de aquella pequeña sala individual de urgencias.

– ¿Qué tenemos?, ¿Cómo está?

– Doctor, paciente de seis años, traído por sus padres porque a las cinco de la tarde se lo han encontrado en el suelo sin reacción alguna. Desde allí le han tomado el pulso y al ver cómo iba descendiendo bruscamente han decidido acudir directamente al hospital con su propio vehículo - el doctor Esteve, compañero y amigo de Roger, intenta coger aire para seguir con el reporte.

– Al llegar aquí hemos procedido a su valoración al observar una elevación del *ST*, activando el código *IAM* debido a un infarto agudo por encima de los índices normales, acompañado de una tormenta arrítmica con multitud de *FV*. Consecuencia de estas fibrilaciones ventriculares hemos tenido que realizar al menos ocho descargas, y ha sido necesario administrarle etomidato y rocuronio. A pesar de esto, la parada cardiorrespiratoria continúa y no conseguimos remontar al paciente, el tiempo total de *PCR* se estima que está en torno a los quince o veinte minutos.

– ¡Rápido!, vamos a probar de administrarle amiodarona por perfusión, empezaremos por doscientos miligramos. ¡Venga que se nos va! *Xavier, guapu, reacciona si us plau*! –El doctor Gilabert debía ser enérgico, pero le era muy difícil mantener la calma ante aquella situación, la desesperación le empezaba a hacer mella a pesar de su larga experiencia.

Aquel niño, al cual se le escapaba la vida por segundos, rodeado de una multitud de uniformes de colores, estetoscopios, tensiómetros, otros enseres y aparatos con nombres difíciles de pronunciar para alguien que no venga de ese mundo, no era capaz de reaccionar a pesar de que intentaban introducirle, en su cuerpecito, diferentes fármacos a través de todas las vías disponibles.

Siete profesionales estaban centrados en salvar la vida de aquel pequeño niño rubio, en otros momentos movido, pero en aquel instante inerte encima de la camilla de urgencias, sin conseguir que reaccionara, se les estaba marchando y no podían hacer nada.

– ¡Apartaos! –grita Roger. –voy a intentar la reanimación con masaje cardíaco. No nos queda otra. *Vinga Xavier collons*! –comprimiendo el tórax hacia abajo, intentando hundirlo unos cinco o seis centímetros. Dispuso el talón de su mano en el centro del esternón del niño colocando a continuación el talón de su otra mano encima de la primera, entrelazando sus dedos empezó a realizar las compresiones a un ritmo de cien por minuto y empezó a contabilizarlas.

– ¡Uno!, ¡dos!, ¡tres!... –y así hasta llegar a treinta donde entonces acercaba el *resucitador* a la boca abierta del niño para insuflarle aire, para repetir la acción de nuevo. – ¡Uno!, ¡dos!, ¡tres! … ¡treinta! –era importante mantener el riego y oxigenar el cuerpo del niño, esta oxigenación era necesaria con el objetivo de mantener vivos los órganos y tejidos hasta poder poner de nuevo en marcha aquel pequeño corazón. Cada minuto que pasaba las posibilidades de supervivencia de Xavier se iban reduciendo, aumentando las posibilidades de lesiones cerebrales o peor incluso, las posibilidades de defunción.

Cuando ya nadie pensaba que hubiera nada que hacer al respecto, justo en ese momento se obró el milagro, poco a poco el ritmo cardíaco de Xavier se empezó a recuperar, levemente, pero suficiente para mantenerlo con vida. Una vez recuperado, debían evaluar la existencia o no de lesiones irreversibles, la primera parte del milagro había tenido lugar en el box catorce de la Unidad de Urgencias del Clínic, el resto, un camino largo de recuperación sin garantías, pero con muchas esperanzas.

Capítulo 4 NEXOS

Roger, todas las mañanas, sin excusa, llevaba al colegio a su hijita Ona, era una de las cosas que más disfrutaba hacer dentro de su jornada cotidiana, de hecho, desde que nació la niña acordó con la Dirección del hospital poder iniciar su jornada laboral un poco más tarde, permitiéndole así exprimir los primeros minutos y horas del día junto a ella.

Se lo había ganado con creces, sin lugar a duda nadie se hubiera a atrevido nunca a cuestionar dicha decisión con una alta trascendencia personal y profesional, tanto para él como para el centro sanitario. Cabe recordar que, durante muchos años, él nunca tuvo horarios y su enorme dedicación profesional fue tan intensa y tan amplia, que lo convirtió en uno de los jóvenes cardiólogos europeos de mayor prestigio a nivel internacional. Prestigio que por supuesto también resultó altamente beneficioso tanto para el *Clínic* como para su Director Gerente, Esteban Ferran, el cual no tuvo ninguna duda en otorgarse el mérito y colgarse la medalla de tener un profesional de ese nivel dentro de su equipo, gracias como no, a su inestimable gestión.

Cada mañana Roger repetía una y otra vez el mismo rito mañanero, todos los días, de lunes a viernes, justo a las siete en punto de la mañana, le sonaba el despertador del móvil que tenía situado a su lado izquierdo sobre la mesilla de noche. Desde niño, nunca tuvo problemas en levantarse rápido y con la edad no había cambiado en absoluto, así que realizó un rápido salto, casi sin dejar sonar la alarma, para apagarla, debía intentar que Ona no se despertara ya que aún era demasiado temprano para la niña.

Justo a su lado yacía Laia, durmiendo sin enterarse de nada, ella era todo lo contrario que su marido en cuanto a su poder y velocidad de reacción ante el inicio de una nueva jornada diaria. De hecho, él siempre le decía que cuando la observaba cada mañana, parecía tener una segunda piel por encima de la propia, la de las sábanas y colchas enredadas entre sus piernas.

– Laia, mi vida. Ya tienes tu café con leche preparado en la cocina, levántate ya... –Para ella, el simple hecho de escuchar la palabra "café con leche" suponía el resorte automático necesario que necesitaba para abandonar definitivamente la cama, y con ella, aquella segunda piel que la protegía del poder de la noche.

A continuación, Roger se dirigía al baño y siempre en el mismo orden, realizaba las mismas tareas, de la misma forma, a veces inconsciente del todo, aunque de vez en cuando aparecían algunos momentos de lucidez, o se podría decir… clarividencia matutina. Le daba por pensar en lo increíble que podían ser los seres humanos delante de la rutina diaria, en ciertos aspectos igual, monótona y calcada. Seres capaces de repetir una y otra vez todas las acciones necesarias sin ser meramente conscientes de ello, como si fueran simples robots dummies de los que hay en cualquier fábrica moderna hoy en día y que a base de repetir tareas automáticas van montando las piezas de coches y ordenadores, sustituyendo al ser humano, artefacto más lento, más caro, y más imperfecto. Vestirse sin haber estado atento al momento anterior de la ducha, llegar al trabajo sin recordar bien el trayecto, … estos pensamientos le planteaban estar viviendo una vida que, aunque rutinaria y normal, sin duda amaba profundamente, porque valoraba lo que tenía por encima de todo, Laia y Ona, eran su centro, y su ciudad, Barcelona, su mundo.

– *Ona… carinyet…* despierta que tenemos que ir al cole. –aquella taza con el dibujo de *Elsa* de la película de Disney, *Frozen*, llena de aquel humeante *Colacao* calentito que su padre le traía todas las mañanas, era la primera imagen que aquella niña capturaba con su retina nada más abrir aquellos preciosos ojos azules.

Vivían en un magnífico y amplio piso reformado del *Eixample* barcelonés, cerca de la *Plaça Universitat*, el cual por otra parte habían conseguido comprar con mucho esfuerzo y con la ayuda inestimable de los padres de la pareja. Barcelona, para aquel que desconociera su realidad, en muchos aspectos estaba inmersa en una vorágine de aumentos de precios similares a las grandes ciudades y capitales europeas, como París o Londres, y los pisos no eran una excepción, pero en cambio adolecía de sueldos acordes a estas y en cambio más parecidos a los de Atenas o Lisboa.

Ellos, un cardiólogo y una guía de museos, siendo unos privilegiados con consciencia de disfrutar de un nivel de vida levemente por encima del de la mayoría de sus conciudadanos, eran unos meros espectadores de la hambrienta evolución turística que sufría su ciudad y que devoraba sin contemplaciones su pasado, haciéndola cada vez más temática y cada vez menos humana.

En algún momento, incluso habían llegado a contemplar la posibilidad de dejar la gran ciudad para trasladarse a algún municipio cercano provisto de una mayor calidad de vida para ellos y sobre todo para Ona, pero su sentimiento "urbanita" siempre había ganado la batalla hasta ahora. Sus propios nexos familiares se extendían más allá de ellos mismos hacia las calles y la esencia de aquella ciudad mediterránea que los había visto nacer, crecer, y enamorarse. No olvidemos que, para un barcelonés, como lo es para un neoyorquino, su ciudad puede suponer el centro del Mundo, rozando, con orgullo, la pedantería y soberbia de ser un barcelonés puro, de ser un *pixapí de soca-rel*.

Con sus cuarenta y tres años, Roger estaba en ese momento de la vida que estás entrando en la plena madurez, y con ella tus rasgos van cambiando poco a poco. Su metro ochenta de altura, su tez morena levemente se iba tornando más arrugada, su cabello en otros tiempos castaño, empezaba a blanquearse asomando algunas canas por los costados, siempre había practicado deporte, aunque últimamente lo hacía menos y eso se empezaba a notar en su cuerpo, en su físico, aunque aún permanecía delgado pero ya sin esa musculatura de aquel que ha estado fibrado en el pasado. Siempre vestía muy bien, a la moda, pero clásico, se podría decir que irradiaba una imagen de profesional conservador, aunque a la última, lo que nadie sabía es que era su mujer quien normalmente le escogía la ropa, ya que si por él fuera no pisaría nunca una tienda y lo compraría todo en internet.

Laia, era una chica que siempre había sido atractiva, de aquellas personas que, sin tener una belleza exuberante, iluminan por donde pasan, con discreción y humildad, pero determinada y capaz. Sus rizos en otra época rubios, ahora tratados artificialmente con mechas más acordes con su edad, eran su símbolo de distinción, aquella melena rizada había llamado la atención a más de uno y de dos. Sin embargo, si tuviéramos que escoger un rasgo principal de su esencia, lo que más destacaba de su persona era la capacidad de interpretar todas las situaciones de la vida con una enorme claridad. Sabía cuándo tocaba, o no, de qué, y con quien hablar, y eso, hoy en día donde el egoísmo y la egolatría campan a sus anchas, y donde la humildad es una característica que cotiza a la baja, le dotaba de una posición de dominio frente al resto de mortales.

Cuando ya estaban todos listos y vestidos, aquellos felices papás, cogían de cada mano a Ona y se dirigían hacia aquel antiguo ascensor de madera en el cual ya no cabía nada más. Una vez entraba la familia Gilabert, con la cartera de Ona, la bicicleta plegada de Roger que además siempre llevaba colgada una mochila a la espalda, y Laia con su bolsón lleno de papeles y documentos del museo.

– *Carinyet*, ¿pasa un buen día vale? Nos vemos esta tarde, hoy no se si iré yo a buscarte o irá la *iaia* María. –Laia no siempre podía salir a tiempo del museo, pero siempre podía tirar de su madre para ir a buscar a la niña, y eso para una mujer trabajadora como ella, era un gran alivio que valoraba de corazón, le debía tanto a su madre…

– Mami, ven tu *porfa*. –Ona disfrutaba mucho cuando su abuela la iba a buscar a la escuela, dicen que los padres crían a los hijos y los abuelos los malcrían, y la señora María, la madre de Laia, no era una excepción, aunque aquella niña prefería siempre la presencia de su madre o de su padre por encima de dulces, pastas o detalles que su abuela le pudiera traer para tenerla feliz y contenta.

– Lo intentaré mi amor, ahora me tengo que ir que llego tarde. – Aquella dedicada madre se despedía de la niña de sus ojos con un beso cariñoso en la mejilla, luego como cada día le daba otro a su marido, y los dejaba atrás caminando hacia la calle Aragó.

El tiempo, cada mañana, se les tiraba encima, pero no por eso dejaban de disfrutar de aquel paseo matutino que duraba unos quince minutos hasta llegar a la escuela donde estudiaba Ona, situada en la confluencia de la Rambla Catalunya con la calle València.

– Papi, cuando sea grande quiero ser "cartóloga" como tú para curar a los niños.

– ¿Cartóloga? –una enorme carcajada surgió del más profundo interior de Roger, ver cómo los niños son capaces de inventarse palabras cuando no se acuerdan exactamente de cómo son, enriqueciendo con otras nuevas su particular diccionario infantil personal, para los adultos siempre resultaba sorprendente y sobretodo, no dejaba de ser muy gracioso.

– Ona, no se dice cartóloga, se dice cardióloga, CAR-DI-Ó-LO-GA, pero tú no te preocupes ahora por eso, aún eres muy pequeña, mi vidita recuerda esto, tú serás lo que tú quieras ser y tus papis siempre estarán contigo y te ayudarán. Seguro que serás una cartóloga mejor que yo. – guiñándole un ojo cariñosamente.

– Papi, no se dice cartóloga… se dice cardióloga… CAR-DI-Ó-LO-GA.

Una vez llegaban al colegio, una marabunta de niños y niñas vestidos todos con el mismo uniforme, se iban agrupando en la entrada, los padres y las madres bloqueaban el acceso y con ellos las aceras saturadas de la Rambla Catalunya. Allí estaban todos despidiéndose de sus hijos e hijas, para luego permanecer inmóviles esperando, siguiendo a sus vástagos con la mirada hasta que desaparecían por aquel portón que comunicaba con el patio de la escuela.

Roger, apenas tenía tiempo de saludar a algunos conocidos, su trabajo no le permitía mucho margen para las relaciones públicas, hubo un tiempo que pudo apuntarse a los partidos de futbol sala que organizaban algunos padres y que recuerda eran muy divertidos, pero hoy en día aquello había quedado atrás.

El tiempo, una vez dejaba a Ona en la escuela, lo tenía milimetrado y cronometrado, sólo se permitía tomar un cortado rápido en la barra de *La Bodegueta de Provença*, dónde ya lo conocían desde hace años y así no tenía que esperar demasiado.

Luego cogía la calle Provença, y proseguía, con su bicicleta, el camino por aquellas calles cuadriculadas del ensanche barcelonés, adornadas con sus característicos edificios suntuosos a ambos lados, todo recto, hasta el Hospital Clínic.

Capítulo 5 LA MATÉRICA

Aquel edificio modernista, en medio de la ciudad, resaltaba por su enorme telaraña de cables enredados que coronaban su cubierta superior y que sorprendía a todos aquellos que transitaban por los aledaños de la calle Aragó casi a tocar del aristocrático y bullicioso Passeig de Gràcia.

En la cúspide de aquella maraña de cables, el colofón lo ponía una extraña figura con una forma un poco peculiar, algunos decían que era una antena, otros que unos cuernos, pero realmente lo que pocos sabían es que se trataba de la representación de una silla de alambre retorcido. Esta original escultura retorcida, a su vez, contrastaba con la figura de piedra que coronaba arquitectónicamente aquel edificio de ladrillo rojo, un ángel tocando una trompeta y dirigiendo su sonido hacia el cielo o hacia el paraíso, quien sabe...

Seguramente, ni en el mejor de sus sueños, el arquitecto modernista *Doménech i Montaner* hubiera pensado que su edificio, la *Casa Montaner y Simón*, sufriría una simbiosis con las ideas escultóricas y arquitectónicas de otro célebre personaje universal barcelonés, *Antoni Tàpies*, formando un solo conjunto único y admirado para dar cobijo a la fundación que lleva su mismo nombre, guardiana del legado del famoso pintor y escultor, galería museística de enorme prestigio en la sociedad catalana y mundial, la *Fundació Tàpies*.

Ese día claro de verano, en una de las numerosas y espaciosas salas de aquel magnífico museo, un grupo de turistas vascos escuchaban atentamente como una guía oficial contratada ofrecía su visión más didáctica sobre la vida y obra del artista.

– ...Tàpies, en su continúa búsqueda de otras realidades, sobretodo en su afán en mirar en el interior de uno mismo, de lo qué somos realmente, deseaba fervientemente sobrepasar la realidad física del yo, de la persona. Esto le llevó finalmente a canalizar dichos pensamientos a través de su obra claramente informalista. La búsqueda y representación de su vida interior pasa a ser el centro de su actividad artística, en un inicio mediante autorretratos que no eran más que proyecciones psíquicas de su propia realidad, para posteriormente abordar la plasmación de darle forma a su mundo interior y personal, a su realidad externa como él la percibía. –Laia les intentaba explicar, de la mejor forma posible, el guion establecido para la visita, aunque algunas veces dudaba si su capacidad expresiva y pedagógica delante de aquel mundo tan complejo creado por el autor, sería capaz de llegar a esos turistas sencillos y ávidos por conocer más sobre Tàpies y su legado.

Mientras iba desgranando los principales conceptos de la evolución vital de Antoni Tàpies, llegaron hasta la terraza interior de la Fundación, allí en medio, expuesta, una figura de casi tres metros de alto. Un enorme calcetín blanco, roto por el talón, elevado con el empeine hacia el suelo a modo de pisada, sobre un terreno rectangular con grava, rodeado por una tarima de madera que lo circundaba entre setos a media altura, y el cielo azul que reinaba aquel frío día de febrero en Barcelona, como bóveda principal de aquel minimalista y austero escenario.

– Disculpe señorita, pero esa obra exactamente, ¿qué tiene que ver con el yo interior del artista? –Es curioso como siempre hay en los grupos de turistas quien quiere demostrar un espíritu crítico ante lo que ve, sin entender dicha materia que osa cuestionar, se le puede llamar notoriedad, centro de atención, o quizá duda existencial que expresaba aquel individuo fornido, con una calvicie prominente, de alta estatura y que resultaba inconfundible por el mostacho grande y canoso que capitaneaba su faz.

– Estamos ante una de las obras más emblemáticas del artista, *"El Calcetín"*, es una escultura por encargo que originalmente debía estar expuesta en el salón oval del MNAC, Museo Nacional de Arte Contemporáneo de Catalunya, para la inauguración de los Juegos Olímpicos de Barcelona en el 1.992. La obra inicialmente debía medir dieciocho metros de altura, pero se generó una fuerte polémica que al final junto un fuerte debate mediático y político generado al respecto, propició que su instalación fuera cancelada definitivamente. No fue hasta el 2.010, con las profundas reformas que se realizaron en este edificio, que se optó por la instalación de esta versión de menor tamaño y más acorde con las dimensiones del lugar en el que nos encontramos ahora.

– Señorita, pero sigo sin entender qué pinta un calcetín…–Laia, con educación, no dudó en interrumpir a aquel turista mostachón que nuevamente intervenía sin dejar finalizar la explicación sobre su misma pregunta anterior.

– Si me disculpa que le interrumpa, es lo que estoy intentando explicarles a todos ustedes, para saber qué significado tiene esta obra, de hecho, cualquier obra, no sólo es importante entender qué nos quiere transmitir el artista. Si me permite el consejo, para comprender, es tan importante o más, saber cómo se ha llegado y qué se pretende con la plasmación de dicha inspiración artística que al final puede acabar desembocando en la creación de una escultura, una pintura, una novela, una canción…

– En el caso de "*El Calcetín*" –prosiguió la guía –Tàpies pretendía plasmar cómo hasta las cosas más humildes y pequeñas, más cotidianas, tenían también su enorme importancia. Y lo hacía, poniéndolas en el epicentro de un orden cósmico mundial, como podía ser, en este caso, la inauguración de unos Juegos Olímpicos, un evento único y global. –haciendo una breve pausa en sus palabras y indicando el camino a seguir – Por favor, síganme por aquí, gracias.

Continuaron cruzando hacía las siguientes salas de aquel museo tan especial, donde los símbolos de aquel artista universal a modo de X, de A, de T, de cruces de diferentes tamaños, masillas, texturas y colores, marcaban aquella deformación de la realidad que intentaba transmitir al grupo de turistas, incluso al personaje que se había otorgado el papel de portavoz de si mismo, el cual, una vez Laia puso en su lugar, no osó a interrumpir más las explicaciones de la visita en beneficio del resto del grupo.

– Tàpies consideraba que plasmar la realidad como la entendemos, limitaba la capacidad de explicar los enormes matices de nuestra consciencia y de nuestra alma, y de cómo percibimos nuestro mundo físico. Así que, como en el caso de la obra que hemos visto antes, decidió casi sin ser consciente propiamente, sino como un camino al que fluyó de forma natural, introducir la manipulación de la materia física, sólo así tendría una oportunidad para que la gente pudiera comprender su mensaje, mediante la deformación del mundo físico. Y esta obra nos habla de esto…

Se encontraban justo delante de un lienzo de gran tamaño sobre una textura blanca y dos hendiduras con forma de ojos y justo debajo, la silueta de una mano impresa, permitían ver la madera presente en el fondo del cuadro sobre la cual la supuesta masilla fue impregnada para la eternidad. En el lado derecho, la presencia de una pequeña cruz dibujada como cuando clavamos los dedos en la arena de una playa cualquiera, y a su vez, de los ojos descendían unas finas líneas en relieve a modo de lágrimas.

– Pensemos claramente en esta obra, *"Mirada y mano"*, y sobre la concepción que Tàpies tenía del ser, el cuál alejado de nuestra tradición judeocristiana, no pasaba por separar el cuerpo y el alma, sino que, para él, era más bien un todo, una fusión de los diferentes elementos de nuestra esencia, la mano y la mirada, la materia y el espíritu, indudablemente el materismo en su máximo exponente… Como apuntaba el genio en un pasaje del libro *El valor del arte* del año 2.001:" Busco algo divino, pero lo busco en las cosas materiales o en la vida cotidiana".

Una hora da para más bien poco cuando se trata de introducir la esencia, vida, y obra de un ser tan creativo, extraordinario y único como Antoni Tàpies, lleno de matices y de significado propio. Una vez finalizado aquel tour, ella se despidió cordialmente del grupo, no obstante, invitándoles a seguir visitando las magníficas salas de la fundación, llena de obras variadas sobre las que detenerse, contemplar y ¿por qué no?, meditar.

Hacía ya cuatro años desde que Laia se había reincorporado a aquel puesto de trabajo después de varios años de ausencia, cuando se quedó embarazada de Ona decidió que dedicaría los primeros tres años de la vida de su hijita, a disfrutar de un deseo que desde hace muchos años anhelaba, el deseo de ser madre y de cuidar a aquel pequeño ser con todo el amor del mundo. Exprimiendo hasta el último segundo lo que supone esa experiencia vital para cualquier mujer, la maternidad.

Después de algo más de diez años de relación con Roger, naturalmente el amor de su vida, al que conoció en una visita que éste hizo a la Fundació Tàpies en verano de 2.007 acompañando a un grupo de médicos residentes que estaban cursando el *MIR* en el Hospital Clínic. La vida hizo que ella fuera su guía para aquella ocasión, desde el comienzo del trayecto cultural las miradas se fueron cruzando, la química hizo el resto del trabajo. Al finalizar la visita, y aunque él siempre fue muy tímido para estos lares románticos, se armó de valor, atreviéndose a "abordarla" con la suficiente delicadeza y determinación, consiguiendo tomar un café que iba para cinco minutos y que dura hasta la fecha de hoy.

Su marido desde el primer momento le transmitió que la maternidad y la paternidad era cosa de los dos, y que no tenía por qué abandonar su carrera profesional ni sus expectativas de futuro, pero Laia en todo momento lo tuvo muy claro, la decisión estaba tomada. Durante el tiempo que estuvo en casa, aprovechó para aprobar las dos asignaturas que le quedaban y obtener finalmente la licenciatura en Historia del Arte después de algunos años de parón.

Sin embargo, no le quedó más remedio que matricularse en la *UOC*, una universidad a distancia, y convalidar las asignaturas que cursó en la *Universitat de Barcelona*. Era imposible asistir físicamente a las clases, y los estudios telemáticos a distancia fueron la mejor alternativa en esos momentos en los que el bebé dormía o cuando Roger se encargaba de las tareas paternales, que reconozcámoslo, entre los muchos momentos acumulados a lo largo de un día, estos fueron pocos, pero gracias a su constancia, pudo conseguir finalmente el reto marcado.

Ahora, ya de nuevo reenganchada a su carrera profesional, no sabía lo que el destino le tenía preparado… de hecho ninguno de nosotros lo sabe, esa es nuestra esencia vital, como diría Tàpies.

Capítulo 6 LA BATA MANCHADA

Roger estaba exhausto, por un lado, satisfecho, pero por el otro no del todo seguro de cuál sería el resultado final para su paciente.

Esa noche al llegar a casa, le explicó a Laia lo que había vivido esa misma tarde, no podía dejar de pensar en aquel niño, Xavier, no podía dejar de pensar que ese precioso niño rubio tenía casi la misma edad que su hijita Ona, y no podía dejar de ver en aquel niño la presencia constante de su propia hija.

– Si le pasara algo así a Ona, no se cómo reaccionaría… no quiero pensar en esos padres viendo como su hijo dejaba su existencia delante mismo de ellos. A veces es duro… muy duro… y cada año que pasa me cuesta más.

– Roger cariño, pero tienes que estar contento, le has salvado la vida, les has devuelto a esos padres el regalo que más quieren, les has devuelto a su hijo. –Laia intentaba animarlo sin mucho éxito.

Todo cambió a raíz del nacimiento de Ona, hacía siete años, hasta ese momento Roger se había ganado una merecida fama de cardiólogo de prestigio, persona en ciertos momentos altiva y pedante que siempre tomaba distancia ante los casos que trataba, nada lo alteraba, nada lo implicaba sentimentalmente más allá de su preciosa mujer. Ella era la única persona que lo ataba a la vida terrenal, alejándolo de los libros médicos, las tesis, los doctorados, las ponencias en congresos, los artículos en revistas médicas de prestigio internacional como *The Lancet, New England Journal of Medicine,* o *Harvard Health Journal.*

El nacimiento de su hija hizo que tomara sentido todo, le hizo tomar consciencia de lo que tenía, de lo que verdaderamente quería, no solo nació Ona, sino que nació una nueva persona, un nuevo Roger, que ya no era sólo un médico prestigioso, un cardiólogo idolatrado, un marido ferviente, sino que ahora era un padre enamorado y dedicado.

Cambió tanto que incluso se reinventó en su papel de hijo al recuperar parte de la relación con sus padres, con los que hasta ese momento se había distanciado, porque también fue consciente de que habían nacido unos abuelos que tenían todo el derecho a disfrutar de su nueva y única nieta.

Al día siguiente, visitó a Xavier que estaba ingresado en el hospital recuperándose de la crisis cardíaca que casi lo lleva al otro mundo. Esa misma mañana había recibido una llamada de su compañero y amigo, Joan Esteve, para informarle de que el niño ya se había despertado, las constantes vitales permanecían estables y los análisis clínicos en principio habían salido bien.

El Hospital Clínic, gran palacio catalán de la sanidad considerado como uno de los mejores hospitales públicos del Estado Español, se erguía en el centro de la ciudad con su forma magnánima, cortando artificialmente el entramado de calles cuadriculadas que conforman el aclamado y famoso Eixample barcelonés.

El magnífico edificio, conocido por todos los autóctonos que en algún momento de su vida han pasado por él, sea por su propia salud o bien para visitar a algún allegado ingresado en el mismo, está estructurado en doce pabellones organizados en forma de U. La entrada y vestíbulo principal se encuentran en la calle Villarroel, el flanco sur o derecho en la calle Provença y el flanco norte o izquierdo sobre la calle Córsega.

Todo este laberinto queda conectado entre sí por un gran espacio o patio interior con entrada también por la calle Casanova, justo colindante a un magnífico edificio con un gran pórtico con columnas de inspiración neoclásica, anexo al complejo hospitalario, la Facultat de Medicina.

Este gran atrio ajardinado que comunica mediante un gran pasillo interior a todos los pabellones entre sí, con sus zonas más o menos ajardinadas y sus bancos dispuestos a su alrededor, sirve también durante el día como lugar de paso y de desconexión tanto para los pacientes y personal del hospital, como de los innumerables visitantes de aquel gran centro sanitario.

Roger atravesaba dicho patio interior con su *Brompton* ya plegada, hace unos años había descubierto que la bicicleta era el mejor transporte para moverse por Barcelona gracias a su gran número de carriles para bicis distribuidos capilarmente por todo el entramado urbano. Se dirigía por aquel enorme espacio, justo antes de llegar al arco acristalado de estilo noucentista que te introducía hacia el gran distribuidor, a continuación, giró hacia la izquierda hacia la escalera siete. Eran las ocho de la mañana y se había propuesto visitar a Xavier antes de empezar su jornada, así que, sin tan siquiera cambiarse, cogió el ascensor hasta la tercera planta donde se encuentran los pacientes hospitalizados dentro de la unidad de Hospitalización de Cirugía Cardiovascular.

Una vez llegó a la habitación 308, golpeó suavemente la puerta…

– *Es pot*? -abriendo lentamente la puerta, allí estaban Eduard y Meritxell al lado de la cama de su hijo.

Xavier estaba bebiendo un poco de agua y se encontraba despierto, aunque aún un poco aturdido, Eduard se levantó hacia el doctor Gilabert, le guiñó un ojo cogiéndole del brazo derecho invitándole cordialmente a salir un momento fuera de la habitación.

– *Bon dia* Roger, perdona un momento, te quería comentar algo antes de que entres…

Él, extrañado por aquello, no dudó en asentir. –No te preocupes Eduard, ¿qué pasa?

– Xavier se ha despertado esta mañana, pero no se si se encuentra muy bien, dice unas cosas muy extrañas y no parece él. ¿Crees que puede tener alguna lesión en su cerebro que no hayamos visto?

– Esta mañana me han adelantado los resultados de los análisis posteriores a la crisis de ayer, y a priori no rebelan nada anormal, parece que se está recuperando bien. Cuando dices… cosas muy extrañas, exactamente a ¿qué te refieres?

– Compruébalo tú mismo y luego me dices qué piensas. –Eduard cada vez parecía más misterioso con sus palabras y la entonación de estas sobre el supuesto extraño estado de su hijito.

Los dos volvieron a ingresar dentro de la habitación, Meritxell se había echado a un lado para dar espacio al doctor Gilabert, los dos padres se situaron en un segundo plano sin desviar la atención ni un segundo a su hijo convaleciente.

Allí estaba Roger con aquel niño en su lecho, recuperándose de una crisis cardíaca que por muy poquito no se lo había llevado a cruzar el umbral de lo terrenal para siempre jamás.

– Hola Xavi, ¿cómo te encuentras?

– ¿Por qué no vas como el otro día? – con semblante de niño enfadado.

– ¿Qué quieres decir pequeño? –completamente descolocado con la pregunta de aquel chiquillo, como cualquier niño de su edad, espontáneo y directo.

– ¿Dónde está la bata tan chula del otro día? ¿Aquella con dibujos rojos? ¿Me la regalas?, ¡porfi!

En ese momento, el doctor estupefacto ante lo que estaba escuchando, miró a los padres del niño con gesto de no entender nada, o aún peor… de entender lo que creía que había entendido.

Era imposible que Xavier viera la bata manchada de remolacha y plátano del día anterior, cualquier persona con la crisis cardíaca que padeció aquel niño era completamente imposible que hubiera tenido el momento de lucidez, de nivel de consciencia y visión necesaria para ver lo que le estaba aconteciendo a su alrededor, y menos con aquel nivel de detalle.

Sus padres aseguraron que ellos no le habían explicado nada más que se desmayó y unos médicos lo curaron, preguntándose ¿cómo podía ser?, cuestionándose todo lo que ayer sufrieron y lo que ayer vivieron en sus propias carnes.

Roger hace años leyó un estudio de una corriente de la neurología que explica las sensaciones de personas con experiencias cercanas a la muerte, el abandono corporal y supuesta posterior levitación del alma, y al final, la famosa presencia de una fuerte luz al final de un teórico túnel. Estos neurólogos afirman que se trata de un estado de *semi-inconsciencia*, y que estas personas tienden a experimentar en su vida corriente la aparición cotidiana de alucinaciones y parálisis del sueño que se producen cuando su cerebro entra en la fase *REM*, o fase de *semivigilia*. Según estos, una parte del cerebro permanece vigilante mientras la otra descansa, generándose aquí para la mayoría de estas personas gran parte de los sueños y aparentes alucinaciones que aseguran experimentar.

De hecho, bajo el prisma de su mente agnóstica y científica, siempre había avalado en cierta forma, dichas teorías, porque la ciencia actual aún es sabedora que el cerebro continúa siendo la parte más desconocida del cuerpo humano. Su funcionamiento aún tiene muchas nebulosas, y hoy en día aún no estamos preparados para hallar una explicación plausible sobre este fenómeno. Se sabe que estas visiones se repiten en algunos casos de personas que sufren una situación cercana a la frontera entre la vida y la muerte, y se sabe que parece ser que están vinculadas sin duda a esta activación repentina del cerebro.

Pero el caso de Xavi era distinto… había visto todo lo que le estaba pasando desde fuera de su cuerpo, con todo nivel de detalle, y las teorías de los neurólogos no podían explicar esto… simplemente era imposible y aunque dudaba de lo que había sucedido, Roger, en su interior, lo sabía...

Capítulo 7 NOCHE VELADA

La reunión empezó como todas las mañanas, en aquella fría sala de reuniones donde una simple mesa larga presidía el lugar, rodeada de apenas cuatro sillas de plástico blanco desgastado, sin ningún tipo de decoración para adornar esas paredes blancas carentes de todo tipo de personalidad, y cómo no, con la presencia cotidiana de unos termos con café acompañados siempre de croissants y ensaimadas pequeñas de la panadería que había cerca del hospital.

Roger dirigía el equipo de cardiología desde hacía unos tres años, ya en un inicio, pensó que si quería fomentar un espíritu colectivo con sus colegas, la mejor manera de construir un equipo, era generando confianza y acercando lazos entre todos sus miembros. Para ello, qué mejor manera que un buen desayuno informal antes de entrar en los temas que diariamente solían repasar, con el estómago lleno, la conciencia vacía y una dosis en su justa medida de cafeína, se producía siempre el importante impulso necesario de energía para afrontar el resto de la jornada.

Allí estaban todos, los siete responsables que formaban el equipo directo de coordinación del servicio de cardiología, el cual estaba compuesto de seis secciones o unidades con un responsable para cada una de ellas, además del doctor Roger Gilabert que, como director del Instituto Clínico Cardiovascular, debía rendir cuentas directamente a la Dirección General del hospital.

Aquellas previas a la reunión principal siempre tenían el mismo rito y la misma estructura, mientras hablaban cordialmente distribuidos en grupúsculos afines a nivel personal, iban pasando los minutos y empezando su particular descomprensión personal previa antes del inicio de la vorágine profesional cotidiana.

Roger, mientras tomaba su café en la taza que Ona le regaló para su cumpleaños, estaba comentando el partido que el Barça jugó el día anterior contra el Villarreal Club de Futbol. Acompañado de Joan, amigo personal y Responsable de la Unidad de Insuficiencia Cardíaca, y José Juan, uno de los más afamados expertos nacionales en el estudio de eco-cardiografías, y que, como no podía ser de otra manera, ejercía como máximo responsable de la Sección de Imagen Cardíaca del centro.

– No sé para qué fui al *Estadi*... para ver ese partido tan aburrido mejor me hubiera quedado en casa...

– Bueno Roger, al menos ganamos. – Añadió Joan intentando relativizar aquello, total, estaban hablando de un simple partido de fútbol.

– Ya!, pero si seguimos jugando así, este año no ganaremos nada. –La mentalidad del aficionado culé era conocida mundialmente por su pasmosa facilidad de transitar desde la euforia más desatada a la decepción más profunda varias veces a lo largo de los noventa minutos que dura un partido del deporte rey. Los aficionados *blaugranas* vivían constantemente en una montaña rusa de emociones, ya que es conocido su fuerte carácter autocrítico, muy típico, por otro lado, del talante catalán. Muchos piensan que los culés nunca disfrutan del momento, y hasta que no llega el examen de final de temporada son incapaces de realizar un juicio definitivo, de valorar si se ha logrado el éxito o el fracaso en el club de sus amores.

Justo en el momento en que se iba a iniciar la reunión, al menos la reunión más formal propiamente entendida, de repente el bullicio se desvaneció y se hizo un silencio instantáneo en la sala, la presencia de Esteban Ferran, director gerente del Hospital Clínic, interrumpió aquel ambiente hasta ese momento afable y cordial, no era normal su presencia ni mucho menos bienvenida.

– Roger, Joan, ¿podemos hablar un segundo?, será rápido. –cuando un superior se dirige de manera imprevista a un subordinado, en este caso a la pareja de médicos, y más en el caso de Esteban, es inevitable que aparezca cierto nerviosismo ante las dudas que pueden llegar a surgir por el verdadero interés de aquella interrupción forzada e interesada.

– Tranquilos, sólo os quería informar que esta noche doy una pequeña fiesta, más bien un encuentro de amigos, en mi casa, y me gustaría que vinierais con Laia y Rosa. Se que os aviso con poco tiempo, pero os espero allí sí o sí...

Y tal como empezó... finalizó, disimulando que había recibido una supuesta llamada urgente de móvil se marchó de allí abruptamente para no dar ninguna posibilidad de réplica o excusa plausible o inventada.

Aquella pareja de sanitarios permaneció sorprendida, primero por la invitación obligada y extraña que habían recibido, y después por el tono distante que sin duda no denotaba para nada cualquier atisbo de cordialidad, y menos de aparente amistad.

– ¿A ver cómo le digo yo ahora a Rosa que tenemos que dejar a Sergi con la canguro para irnos a esa "fiesta"?

– ¡Pues imagínate lo que me dirá a mi Laia!, ya sabes que Esteban no le cae especialmente bien. Al menos está cerca de tu casa, coger el coche a esas horas para ir a Sant Cugat no me apetece para nada… ¿no es raro que nos haya invitado? Nunca lo hace…

Esteban siempre alardeaba de las magníficas fiestas que organizaba en su casa de Sant Cugat del Vallès, municipio cercano a Barcelona, y en el cual Joan también vivía desde hacía unos seis o siete años, cuando junto a su mujer Rosa y su hijo Sergi decidieron abandonar la ciudad en busca de una vida más tranquila y como decían ellos, de mayor calidad.

Después de más de diez años trabajando juntos, era la primera vez que el director gerente del Hospital se decidía a invitarlos a ambos, bueno de hecho no es bien… bien así, ya que Joan hace unos años asistió a una, con gente de la burguesía barcelonesa y algún político municipal. Siempre mencionaba que fue de lo más aburrida y que recuerda de todo, excepto que fuera una cena de "amigos". Pero curiosamente después de esa cena, el hospital, por mano de su director, envió a Joan unos meses a Estados Unidos para realizar un curso de perfeccionamiento médico del cual prácticamente nunca hablaba, si bien es cierto que después de esa estancia de casi un año en tierras americanas, Joan volvió más seguro y con más autoconfianza. Sin duda esa etapa le ayudó a mejorar profesionalmente y a ascender dentro de la organización del hospital.

Entre bosques y vegetación, en aquella noche húmeda, se erguía en medio de *Valldoreix*, la magnífica casa moderna y minimalista, estructurada en tres plantas de líneas rectas, grandes ventanales, y con un enorme jardín en el cual resaltaba aquella piscina rectangular iluminada como centro de todo aquel complejo residencial en el cual, Esteban Ferran, residía y se vanagloriaba de ello.

Se podría decir que la humildad no era precisamente una de las virtudes con las que contaba el afamado director. Las malas lenguas de la Ciudad Condal hablaban de rumores sobre el origen de su fortuna más allá del sueldo, por otra parte, nada despreciable para un director gerente del Hospital Clínic de Barcelona. Hablaban del dinero heredado por su mujer, la cual provenía de una familia pudiente de la burguesía catalana, otros también hablaban de los contactos estrechos que mantenía con el mundo de la política y el poder local, o incluso de su vinculación a ciertos movimientos conservadores católicos no sólo de dentro de la iglesia catalana sino del mismo Vaticano.

Y allí estaban nuestros protagonistas, rodeados de personas ajenas al ritmo estresado y cotidiano de sus quehaceres en el centro sanitario, no es que fuera un grupo muy numeroso de invitados, pero sí que sin lugar a duda era un fiel reflejo de lo que comúnmente se denominaba, la élite de la sociedad barcelonesa.

El Cardenal Berenguer fiel representante y líder del Arzobispado de Barcelona, afín al Papa Rodrigo I, era famoso por desarrollar ideas innovadoras de culto a Cristo, en diferentes formatos e idiomas, para llegar al máximo número de feligreses a través de la poderosa Archidiócesis de Barcelona. Gracias a su posición, controlaba no solamente los templos de culto católicos de la gran urbe gracias a las zonas pastorales repartidas por el territorio, sino también las iglesias de la gran Área Metropolitana. Hablamos de más de doscientas parroquias para más de cuatro millones de posibles feligreses que le otorgaban cierto poder de influencia envidiado por muchos.

El matrimonio compuesto de Elisenda Riudavets, primera teniente de alcalde de la ciudad, con su marido, Alberto García, empresario del sector hotelero que mediante la empresa GARCHOTEL regentaba más de diez hoteles repartidos por toda Catalunya. La señora Riudavets, se postulaba para suceder en las próximas elecciones municipales al actual alcalde conservador, el cual ya había renovado el cargo en dos ocasiones y había decidido retirarse, cansado del mundo de la política. Como todos conocían, la señora Elisenda era su más fiel escudera y más que probable digna sucesora.

Esteban Ferran y su mujer Dolors, eran un matrimonio de los que resaltan por su elegancia y saber estar por encima del resto, Esteban aunque informal en su vestimenta, quizá lo más acorde sería llamarle "casual", siempre transmitía esa clase que solo unos pocos privilegiados pueden irradiar, y no se trata tanto, aunque siempre ayuda, de si los hábitos que portaba eran o no diseñados por grandes eruditos de la moda, sino más bien del áurea que conseguía comunicar con su imagen al resto de mortales.

Aunque ambos ya habían entrado en la sesentena, sus cuerpos aún permanecían esculpidos por el deporte, por el sano comer, y quien sabe si por la intervención divina de algún bisturí endiosado.

El matrimonio tenía dos hijos, Mariela de treinta años y Esteve de veinticinco, los cuales ya hacía unos años que habían abandonado el nido familiar, viviendo la primera en Nueva York donde ejercía de médico pediatra en el *NYU Langone Hospital* en Brooklyn, y él se había instalado desde hacía poco en una masía en l'*Empordà* que había acondicionado y decorado con su pareja para convertirla en un precioso hotel con encanto.

Dolors era una mujer espléndida en todos los sentidos, siempre acompañada del brazo de su marido, ejercía de magnífica anfitriona como ninguna otra persona sabía ejercer, pero cuando era necesario, sabía permanecer en el segundo plano que su esposo anhelaba, para proyectar y aumentar más su figura ante su entorno más cercano e influyente.

Entre ellos, hace años habían pactado potenciar la figura de él por encima de la de ella, no es que Dolors no tuviera ambiciones, sino que éstas iban mucho más allá de aquella realidad barcelonesa que les había tocado vivir. Aquel matrimonio estaba jugando sus cartas y ella además de paciente, era extremadamente calculadora y cuando lo deseaba, fría, dispuesta a esperar su gran momento de saltar de nivel, de pasar de señora burguesa a dama de la alta sociedad con un alto poder empresarial.

Con este fin, al fallecer su padre, en su lecho de muerte, le prometió que recuperaría la empresa, que creó su progenitor, para la familia, así que aprovechó para adquirir mediante testaferros un volumen de participaciones y acciones nada inestimable en la antigua empresa familiar. Su plan estaba muy claro, aprovecharía su papel en segundo plano, el cual le iría permitiendo escalar dentro del capital en la corporación, sin destacar demasiado, manteniendo cierta distancia, hasta conseguir una posición suficiente de poder y cuando estuviera preparada, acometer el asalto final para recuperar el control definitivo de esta.

Esteban sin embargo, mucho más transparente en sus metas, le gustaba ir como él decía, paso a paso, después de estudiar medicina y ejercer como especialista en Medicina Familiar en una clínica de ámbito privado, cursó un Master de gestión de empresa pública en la prestigiosa escuela de negocios, *ESADE*, que le permitió alcanzar el puesto de gerente de Atención Primaria del Departament de Salut de la *Generalitat de Catalunya*, hasta que hace diez años fue nombrado Director Gerente del Hospital Clínic de Barcelona, uno de los centros de referencia más importantes a nivel nacional y europeo.

Diez años para alguien que quiere ir paso a paso, que quiere ir creciendo, empezaba a ser un lastre difícil de explicar, incluso para si mismo, comprendiendo que había llegado el momento de dar el salto al siguiente eslabón en su carrera. Sin embargo, era una persona con unas convicciones religiosas muy profundas, a pesar de su talante científico-médico, el cual debería otorgarle cierto aire de escepticismo ante los arrebatos espirituales y religiosos vinculados a los estados físicos del hombre.

Esteban Ferran, personaje próximo al mismísimo Santo Padre en el Vaticano, gracias a su relación con el Arzobispado de Barcelona, era miembro de honor del consejo de dirección del Consorcio Sociosanitario Católico de Barcelona, el cual vinculaba a las diferentes órdenes y congregaciones religiosas presentes en la ciudad con los centros hospitalarios fundados y gestionados por estas mismas desde tiempos inmemoriales.

Pero últimamente, desde el Vaticano se observaba con cierta preocupación, como la afluencia y participación cada vez más masiva de empresas inversoras de origen norteamericano, con capital suficiente que facilitaba por parte de estas adquirir un gran número de los diferentes hospitales que en otro momento fueron controlados por la Iglesia, provocando una gran pérdida de poder y de control, por tanto, de influencia en la sociedad actual.

El Consorcio tenía la instrucción de velar por la independencia de dichos centros hospitalarios católicos y protegerlos ante la especulación del capital, como mínimo del capital no controlado por la misma Iglesia, y aquí es donde entraría la empresa familiar una vez su esposa adquiriera la máxima dirección de esta. Como no podía ser de otra manera, el nexo de todo esto era el propio Cardenal Berenguer, el cual no dudaba en pedir los favores necesarios a Esteban a cambio de interceder por él ante la Santa Sede, digamos que nos encontrábamos en una situación de *quid pro quo* beneficiosa y duradera para ambos.

Y allí estaban todos, en el jardín de aquella villa, saboreando diversos cócteles antes de acometer las viandas de aquella opulenta cena. Conversando entre ellos, como una gran obra de teatro, o mejor dicho, como una gran opera en el precioso teatro del *Liceu*, un *Rigoletto*. En la cual, cada uno tenía adjudicado su papel, tenía aprendido su guión, y sabía cómo cantar y con qué entonación debía acometer cada momento para dar el dramatismo adecuado y suficiente con el único objetivo de emocionar y embriagar al público asistente a aquel acto de burda apariencia y falsa pasión.

Rosa y Laia no se separaban ni un segundo de su mutua compañía, lógicamente, se sentían peces fuera de aquel mar de lujo y champagne en el cuál sus queridos esposos las habían introducido aquella noche a forzada contracorriente.

– Rosa, no te separes de mi por favor, yo no se ni de qué hablar con esta gente.

– Laia, no debes preocuparte por eso, tú les empiezas a hablar de Tàpies y de tu trabajo en la Fundación, y quedarán embelesados por tus conocimientos. No hay nada mejor que hacer sentirse ignorante a alguien que se cree erudito, y te lo garantizo… hoy aquí hay más de uno.

– ¿Cómo está Sergi?, ¿le va bien el colegio nuevo?

– Bueno, la adaptación ha sido complicada, cambiarle del colegio de Barcelona dónde están sus amigos de toda la vida para llevarlo a una escuela nueva, con la edad que ya tiene, no ha sido nada fácil. Pero parece que poco a poco se va adaptando.

– Al menos nosotros con Ona aún no estamos en ese momento, aunque crecen rápido.

– A veces me gustaría parar el tiempo, pero cuando lo veo así de guapo y como se está convirtiendo en un hombrecito con su propia personalidad, porque de eso tiene… y mucha, me alegra ver cómo poco a poco vamos recogiendo los frutos de haber disfrutado de la vida con él.

– Mira, allí están nuestros "hombres" … Laia señaló levemente levantado una copa de champagne hacia donde se encontraban Roger y Joan.

– ¿Vamos con ellos?

– Ay Laia, ¿para escucharlos hablar de cardiopatías o del último gol de Messi?

– Tienes razón… nosotras a lo nuestro. –y poco a poco fueron alejándose de ellos, disimuladamente, sin prisa, pero sin pausa.

Mientras tanto, ellos estaban comentando sobre un paciente que hace poco habían atendido conjuntamente, el caso del niño que volvió del supuesto otro lado.

– ¿Sabes?, hoy en la consulta he atendido a Xavi, el niño que tuvo la parada cardiorrespiratoria y que, aunque no podía vernos ni escucharnos, lo vio todo… ya me entiendes.

– Roger, aún hay cosas que, por más que queramos buscar una explicación en los vademécums médicos, o en las interminables horas de estudios científicos de nuestras vidas dedicadas al noble arte de la sanación humana, no podemos llegar ni a explicar ni mucho menos entender.

– A ver *Joanet*, ¿qué hay cosas por ahí en el mundo… extrañas?, lo entiendo. Pero que un niño clínicamente muerto sea capaz de…

– ¿Resucitar?

En ese preciso momento, una voz, con una baja tonalidad, pero a la vez melódica, se escuchó justo en las espaldas de Roger y Joan, sorprendiendo a ambos en una conversación que creían aislada y privada.

– ¿Eminencia disculpe? – De manera condescendiente Joan intentó desviar la atención del Cardenal Berenguer, sin mucho éxito, delante de la sorpresiva irrupción del religioso.

– Perdonen, pero no he podido evitar escucharlos, cuando uno llega a cierta edad, y ustedes ya lo comprobarán con el tiempo, desarrolla el sentido de la atención hasta límites insospechados, aunque no vaya acompañado precisamente de una mejora del sentido del oído cada vez más mermado.

La sonrisa artificial de ambos amigos, delante de aquellas palabras, emanaba un aire de incomodidad ante aquella situación, ante aquella temática, y por supuesto ante aquella falta de confianza versus una persona con la presumible integridad religiosa y mística que se le puede presuponer siempre a todo un Cardenal de la iglesia católica, romana y apostólica.

– No se sorprendan ante mi presencia y ante lo que les voy a decir a continuación…recuerden que la visión del catolicismo siempre ha girado en torno a la creencia que efectivamente existe una vida después de la muerte. De hecho, los siervos de Dios no necesitamos de pruebas empíricas y científicas que certifiquen este hecho, porque con nuestra fe y desde el profundo conocimiento de nuestras sagradas escrituras, corroboramos desde hace muchos siglos que el alma es inmortal, y que seremos juzgados en la otra vida por nuestros actos en esta.

– Eminencia, pero el caso de este niño no creo que tenga nada que ver ni con la mística, ni mucho menos con lo sagrado. Lo más probable es que debido a la insuficiencia de sangre que se produjo en el cerebro provocó una disminución en el nivel de consciencia que seguramente fue parcial, y que sin duda fue recuperando en intervalos muy cortos, quizá en milisegundos, imperceptibles para el equipo médico que allí nos encontramos. No dudo que en el mundo pueda haber experiencias cercanas que puedan ser explicadas a través de los sagrados estudios bíblicos, pero diría que este caso se encuentra más próximo a la capacidad y el nivel medico-tecnológico y científico disponible actualmente, falto, seguramente, aún del suficiente conocimiento para explicar estos casos. –Roger sacó su vena más científica y agnóstica para intentar rebatir al Cardenal.

–Entiendo su falta de fe y creencia, pero según tengo entendido, en estas experiencias digamos que milagrosas, prácticamente todas las personas que las experimentan hablan del encuentro con un ser espiritual superior, indudablemente se trata de Dios nuestro señor. –El Cardenal no tenía ninguna voluntad de verse doblegado por aquel doctor de falsas y nulas creencias religiosas.

–No tengo ninguna intención de molestarle, de verdad, –él insistía en enrocarse en su visión científica alejada de cualquier atisbo de misticismo y espiritualidad, desplegando sus dotes de retórica aprendidas en su época universitaria como miembro destacado del Club de Debate. –pero ¿qué le hace pensar que nos encontramos ante Dios y no ante cualquier otra eventual divinidad existente en la Tierra y sin duda creada artificialmente, desde el imaginario colectivo humano, para explicar la ignorancia ante aquello que se desconocía en tiempos pasados? Dicha teórica divinidad no sería más que una interpretación cultural, individual de cada uno de nosotros mismos, cuyo verdadero origen la encontramos realmente en los últimos impulsos nerviosos del cerebro antes de apagar el motor vital del ser humano, a modo de despedida definitiva.

– Me sorprende su retórica, más propia de un político que de un doctor de prestigio como yo le tenía. Si fuera cierto lo que usted indica, ¿a qué explica que estás situaciones donde lo divino interviene, según mi humilde opinión, produzcan tan profundas transformaciones en la forma de entender la vida y la muerte?, por parte de las personas que transitan entre lo que usted le viene a llamar… ¿el apagado y el encendido del motor vital? Sufren un cambio profundamente espiritual, que en muchos casos canalizan hacia una nueva vida dedicada al culto católico cuando antes ni siquiera muchos de ellos apenas habían pisado una iglesia en muchos años.

– Señores, síganme por aquí, espero que les guste la cena que les hemos preparado con mucho cariño. – La presencia de aquel hombre de mediana edad vestido con un delantal blanco y que se dirigió a todos los invitados, se trataba del chef contratado para aquella noche por el matrimonio Ferran, anfitriones del evento y mecenas de causas interesadas.

El enorme salón acondicionado como comedor para albergar aquella cena especial, estaba rodeado de grandes ventanales desde los cuales se vislumbraba el gran jardín con su piscina como colofón del complejo exterior.

Sin la presencia de excesivos muebles, la austeridad existente reflejaba, sin embargo, la opulencia disfrazada de sus moradores, dónde unos cuadros firmados por *Miró* y *Dalí* resaltaban como joyas que adornaban sus paredes alrededor de la gran mesa, preparada para ofrecer a sus comensales una vigilia culinaria del todo especial.

La velada transcurría de manera afable entre todos los presentes, Roger y Laia estuvieron hablando toda la noche con Elisenda Riudavets y su esposo. Las ideas innovadoras que tenía pensadas en caso de salir elegida próxima alcaldesa resultaban tan atractivas como imposibles de ejecutar, por lo que parecían más extraídas del decálogo de las promesas políticas que del proyecto efectivo de un candidato para la Ciudad Condal.

– Estamos pensando en trasladar una idea innovadora que desde hace tiempo tienen implementada en Londres. Allí han decidido combinar algunas residencias de personas de la tercera edad con el orfanato municipal. – Riudavets se expresaba con gran entusiasmo.

– Hace un mes y medio, estuve allí para comprobar el éxito de la iniciativa, concretamente visité un asilo de ancianos adscrito a la *Nightingale House*. Emociona ver la ilusión con la que los más de doscientos residentes esperan la visita semanal del grupo de niños que provienen de alguno de los orfanatos municipales pertenecientes a *The Children's Society*, para jugar juntos y compartir momentos. Para aquellos ancianos es un aliciente; es como volver a rejuvenecer, es como volver a tener nietos o hijos, les llena de vida y de salud, y a la vez los niños descubren el amor, el cariño más cercano y parecido a tener una familia de verdad. Esa idea tenemos que traerla aquí, y si gano será de las primeras cosas que haré…

– Elisenda, ¡me encanta la idea! Tienes mi voto seguro. – a Laia le encantó tanto la iniciativa que no dudó en tirarse a la piscina con ese compromiso de voto futuro, aunque ella nunca votaba.

La velada finalizó a medida que se fueron ausentando los invitados, Joan y Rosa fueron los primeros en marcharse con la excusa que su hijo Sergi les había llamado preguntando cuándo regresarían, detrás de ellos cada cinco o diez minutos, el resto de los comensales fueron despidiéndose de los señores Ferran, no sin antes agradecer cortésmente por aquella magnífica cena.

– Al final no ha estado tan mal la cena, hasta me he divertido. – Laia le comentaba a Roger ya en el coche de vuelta a casa.

– Bueno, detrás de un político, de un médico o de un religioso, hay una persona, sólo hay que saber cómo llegar a ella, y de eso tú siempre has sabido cómo hacerlo mi amor, así que no me sorprende…

Capítulo 8 RESIDENTES

Aquel día la emoción y los nervios habían conquistado el cuerpo de aquel muchacho, hacía pocas semanas que había llegado de Oviedo, después de estudiar a mil kilómetros de casa, después de tantos años de estudios, tantos años de esfuerzo, y allí estaba otra vez en su ciudad, Barcelona, delante de la indescriptible sensación de tener que enfrentarse al mayor reto que hasta ahora la vida le había puesto delante. Aquel día representaba para Joan su nacimiento como médico, el día que debía comenzar su residencia, el día que se iniciaba su verdadera vida activa como profesional de la medicina, por delante le quedaban meses en los cuales debería enfrentarse a momentos buenos y malos, dónde era consciente de que disfrutaría de la experiencia, pero sin embargo conocedor de que esta no sería, para nada, gratis.

Su principal miedo, como nuevo R1, médico residente de primer año del Hospital Clínic, era tener la suficiente consciencia de ser capaz de enfrentarse a situaciones que seguramente, cuando las tuviera delante, no sabría cómo afrontar, y que sólo con el esfuerzo, la dedicación, la práctica, y, esperaba que, con la ayuda del resto de los compañeros, podría ir superando poco a poco.

– ¿Joan Esteve? –un médico de mediana edad iba pasando lista de los residentes que en aquel momento iniciaban juntos su camino, camino que los debería llevar al cabo del tiempo a ser médicos de pleno derecho.

– Sí, soy yo.

– Irás con el equipo del doctor Javier Murillo, en la *Unidad de Cirugía Hepatobiliopancreática.*

– Tranquilo, me han hablado del doctor Murillo, y me han dicho que es excelente y que trata muy bien a los residentes que tiene en su equipo. – un chico alto y moreno se acercó a Joan para tranquilizarlo, al que se le notaba los nervios por cada poro de su piel sin poder disimular. – Hola, me llamo Roger, y yo también voy a estar en el equipo del doctor Murillo.

– Hola, yo soy Joan, Joan Esteve, encantado. –estrechando sus manos entre los dos nuevos residentes.

Joan y Roger desde el primer día que entraron a trabajar juntos, como R1, se hicieron inseparables, ayudándose mutuamente en todo lo que podían. Aquellos primeros días fueron muy duros, para aquellos chicos que habían dedicado una gran parte de su vida al estudio del mundo de la medicina. Sentían que lo más complicado era gestionar sus propias emociones, sentirse un miembro útil tanto para el resto del equipo como para el hospital, era una obsesión que les superaba en estos primeros días de MIR y que debían saber gestionar.

Aprender el funcionamiento nada sencillo de la unidad para la que estaban trabajando, desde lo más básico hasta las patologías con las que se iban a enfrentar, les generaba una cierta dificultad e intranquilidad. No obstante también era fundamental que aprendieran tareas para las que no se habían formado anteriormente, como conocer en profundidad el funcionamiento complejo del centro, el sistema farragoso de administración, los sistemas informáticos, la gestión documental, etc. Para ello no había nada mejor que forzar la marcha acumulando guardias y más guardias, había semanas que la extenuación por las horas dentro del hospital era tan grande que para poderse recuperar apenas salían de casa. Lo más importante de esta etapa fue sin lugar a duda, la amistad que se fue labrando entre los dos aspirantes, cuándo uno de ellos tenía un bajón y le entraba miedo de cometer algún error, especialmente alguna consecuencia que pudiera ser perjudicial para alguno de los pacientes, inmediatamente el otro reaccionaba apoyándolo mediante una sobredosis de confianza y autoestima.

A Joan le preocupaba en exceso que por mucho que estuvieran tutelados en todo momento, el hecho de que, por muchos libros memorizados en su época universitaria y por muchos textos estudiados que hubieran pasado por sus manos, cuando se le presentara un paciente al cual debía tratar, y sobre el cual seguramente no sabría ni por dónde empezar, le inundaba en su interior una fuerte sensación de humildad, una fuerte sensación de que se encontraba apenas al inicio de un camino, de un camino largo y tortuoso sobre el cuál mucho les quedaba por aprender.

Para Roger, sin embargo, sus miedos iban más encaminados a no cumplir con las expectativas, tanto propias como del exterior, sus calificaciones eran extraordinarias, pero no servían de nada si no era capaz de empaparse de todo su entorno, aprender, y saber reaccionar rápidamente ante una situación en la que pudiera verse superado. Esta autoconfianza y este autocontrol, le permitió disminuir sus miedos, ir evolucionando más rápidamente de lo normal para un médico residente de primer año, y poco a poco fue asumiendo su papel, su rol en el equipo, consolidándose como un cardiólogo con mucho futuro.

A Joan le destinaron uno de los primeros días al servicio de Urgencias del hospital, las dudas ante lo que suponía trabajar por primera vez en el que es considerado el servicio más complicado de cualquier hospital, en el servicio donde más problemas pueden surgir, variados y en ciertos momentos inesperados, le sumían en una inseguridad palpable.

– A ver, no tienes que preocuparte más que en cualquier otra unidad del hospital, aquí en urgencias no tenemos tiempo de preocuparnos, sólo de ocuparnos. Piensa que aquí prácticamente no se puede programar nada, actuamos en base a la demanda que nos encontramos cada día, no serías el primero que no quiere volver nunca más a urgencias… así que tranquilo. –Le indicó la enfermera que organizaba los turnos de los residentes ese día, y que, con su larga experiencia y conocimiento, creía tranquilizar a los nuevos, nada más lejos de la realidad.

Pero Joan no estaba dispuesto a fracasar, sabía que sería complicado, pero era una gran oportunidad para empaparse como una esponja de conocimientos y de *savoir faire*. El idioma inglés puedes aprenderlo al cabo de los años asistiendo a la *British School* de Barcelona, o puedes aprenderlo en sus calles en menos tiempo, viviendo y trabajando en Manchester, empapándote cada segundo, porque no te queda otra, porque debes sobrevivir, eso era urgencias en el hospital, un auténtico y callejero Manchester, la primera trinchera de aquel lugar.

Y así fueron transcurriendo sus años de residencia, poco a poco fueron creciendo primero como residentes y luego con el tiempo, ya como médicos, fueron mejorando, y aunque a diferentes ritmos, siempre juntos, compañeros, confidentes y amigos.

Ona, se despidió como cada mañana de su papi, mientras Roger le lanzaba varios besos al aire, aquella personita entraba por aquel enorme portalón que dirigía hacia unas escaleras coronadas en su parte más alta por la figura de piedra de un enorme Cristo redentor, el cual, con los brazos abiertos, invitaba a entrar a aquellos niños y niñas uniformados que, cargados con sus enormes mochilas, cruzaban el umbral de aquella escuela situada en pleno centro de Barcelona.

– ¡Ona!, ¡Onaaa! –la niña se giró al escuchar como otra niña la llamaba insistentemente por su nombre.

–Anna, ¡hola!, ayer fui a ver la peli de Frozen con mi papi y mi mami, fue muy chula, hoy seré Elsa, ¿vale? –emocionada Ona le explicaba a su amiguita lo que hizo el domingo con sus padres mientras subían aquellas escaleras hacia la clase.

– ¡No se vale!, ya te dije que ¡yo soy Elsa!, tú si quieres puedes ser Anna. –la amiguita con tono de enfadada hacia Ona.

– ¡Tú eres Anna! No yo… ¡tú te llamas Anna y yo soy Elsa! –Ona había heredado la testarudez de su padre y se aprovechaba que su amiga se llamaba igual que la otra princesa de la película para intentar dominar la situación e imponerse.

– ¡A ver princesas!, ¿por qué las dos sois princesas verdad?, sentaros ya y calladitas que empezamos la clase. –la profesora les llamó la atención e interrumpió la discusión pueril entre aquellas amiguitas, ante el inminente inicio de la clase.

– Soy yo Elsa. –susurrándole al oído de Anna, Ona siempre quería tener la última palabra.

– ¡Basta Ona!, ¿qué te he dicho? –naturalmente no hay nada más fino que el oído de un profesor para interceptar cualquier sonido de la clase que no esté planificado en el programa escolar cotidiano.

Ona era una niña, como la mayoría de su edad, provista de una gran capacidad imaginativa, aderezada con grandes dotes creativas para inventar historias y que le conferían cierto liderazgo entre las niñas de su clase. A pesar de que siempre le gustaba llevar la razón, tenía un enorme corazón y en ciertos momentos la sensibilidad le podía más allá del ímpetu propio para su corta edad.

Muy apegada a sus padres, como hija única, intentaba demostrar siempre una mayor independencia, de la que verdaderamente disponía, delante de sus compañeros de clase, no fuera que dejara de ser vista como una líder por parte del resto de las niñas si estas se enteraban de ese fuerte apego sentimental.

– ¿Adónde vais a ir de vacaciones este verano? –el curso ya estaba finalizando, y la profesora lanzó una pregunta al aire, ante la cual, todos aquellos niños y niñas empezaron a responder gritando de forma desordenada y simultánea. –¡A ver!, de uno en uno, levantar las manos el que nos lo quiera decir y yo os iré avisando. ¡Venga Ona, empieza tú!

– A Menorca, todos los veranos voy allí…me gusta mucho, me baño en la playa con mis papis y en la piscina. –sin lugar a dudas le emocionaba mucho explicarlo la primera a toda la clase.

– ¿Ona, sabes que Menorca es una isla verdad? –le preguntó la profesora.

–No es una isla, ¡es una *illa*! –la profesora soltó una carcajada delante de la respuesta espontánea de Ona.

– Me encanta ir con mis papis a pasear por Ciutadella y comerme un helado de xocolata, ¿sabes que mi mami sabe mucho de piedras y cuadros?, siempre me explica historias de tala… tala…no me acuerdo como se llaman… ¡ah sí! … *talaiots*. Mi mami dice que…

– Mi mami, mi mami, mi mami… –en tono burlesco Gerard, un niño de la clase interrumpió a Ona, la cual se dio cuenta que estaba hablando otra vez demasiado de sus padres, delatando la devoción que tenía por ellos.

– ¡Calla Gerard!, no te toca a ti aún. – zanjando aquel intento de boicot por parte de aquel travieso niño. – Sigue Ona, no le hagas caso.

– No, ya está, ¡eres más tonto que *Olaf*! –dirigiendo su mirada hacia el niño impertinente, a continuación, todas las niñas se empezaron a reír delante de aquella respuesta espontánea de Ona para desviar la atención del intento de aquel mocoso de hacer público su disimulado apego paternal.

– ¡Venga, ya está bien!, ¡callaros los dos!… ¿quién quiere continuar? –la profesora intentando moderar y controlar la situación.

A Ona, no se le daba mal del todo el colegio, quizá tenía más dificultades con las matemáticas, aunque no hay nada mejor para solucionarlo que unas clases particulares y como no, la inestimable ayuda de un padre médico para ir trampeando la asignatura de la mejor forma posible.

Siempre se pasaba las jornadas escolares contando el tiempo que le faltaba para ver a sus padres, esto la hacía distraerse muy a menudo de las clases, así que Roger y Laia no tenían más remedio que estar encima y continuamente ir preguntando a otros progenitores los deberes pendientes, para este cometido, sin duda, el *whatsapp* de padres era el mejor y más ágil canal.

– ¡Mamiiii! – nada le hacía más ilusión que su madre la fuera a buscar a la salida del colegio, con una buena merienda antes de ir para casa.

Una vez ya en casa, se ponía a hacer los deberes en su habitación, los cuales posteriormente su madre siempre debía revisar, y luego un rato de dibujos animados, *Ladybug*, en la televisión antes que llegara su padre de trabajar.

Cuando llegaba Roger, le encantaba jugar con él a princesas hasta la hora del bañito, luego la cena, y como cada noche entre las nueve y media o diez, a su cama a dormir siempre acompañada o de Roger o de Laia, condición indispensable para que aquella hermosa princesa cogiera el sueño rápidamente y dejara relajados por fin a aquella pareja para el resto de la jornada.

Capítulo 10 DEVOCIÓN

Roger llevaba preparando aquella fiesta desde hacía ya varias semanas, siempre deseó que le hubieran hecho una fiesta sorpresa para su cuarenta cumpleaños con todos sus amigos más cercanos presentes. Sin embargo, trágicamente aquel año no pudo ser porque coincidió con el fallecimiento inesperado de su cuñado, David, y en aquel momento, sinceramente, Laia no estaba para preparar nada y desde luego a él nunca se le pasó por la cabeza celebrarlo ni tan solo en la intimidad de la pareja, delante de una pérdida tan grande e inesperada para toda la familia.

Por eso siempre pensó que, cuando se acercara el cambio de década para ella, le prepararía una fiesta sorpresa que fuera especial, que estuvieran todos aquellos que han compartido su historia desde el inicio, sería un homenaje al amor de su vida y a la familia maravillosa que habían formado juntos.

– ¿Judith? Hola, soy Roger. Cuánto tiempo sin vernos, ¿Arnau está bien?, mira te llamo porque estoy preparando una fiesta sorpresa para Laia y quería saber si puedo contar con vosotros. – Faltaban dos semanas y él debía espabilar, al final como siempre pasa en estos casos, el tiempo se le había tirado encima, entre el trabajo y la dificultad de llevar algo en el más estricto secreto para que su pareja no sospechara de nada, le habían quedado pocas oportunidades para organizar el evento como a él le gustaría.

Ya tenía al menos concertado el restaurante, ya había pensado incluso qué estrategia seguir para que ella no sospechara nada, pero le faltaba por confirmar la asistencia de algunos invitados al evento, y entre ellos una persona muy importante para Laia, su mejor amiga Judith.

Judith y Laia eran amigas prácticamente desde su nacimiento, la amistad entre sus padres hizo que estas dos chicas del barrio de Sants tuvieran una vida paralela en la que uno nunca llegaba a saber dónde empezaba la una o donde acababa la otra, *Julai* o *Laijú*, como siempre las llamaba irónicamente el hermano de Judith cuando de jóvenes les quería tomar el pelo sobre su inacabable capacidad de ser inseparables.

Estudiaron en la misma escuela, fueron al mismo instituto, y solamente la fuerte pasión por el arte que Laia había desarrollado y heredado, gracias a la fuerte influencia de su tío Pere, el cuál llegó a ser un artista renombrado dentro del circuito de artistas alternativos de la Barcelona de los años ochenta, hizo que estas dos amigas del alma tomaran caminos diferentes en la época universitaria.

Mientras la ahora homenajeada inició sus estudios en la *Facultat de Belles Arts de la Universitat de Barcelona*, Judith optó más por el mundo del derecho, especializándose en derecho civil y llegando a ser una de las abogadas más prestigiosas en la ciudad de Girona, actual residencia dónde se fue a vivir cuando conoció a su marido, Arnau, hacía ya varios años.

La distancia, las nuevas amistades, los nuevos amores, la vida en general… las fue distanciando físicamente, aunque nunca perdieron el contacto, todo lo contrario, ya que una o dos veces al año, hacían un viaje juntas de unos pocos días para rememorar su pasado y enriquecer su presente con nuevas vivencias comunes, Calella de Palafrugell, Barruera, Cadaqués, Camprodón… no importaba el dónde ni el cuándo, sólo importaba el con quién, Judith y Laia, Laia y Judith.

– Entonces *Ju*, ¿podréis venir?, a Laia le hará muchísima ilusión, una fiesta para ella sin que tú estuvieras no sería completa. – Roger respiró aliviado cuando la querida amiga de su amada le confirmó finalmente su asistencia.

Y así, poco a poco, fue organizando aquella fiesta, aquel homenaje a su querida esposa. Para aquel día, ya lo tenía todo previsto, su mentalidad médica le había hecho planificar con el máximo detalle, no podía salir mal de ninguna manera, todo estaba completamente hilvanado, ahora sólo le restaba esperar el día señalado.

Una vez todo organizado, incluso llegó a sentir esa impaciencia que emerge en el interior de las personas cuando tienen ilusión por querer demostrar a alguien, al cual aman y admiran, la devoción y el agradecimiento por haberlo escogido como compañero de viaje, como compañero vital. Sin duda se sentía un privilegiado por la vida que llevaba, y su esposa era la parte fundamental que lo había hecho posible, contaba los días que quedaban y esperaba que todo saliera bien, que todo saliera perfecto, si alguna noche debía ser perfecta, debía ser la noche de la fiesta del cuarenta cumpleaños de Laia, no había excusa posible.

En aquella tarde de finales de junio, donde la presencia de la alta humedad, provocada por las altas temperaturas diurnas del verano, gobernaba ampliamente en el ambiente urbano de la ciudad. Ella había quedado al salir del trabajo con Roger, era su cumpleaños, y como cada año, tenían la costumbre de pasear por las calles de Barcelona y luego siempre él reservaba algún bonito restaurante de moda para celebrar juntos el aniversario.

Laia seguía sin sospechar para nada lo que su marido le había preparado para aquella ocasión, la pareja fue paseando por la calle Consell de Cent, relajados y tranquilos. Esa noche Ona la pasaría con sus abuelos, así que la única prisa que tenían era la de disfrutar de la presencia del uno con el otro, o eso creía ella.

– Roger, amor mío, ¿dónde has reservado para hoy?

– Me han aconsejado una bodega que han abierto en la calle Joan Güell, dicen qué está muy bien.

– Pero, eso es en Les Corts, ¿no está un poco lejos? –le extrañó que estando en el barrio con más negocios de restauración por metro cuadrado de la ciudad, y dónde se encuentra gran parte de la oferta de restaurantes de moda, tuvieran que ir hasta el barrio de Les Corts, el cuál caminando no se encontraba precisamente cerca del lugar por el que estaban paseando en ese mismo momento.

– Para ir a pie sí, pero hoy vamos a coger un taxi, así probamos sitios nuevos más allá del Eixample. ¡Mira! allí hay una parada de taxis… – Roger intentando normalizar al máximo la interpretación, siempre había tenido un defecto, o una virtud según cómo se mire, no sabía mentir y ella era capaz de notárselo siempre. Así que ese día debía sacar su inexistente vena artística o una mínima capacidad de disimulo para no echar al traste la sorpresa, para lo cual no estaba ni entrenado ni acostumbrado.

Mientras se dirigían hacia su destino, en el interior de aquel taxi amarillo y negro, Laia miró por la ventana del vehículo, divisando el *Mercat de les Corts*, un edificio moderno, plano, sin carisma alguno. Para ella, dicho edificio le había parecido siempre completamente insulso y monótono, alejado de la belleza del urbanismo barcelonés, modernista, ecléctico, vanguardista e internacionalmente reconocido.

En ese preciso momento, le vinieron a la mente vivencias de juventud por aquellas calles, Laia vivió de pequeña en el barrio de Sants, situado muy cerca, y aunque se consideraba sansense, realmente se había criado en aquel barrio conocido mundialmente por albergar el *Nou Camp*, uno de los mejores estadios de fútbol del mundo, ahora en un estado decadente, aunque en otra época fue considerado esplendoroso y moderno.

Una vez llegados a la calle Joan Güell, la pareja descendió de aquel vehículo, el cuál se alejó rápidamente por la Travessera hasta perderlo de vista.

– Roger, ¿está muy lejos?, no sé aún qué hacemos aquí. – ciertamente Laia no entendía el porqué de aquel desplazamiento innecesario para aquel día, en el que ella sólo deseaba tranquilidad, sólo deseaba un paseo agradable, una cena romántica y relajada.

- Ya llegamos. Mira, es aquí. –Los nervios empezaron a surgir cada vez con mayor fuerza en él, tantas semanas de organización, tantas semanas de preparación, horas de no poder descansar, llamadas, mensajes, e-mails, … pero ya estaban allí, justo delante de la puerta, no había vuelta atrás.

El local, a simple vista pequeño, estaba decorado con gusto, alternando la madera con el hormigón, simulaba una bodega antigua con un aire ecléctico al mezclar lámparas de lágrimas con suelos hidráulicos, a esa hora el local estaba lleno de comensales, a Laia le extrañó la situación al percatarse de que no había ninguna mesa vacía…

– ¿Habrás reservado verdad? A ver si hemos venido hasta aquí para nada…

Un chico delgado, con buena planta, vestido con un delantal de color beige encima de un uniforme negro, se acercó hacía ellos –¿El señor Gilabert verdad? –Asintiendo Roger con un movimiento sutil de su cabeza - Les hemos preparado una mesa especial para dos en el salón de abajo, estarán más tranquilos y relajados. Síganme por favor, les llevaré a su mesa.

-Gracias –él, aunque acostumbrado por su trabajo a lidiar con situaciones de enorme tensión, en ese momento, mientras bajaban por aquellas escaleras, justo detrás de ella, pensaba que el corazón le iba a explotar de los nervios acumulados.

Cuando descendieron del todo, la cara de ella le cambió por completo…

- ¡SORPRESA!

El teléfono sonó dentro de una de las estancias de la Gran Mezquita de París…

– *Allo?* –Ibrahim Moussa, el rector de la mezquita más grande de Francia descolgó para responder aquella llamada intempestiva, aunque no inesperada, desde su habitación personal.

– *Tout fait* –una voz al otro lado de la línea que, con voz grave y escueta, anunciaba al rector que todo estaba listo según lo acordado.

– *Merci, Asalaam alaikun* –colgando el teléfono de inmediato, el rector se recostó en su cama, estirándose de forma pensativa, asumiendo el significado de esa llamada.

Mientras tanto, aquel individuo con la voz grave abandonó el lugar en el que se encontraba, saliendo de allí con la misma tranquilidad con la que unos momentos antes había utilizado para entrar sin llamar la mínima atención.

La sinagoga de Pisa, una de las más antiguas de toda Italia, estaba situada en un palacio de la *Via Palestro*, cerca del famoso *Teatro Verdi* y del *Lungarno Mediceo* pisano, aunque su fachada esplendorosa recordaba tiempos pretéritos renacentistas, no era la original. La fachada fue restaurada a finales del siglo XIX intentando, no obstante, conservar el portal central tan característico con su tímpano superior triangular, flanqueado por sus ventanas redondas originales, y coronada por dos óvalos superiores a cada lado. En esa época también se aprovechó para restaurar el interior, sobretodo su gran salón cuadrado, destacando su *tevah* de madera con sus fabulosas barandillas balaustradas, o el *Aròn* de mármol de Carrara donde se guardaban en su interior los diferentes rollos con los pergaminos de la Torá, además del resto de los diferentes espacios en los que aquel gran palacio toscano estaba distribuido.

En el 2.015, después de sufrir unos años antes graves daños en el techo y en su estructura por una fuerte tormenta eléctrica que acaeció en la famosa ciudad toscana, la cual la dejó sin uso durante bastante tiempo, saltó a la fama en todos los medios de comunicación italianos por su ceremonia de re-inauguración después de la reforma acometida en el mismo.

En aquella jornada, fueron invitados diversos miembros representantes de otras comunidades religiosas presentes en todo el país, aparte de una representación política, tanto del *Comune di Pisa*, como de la propia Región Toscana, de hecho, todo aquel que se considerara influyente, en el interior de la cerrada y conservadora sociedad pisana, fue invitado a aquel evento.

Por otro lado, en aquel período, se estaba viviendo un momento trascendental donde los conflictos en Oriente Medio estaban en uno de sus máximos auges. Aquel día, el Rabino de aquella comunidad judía pisana, Luciano Caro, sorprendió a todos los presentes pronunciando un discurso conciliador dirigido concretamente al líder espiritual de la comunidad musulmana.

En su discurso, llegó a definir a los musulmanes presentes, como sus "cohermanos", en un intento de aprovechar aquel acto para acercar ambas comunidades y evitar los conflictos que se estaban reproduciendo en otras ciudades y pueblos de todo el continente. Aquellas palabras fueron una sorpresa inesperada ante los ojos atónitos del resto de representantes religiosos presentes aquel día. Desde entonces, la Sinagoga de Pisa, bajo la posterior batuta del Rabino Silvano Levi, pasó a ser considerada un centro de reunión interreligioso con un alto prestigio a nivel europeo, y un símbolo de la convivencia existente entre las corrientes religiosas presentes en el continente.

El Rabino Levi, era conocido por fomentar iniciativas encaminadas a acercar posturas tanto con el *Arcivescovado pisano*, como con la famosa mezquita de Florencia. Su deseo de fomentar la cooperación interreligiosa entre las comunidades mayoritarias en la región, le había creado numerosos problemas con las mentes más conservadoras e inmóviles de todas las congregaciones religiosas del lugar. Estas consideraban que, un amigo del cambio podía suponer un enemigo de lo existente, de lo tradicional, y por tanto un desafío ante los cimientos de sus culturas, tradiciones y estatus histórico de los actuales líderes espirituales que influían directamente en lo cotidiano de sus fieles de una forma directa o indirecta, pero presentes en todo momento.

En aquella mañana fría de otoño allí estaban los *Carabinieri*, delante del cadáver del rabino, descubierto hacía un rato por la señora de la limpieza, la cual venía todas las tardes a limpiar las estancias personales de la sinagoga, y que sin desearlo ni esperarlo, descubrió aquel cuerpo en el suelo, inerte y lleno de sangre. Sin duda, las autoridades tenían claro que aquello no fue provocado por un intento de robo, ya que el asesino, o los asesinos, aún no lo tenían claro, no se habían llevado ningún objeto de valor, ni había en la escena ninguna prueba de reacción violenta o defensa por parte del rabino. Todo indicaba que el homicidio se produjo a consciencia, por alguien de confianza y totalmente planificado, Levi claramente conocía a su asesino

Capítulo 12 LA FIESTA

La cara de Laia era un poema, pero uno de aquellos poemas compuestos por sonetos épicos, dónde los versos riman con el ritmo sentido de un desenlace pletórico, de un sentimiento de felicidad máxima, provistos de una apoteosis final, porque en ese preciso y único momento, se sintió realizada como madre, mujer, amiga, hija, en definitiva, se sintió realizada como persona.

Y allí estaban todos, como mínimo todos aquellos que realmente importaban para ella, sus padres, sus tíos, amigos y compañeros... compañeros de trabajo y compañeros de vida, de vivencias y de alegrías, de tristezas y desilusiones, allí estaban, no faltó ninguno. Y como no, para rematar la magnífica sorpresa, su hijita Ona que lo primero que hizo al verlos descender por aquellas escaleras fue lanzar un enorme grito de alegría.

– ¡Papis! –Ona que estaba sentada en las faldas de una de sus abuelas, salió disparada hacía ellos lanzándose a los brazos, ya desplegados para recibirla, de su madre.

Laia, a continuación, miró a Roger con ternura y con lágrimas en los ojos...

– *Gràcies amor meu* –dibujando con su boca las palabras, susurrando sin apenas producir sonido alguno, pero que transmitían el agradecimiento y amor a su esposo por aquella sorpresa enorme e inesperada.

– ¡*Laieta*!, ¡feliz cumpleaños mi niña! –Judith se acercó hacia su querida amiga para darle un abrazo y los dos besos cariñosos de rigor en estos momentos dulces que la vida les presentaba.

A continuación, todos los asistentes fueron presentando sus felicitaciones a la homenajeada, en principio de uno en uno, para acabar fundidos en un abrazo colectivo con el que daba comienzo la fiesta para todos ellos.

Justo después de la cena que allí estaba preparada, como no, llegó el punto culminante cuando un precioso pastel descendió por aquellas escaleras, iluminadas por cuarenta velas y fotos proyectadas sobre la pared con los momentos más especiales de la vida de ella, recopiladas por su marido y cedidas por todos aquellos asistentes para aquel momento tan especial.

De repente, la foto de David, su hermano fallecido hacía unos años, iluminó aquella pared e interrumpió el jolgorio presente en aquel salón, las lágrimas empezaron a emerger de los ojos de ella al ver aquella imagen que nuevamente le abría el corazón con sus puertas abiertas de par en par. Miró a sus padres que, con miradas de triste melancolía, se dirigieron a su amada hija para abrazarla con fuerza, mientras el pastel iba descendiendo hacía el punto donde ellos se encontraban.

Aquel momento de nostalgia y cierta tristeza, dio paso al punto álgido con los regalos, los besos y los abrazos. Él, que toda la noche se mantuvo en un segundo plano, sintiendo que no le tocaba ni tan solo ser el actor secundario de aquel acto, sinó más bien, tomar distancia para dar todo el protagonismo a su mujer y a sus allegados más cercanos. Decidió que esperaría hasta el final para dar a su esposa el regalo que tanto había planificado, que tanto había preparado, sería la única ocasión en el que tomaría, por un momento puntual y fugaz, un papel de protagonista invitado en aquella conmemoración.

Una vez Laia hubo recibido todos los presentes, Roger, se acercó hacia ella con una cajita roja rodeada de un lazo dorado…

– Amor mío, eres lo mejor que me ha pasado en la vida. Gracias por todo. Te amo –cediéndole aquella cajita a su mujer.

Laia, no sin cierto nerviosismo, empezó a abrir pausadamente la caja, cuando la destapó, en su interior había una pequeña joya, un pequeño corazón tallado en un diamante con un enganche en su parte superior. A aquella pequeña pieza le faltaba algo, ¿si formaba parte de un collar o de una medalla como así parecía?, ¿dónde estaba el resto?

Cuando cogió con sus manos aquel pequeño corazón, observó como dentro de la caja había una pequeña nota, la cual tomó y se dispuso a leerla, llorando a continuación casi en sincronía con su lectura.

Laia, desde que nos conocimos te prometí que iríamos y nunca lo cumplí, la otra parte del collar la encontrarás en la Quinta Avenida, donde Audrey siempre se detenía a desayunar, y donde nos esperan con el resto del corazón, que, como el mío, te lo regalo hasta el fin de mis días.

Roger

Para Laia, *Audrey Hepburn* era uno de sus ídolos, cuando se conocieron, ella hizo ver a Roger en varias ocasiones la película *Desayuno con Diamantes,* y él le prometió que algún día la llevaría a Nueva York, algún día le regalaría una joya en la misma joyería Tiffany's de la película, y por fin podría cumplir su palabra, por fin podría cerrar el círculo de sus sentimientos infinitos hacia su mujer.

Ona miraba a sus padres con enorme alegría, no hay nada mejor para una niña que ver a sus padres enamorados y felices. Pero llegó el momento en que debía dejar aquel lugar, empezaba a ser tarde para una niña de su corta edad, y la noche apenas había empezado para aquel grupo de adultos que querían disfrutar del momento y divertirse.

Los padres de ella, una vez se despidieron de todo el mundo, cogieron a su "nietecita" y se la llevaron a descansar.

La música empezó a sonar, y los bailes se iniciaron espontáneamente, mientras, Roger y Laia estaban hablando con Judith, su marido Arnau, y otros amigos de la pareja.

– ¡Vaya *regalazo* Roger!, joya y viaje a Nueva York, nos lo pones muy difícil al resto de mortales… –Arnau con sorna, envidiaba aquella manera de ser que Roger tenía desde que se conocían, sabía cuándo ser detallista y sabía cómo impactar con sus detalles, y esta era una virtud que él nunca podría tener.

– ¿Y cuándo vamos cariño? –ella se sentía impaciente ante la tesitura de poder cumplir con uno de sus sueños de juventud, sentirse como Audrey Hepburn en la *Gran Manzana.*

– Tenemos los billetes de avión y el hotel reservados para cuándo volvamos de Menorca, así que mi vida, ya nos queda poco, un poco de paciencia.

En poco más de dos semanas, aquella pareja comenzaba sus vacaciones de verano junto a su hijita, y como cada año, Menorca volvería a ser su destino, descansar y disfrutar era lo único que tenían en mente para los días estivales que vendrían en breve.

Capítulo 13 VACACIONES…POR FIN

Roger salió aquel día antes del hospital, como cada verano, el último día antes de las vacaciones realizaba media jornada, siempre que no hubiera urgencias inesperadas que atender, de esta manera podía llegar a casa antes, ir a recoger a Ona de la escuela, luego a Laia al museo, y así acabar de hacer las maletas para coger el vuelo de última hora de la tarde hacia Menorca.

El vuelo de Barcelona a Menorca tenía un trayecto de no más de treinta minutos, siempre que no hubiera mucho tráfico aéreo en *El Prat*. Mientras Ona jugaba un rato con su tablet, él siempre aprovechaba para leer la revista que normalmente hay a bordo de los aviones, editada por las propias compañías aéreas, mientras, Laia aprovechaba para echar una pequeña cabezadita antes de aterrizar.

Aquel ritual estival se repetía cíclicamente, verano tras verano, donde aquel padre de familia se dirigía a los mostradores de las empresas de alquiler de coches para recoger el vehículo que desde hacía meses tenía reservado. Mientras, ella disfrutaba saliendo primero al exterior del *Aeropuerto de Maó*, con Ona y las maletas, y así fumar un cigarrillo tranquilamente. Desde hace tiempo quería dejarlo, y de hecho cuando se quedó embarazada de la niña estuvo dos años sin fumar, pero poco a poco fue retomando el vicio del tabaco sin ser capaz de abandonarlo nunca definitivamente, suponía que carecía de la suficiente fuerza de voluntad y se había dado ya por vencida, es difícil ser fumadora y vivir con un médico, por lo que todo se le hacía cuesta arriba cuando del tabaco se trataba.

Mientras tanto, Roger en el interior…

– A ver si lo entiendo bien, ¿me estás diciendo que me queréis cobrar este dineral después de lo qué sucedió el verano pasado con aquel coche de mierda que me disteis?

– Disculpe señor Gilabert, no sé exactamente de qué coche me habla…

– Mira, el año pasado tuve que poner una queja y posteriormente una denuncia por el mal servicio que nos disteis. Cada año os alquilo el coche y estamos contentos, pero el que nos alquilasteis se averió en varias ocasiones y no nos pusisteis ningún coche de cortesía. Lo debes de tener en mi ficha de cliente, ya que para este año recibí una respuesta por parte vuestra que nos aplicaríais un buen descuento, como no, pidiendo disculpas por lo sucedido. –Roger, expuso la situación con un tono airado e impetuoso que imponía cierto respeto ante aquel chaval atemorizado que seguramente trabajaba en el período de verano aprovechando la campaña turística de la isla, y que estos menesteres, para los que no estaba preparado, le quedaban grandes.

– Si me disculpa señor Gilabert, déjeme que haga una llamada y consulte a mis superiores.

Mientras tanto, él se quedó en aquel mostrador, permaneciendo allí, intentando escuchar la conversación telefónica, la cual duró menos de lo qué podía esperar…

– Señor Gilabert, ante todo le pido disculpas por las molestias, y por el tiempo de espera. Efectivamente, mis superiores me indican que usted tiene razón, y por ese motivo, como deferencia comercial, y por los años de fidelidad con nuestra Compañía, este año el servicio de alquiler lo tiene gratuito.

Sorprendido ante la solución que aquel chico le estaba dando en ese momento, se sintió inexorablemente avergonzado por el tono utilizado ante aquel chaval, se vio así mismo como el típico cliente pedante y prepotente que siempre había odiado, y no dudó en bajar las orejas ante aquella situación, pidiéndole disculpas por su reacción, ante lo cuál, aquel chico no pudo más que agradecerle el gesto, dándole finalmente las llaves del vehículo asignado.

Fuera, estaban Laia y Ona esperando, sorprendidas por el tiempo de tardanza por parte de Roger, el cual una vez se reunió con ellas, explicó lo sucedido, incluso sincerándose de cómo se había sentido ante su actitud con aquel joven empleado, una sonrisa comprensiva por parte de su mujer surgió, afirmándole con ese gesto a su marido que había obrado bien al disculparse, pero...

– Cariño, debes controlar ese ímpetu que a veces te hace parecer quien no eres, pero te quiero igualmente, y vamos a pasar unos días estupendos juntos. – Laia intentaba ser comprensiva con él, pero a la vez crítica con esa actitud que lo acompañaba en su interior y a veces afeaba su personalidad.

– Bien, olvidemos lo que ha pasado, vamos hacia Platges de Fornells que nos espera, como cada año, un bocadillo de queso de Maó bien ca- lentito en *Es Cactus*, ¡el restaurante que tanto nos gusta! – Arrancó ilu- sionado el vehículo, contagiando a su mujer y a su hija de aquella alegría de comenzar por fin las vacaciones, por delante, dos semanas y media de descanso y felicidad familiar.

Capítulo 14 PRENSA MALDITA

Es Diari de Menorca (Maó, 22 de julio de 2.017)

TRES MUERTOS Y UN HERIDO GRAVE EN UN CHOQUE FRONTAL EN PLATGES DE FORNELLS

El accidente de tráfico ha ocurrido sobre las once de la noche en el acceso a la urbanización.

Dos adultos y una menor han fallecido esta noche y otro adulto ha resultado herido de gravedad en un choque frontal justo a la entrada de la urbanización de Platges de Fornells (Es Mercadal). Las víctimas mortales, L.C.G de 40 años, O.G.C de 7 años, naturales de Barcelona y que viajaban en un Renault Clio junto a R.G.S, en estado grave pero fuera de peligro. El otro fallecido responde al nombre de J.G.S de 67 años, vecino de Es Mercadal, parece ser, a falta de confirmar, que se trata de un personaje conocido en la isla como el "Andaluz", el cual se sabe que viajaba en un Land Rover blanco matrícula de Menorca.

Las circunstancias del accidente se siguen investigando por parte de la Guardia Civil, atendiendo a los testigos que presenciaron el terrible choque y según el atestado policial, todo parece indicar que el siniestro se produjo por la negligencia de una persona que estaba haciendo deporte en la carretera, aunque fuera del área delimitada para este uso, invadiendo el carril de bajada. Dicha acción provocó que el vehículo Land Rover tuviera que proceder a una brusca maniobra para evitar el atropello con la mala fortuna de impactar frontalmente con el otro vehículo que procedía de Fornells.

El impacto fue considerable, destrozando ambos vehículos, las personas fallecidas murieron en el acto por la fuerte colisión.

Se da la circunstancia que la investigación sigue en curso por parte de la policía, ya que en el maletero del Land Rover se encontraron una gran cantidad de estupefacientes, parece ser que marihuana, por lo que se está evaluando de investigar al finado por narcotráfico y posible cultivo ilegal.

A falta de los análisis pertinentes, cabe determinar si alguno de los conductores infringía los niveles autorizados de alcohol y drogas en la sangre. Iremos ampliando la información a lo largo del día en cuanto vayamos teniendo más datos sobre este trágico siniestro.

PARTE SEGUNDA

Capítulo 15 DESPERTARES

Una luz blanca, enorme y brillante me ilumina la cara, una imagen me viene de repente hacía mí, soy yo de niño jugando con mis muñequitos de los *clicks de Famobil* en el comedor de mi casa, encima del sofá, en la mesa, soldados, cowboys, el fuerte, un barco pirata, una nave espacial... todo desplegado por todos los rincones de aquel salón.

De repente, unos pies tiran todo al suelo, mi abuela pasa con cuidado entre los juguetes, pero su vejez avanzada no le permite tener la suficiente agilidad para no tocarlos, ella me sonríe sin apenas percatarse de lo que le sucede, su Alzheimer se encuentra ya muy avanzado, le voy a devolver la sonrisa pero no tengo tiempo ya que se ilumina todo de nuevo, estoy con mis padres y mi hermana de vacaciones, en la playa, buceando para coger mejillones en las rocas de la pequeña cala Port Bo en Calella de Palafrugell, todo el día al sol, todo el día en el mar.

Me giro para darle a mi hermana un mejillón que he encontrado y entonces ella ya no está, ha desaparecido, ahora estoy en el Instituto, con mis amigos, la chica que me gusta me mira, yo la miro, me voy a acercar a ella, me extiende su mano, yo la mía, nuestros dedos a punto de rozarse... pero una nueva luz me deslumbra nuevamente, ¿qué está pasando Roger?

Ahora me encuentro en la biblioteca de la Facultad de Medicina, estudiando para los exámenes finales, me levanto para ir a buscar un libro que necesito, me acerco al pasillo con estanterías llenas de libros a ambos lados, enciclopedias, estudios y manuales médicos, al entrar todo se oscurece muy rápido, me miro a mi mismo, estoy vestido con la bata blanca de médico, pero ya no estoy en la biblioteca, ahora me encuentro en el museo donde Laia me está enseñando los cuadros de la Fundación, preciosa como el día que la conocí, me doy cuenta de cómo la quiero. Seguidamente me señala hacia un grupo de lienzos pequeños colgados en la pared, en uno de ellos aparece una niña dibujada a lápiz, me resulta conocida, me acerco más y... ¡es Ona!, la niña me mira y me dice... ¡Papi!, ¡Papi me duele mucho el pecho!. Un grupo de médicos aparecen a su lado intentándola reanimar, se está alejando, voy corriendo hacia ella... grito su nombre, pero el pasillo de aquel umbrío hospital se alarga, ¡Ona se aleja del todo!, ¡no llego a ella!, estoy desesperado por alcanzarla, pero se aleja y se aleja sin que nada pueda hacer...

Todo se vuelve ahora tan oscuro, no veo nada, un intenso sueño se apodera de mi ser, las fuerzas huyen de mi lado, la energía se me acaba…

No se si estoy vivo o muerto, despierto o dormido, en la lejanía de mi descanso escucho unas voces tenues que se van aproximando…

–Roger… Roger… despierta… –escucho que alguien me habla, me susurra cerca del oído derecho…

–Roger…

La oscuridad se está empezando a disipar, veo sombras borrosas cerca de mi pero no consigo distinguir nada, poco a poco las sombras empiezan a tomar forma, parecen personas envueltas bajo una figura fantasmagórica, ya empiezo a saber quien son… ¿Joan?, ¿Mercè?...

…estoy en el hospital, en el Clínic, y no entiendo ¿qué hago aquí?, no recuerdo casi nada, ahora los veo, son ellos, mis compañeros de trabajo, mi cuerpo no me responde, me duele todo y no tengo apenas fuerzas, estoy muy cansado, muy cansado.

–Hola Roger, por fin has despertado. ¿Cómo te encuentras?, has estado diez días ingresado con un coma inducido, poco a poco irás recuperando la consciencia… –Mercè, me está hablando lentamente, ella es una de las enfermeras jefe de cuidados intensivos con más experiencia en la *UCI*, pero sigo sin entender, ¿qué me ha pasado?, ¿no consigo recordar?

– Hola amigo mío, nos has hecho sufrir demasiado, no las teníamos todas que salieras de esta, pero ahora ya ha pasado. Tuviste un accidente de tráfico en Menorca, cuando lo supimos, Esteban Ferran organizó un helicóptero medicalizado para traerte urgentemente, ¿qué mejor lugar que tu casa y que tus compañeros para cuidarte?

– Hola Joan, me alegro de verte, pero no se qué me estás diciendo… ¿un accidente?, ¿en Menorca? –mi voz temblorosa y aún débil intenta comunicarse con ellos, no entiendo nada de lo qué me están diciendo, lo último que recuerdo es subir al coche después de cenar en Fornells, y ahora estoy en el hospital, en una cama sin apenas poder moverme. –¿y dónde están Laia y Ona?, ¿han venido a verme?

– Roger, descansa ahora, te vamos a sedar para que te relajes y te vayas recuperando, luego nos vemos más tarde y te lo explico todo, ¿OK?, Laia y Ona no pueden estar aquí, pero luego te lo explico todo, tú tranquilo.

Supongo que me estarán esperando en una de las salas habilitadas para los familiares, la verdad es que no tengo fuerzas para mucho… Noto como la sedación empieza a hacer efecto en mi cuerpo, poco a poco la sensación va en aumento, creo que voy a volver a dormir, luego ya las veré cuando esté mejor, no quiero que Ona se preocupe y se asuste de ver a su papi en este estado, tan debilitado…

Capítulo 16 DIA GRIS

Hoy el día ha amanecido nublado, se nota como el otoño empieza a asomar por la ciudad, después de más de dos meses ingresado en el hospital, lo primero que he hecho, una vez me han dado el alta, es ir a ver a Laia y Ona, tengo muchas ganas de estar con ellas.

La Rambla de Catalunya como cualquier día de finales del mes de septiembre, se encuentra llena de transeúntes que suben y bajan por ella, paseando por este magnífico paseo señorial con sus edificios burgueses del siglo pasado que tanto le gustan a Laia y sus comercios con pedigrí, núcleo de la viva actividad comercial de nuestra ciudad.

El camino desde el Clínic es corto, apenas cinco calles separan el hospital de dónde ahora me encuentro. El suelo se está empezando a llenar de hojas secas y amarillentas que caen de los tilos plantados en los costados y a lo largo de toda aquella preciosa avenida. La humedad siempre presente en Barcelona refresca el ambiente más como una sensación que realmente con grados en un termómetro imaginario, y justo allí se encuentra el lugar dónde están alojadas mis preciosidades, justo en la misma Rambla, mientras pienso que no hay mejor lugar para un barcelonés…

La iglesia de *Sant Raimon de Penyafort*, destaca entre todos aquellos edificios señoriales, según reza en un cartel informativo en la entrada, curiosamente esta iglesia no se encuentra en su ubicación original ya que fue trasladada piedra a piedra hasta su actual emplazamiento, no me explico como a finales del siglo diecinueve fueron capaces de acometer semejante hazaña sin los medios técnicos actuales.

La fachada, creo que es de aspecto neogótico según me comentó hace ya tiempo Laia, un día paseando por aquí, destaca por su gran rosetón, la entrada está formada por tres arcos apuntados con una inscripción en latín, *Florens ut rosa fragans sicut lilium*, y en la parte superior observo la estatua de piedra de una virgen.

Mientras subo los escalones de la entrada, una serie de carteles indican los horarios de las misas, vaya… por lo que veo el domingo hacen misas en italiano, curioso. Si por fuera esta parroquia es auténticamente

bonita, por dentro es realmente espectacular, me dirijo hacia el magnífico altar situado al fondo de la nave, donde la Moreneta nos observa
fijamente desde un privilegiado lugar en el centro de todo ese espiritual
universo religioso. A esas horas sin feligreses rindiendo culto, todo está
muy tranquilo, creo que el lugar está por aquí justo a la derecha… en
efecto, ahí está…

COLUMBARI

Aunque yo nunca he sido católico practicante, sí que es cierto que he
pasado por todos los estados propios de cualquier persona que se pueda
considerar fiel a esta religión, desde el bautismo, la comunión, la boda
religiosa con Laia, el bautismo de Ona, siempre hemos seguido los cáno-
nes católicos establecidos, aunque más para contentar a nuestros padres
y familiares que por nuestra carente devoción real.

Yo, sin embargo, hace ya mucho tiempo que dejé de creer que cualquier religión tuviera algo que ver en nuestras vidas humanas, cotidianas
y mundanas, eso se lo reservaba para mis padres y mis suegros, y como
no, para Esteban Ferran, devoto como pocos.

Según me ha comentado mi madre, su intervención fue crucial para
que las cenizas de mi esposa y de mi hijita pudieran estar aquí alojadas
para la eternidad, mis suegros fueron los que decidieron que reposaran
aquí, no los culpo, la verdad es que no es un mal lugar.

El columbario no es excesivamente grande, observo dos salas con
urnas integradas en todas las paredes, las cuales se encuentran decoradas
a modo de mural. En el centro de cada una de ellas veo un largo *chaise-
longue* blanco donde reposar, y a continuación un pequeño espacio interior o "jardín" que hace la función de núcleo de aquel pequeño complejo
funerario, con una gran urna sobre un suelo de piedras blancas y paredes
recubiertas con listones de madera oscura.

En una de las paredes, un mural con un Cristo redentor rodeado de
ángeles y santos, coronado con una santa blanca paloma, las urnas se
encuentran en el interior de unos pequeños armarios dispuestos, como
si piezas de un puzle imaginario se trataran, sobre el bonito mural.

Distribuidos a través de un eje cartesiano con letras alfabéticamente ordenadas de arriba a abajo, de la G a la L en el lateral izquierdo, en el eje superior con números del 40 al 50, y de izquierda a derecha.

Laia y Ona fueron incineradas juntas, y ubicadas en el armario L40 coincidiendo con la primera letra del nombre y la edad de mi querida esposa, a ver… aquí está la L…y aquí el 40, abro el armarito y observo como detrás de una pequeña puerta transparente con su propia cerradura, se encuentra la minúscula urna beige con mis dos amores en su interior.

Con la llave que me han facilitado, la abro y por fin, desde hace más de dos meses, volvemos a estar juntos los tres, aprieto la urna fuertemente contra mi pecho, abrazándola como si las tuviera aún aquí, las lágrimas y el dolor me nublan por completo mi amarga existencia.

El silencio de este lugar me invita a la reflexión profunda y al análisis interior de los sentimientos intensos que tengo ahora en mi corazón, irónico para un cardiólogo como yo que ha dedicado toda su vida al cuidado de este órgano vital y sensorial.

Está muy claro que esta falsa tranquilidad que me proporcionan los ansiolíticos y los antidepresivos, me ayudan a pasar los minutos y las horas, pero no puedo evitarlo… no quiero evitarlo, las echo tanto de menos. Siento en mi alma una sensación continua de malestar, el inmenso dolor que dura ya dos meses desde que Joan me comunicó, postrado en aquella maldita cama de hospital, lo que había sucedido realmente, un dolor que no solamente no cesa, sino que además cada vez se incrementa hasta niveles del todo insoportables, al menos para mi.

Me encuentro ante la experiencia más dura y traumática que un ser humano puede experimentar, la muerte apareció cuando menos la esperábamos, sin complejos, sin escapatoria posible que pudiera sortear esta triste realidad en la que me encuentro sumido, desconcertado ante lo que deparará mi vida a continuación. Mi amada Laia y mi querida Ona, mi niñita, mi dulce niñita, yo que siempre había pensado que pasaría el resto de mi vida junto a ti, en cambio el destino lo cambió todo para que al final fueras tú quien realmente acabaste pasando el resto de tu vida conmigo, ¡qué injusto!

Como echo tanto de menos las decenas de veces que cada día me decías "Papi, te amo" y que para mí eran un soplo vital de energía, necesarios para seguir, obligatorios para continuar, y de los que ahora carezco para siempre jamás, sin saber cómo seguir, sin ti y sin tu mami, sin mis amores, sin vosotras, sin mi Laia y sin mi Ona.

Mi corazón está destrozado, nunca se podrá ya arreglar, a mi mente me vienen continuamente las vivencias con ellas, los momentos que fueron, pero también amargamente los momentos que pudieron ser y nunca sucederán, la comunión de Ona, verla crecer, convertirse en una gran "cartóloga", como ella decía, tener su propia familia, ser feliz, envejecer junto a Laia en nuestra querida Menorca, ir de viaje juntos a Nueva York… en cambio ahora ante mí, se muestra el oscuro vacío y la maldita soledad que me invade y que ya forman parte del centro de mi vida, para no marchar nunca más. Es curioso como siempre había valorado los momentos de soledad en el seno de mi casa, pero ahora soy consciente de que la soledad cuando es voluntaria, escogida, y temporal, no tiene nada que ver con esta mierda de aislamiento, desamparo, clausura, y abandono en la que ahora se ha convertido mi nueva realidad.

La sensación agridulce y mística de volver a estar con ellas, pero sin realmente estar, provoca en mí, las ganas de reunirme ya para siempre, no se qué hago aquí y ahora, no se cómo voy a conseguir levantarme por las mañanas, ¿para hacer qué?

Este bar de la calle Provença siempre me ha gustado, de hecho, por las mañanas cuando dejaba a Ona en la escuela siempre me tomaba mi cortado antes de ir al hospital. Con su larga barra y su aspecto auténtico de bodega, como las de toda la vida, con sus toneles de vinos, vermut y moscatel, el suelo con las baldosas blancas y negras, y las botellas de vino en las estanterías. Todo tenía solera, aunque a la vez resultaba contrariamente moderno, con el toque actualizado necesario sin hacerle perder su propia esencia, conferían a *La Bodegueta de Provença* de aquel ambiente relajado que tanto me gustaba. No obstante, el contraste llegaba con el ambiente más animado de sus mediodías y tardes, ya que se convertía en el local ideal para los amantes del *after-hour* que tanto se había puesto de moda entre los empleados de las oficinas y comercios colindantes. Siempre dispuestos a tomarse unas copas y unas sabrosas tapas con los compañeros de trabajo, justo después de la jornada laboral, y antes de recogerse definitivamente hacia sus hogares en otras zonas alejadas más allá del bullicioso centro de la ciudad.

Aunque aún es pronto y ha pasado poco tiempo, me pregunto cómo es que sigo sin recordar nada de aquel fatídico accidente que me cambió la vida. Dicen que es debido a una amnesia post-traumática, y que muy probablemente las pérdidas de memoria sean definitivas, lo que está claro es que sigo muy confundido, pero la realidad es la que es, y ahora necesito ahogar mis penas, para ello, qué mejor que un buen gin-tonic en mi bar preferido.

– Buenas tardes, Robert, ¿cómo va todo Juanca?, cuando podáis, un gin-tonic de *Hendricks* por favor. Gracias

Capítulo 17 AMISTAD PREOCUPADA

Joan se encontraba atendiendo una visita médica en las consultas externas del Hospital Clínic del carrer Rosselló, una mujer de unos setenta años se estaba haciendo una revisión rutinaria, aquel médico la estaba auscultando cuando una enfermera entró casi sin avisar sobresaltando a los allí presentes.

– Doctor Esteve, disculpe que le moleste, fuera está el doctor Gilabert que me ha preguntado por usted, cuando acabe con esta paciente ¿quiere que le haga entrar?

– Sí, por favor, gracias, Esther. –A Joan le extrañaba la presencia de Roger en aquella hora tan temprana, llevaba días que no había conseguido contactar con él, y la verdad es que estaba preocupado por su amigo y compañero, en cierto modo le alegraba y a la vez le desconcertaba su visita.

Suponía que estaba allí seguramente por una posible falsa cordialidad, para responder a las innumerables llamadas de interés ante la situación que él estaba viviendo, sin embargo, cualquier cosa podía suceder, y eso lo intranquilizaba demasiado.

La última vez que estuvieron juntos, unas semanas después de salir del hospital, no fue del todo bien como habrían deseado. Ambos tuvieron una fuerte discusión ante la actitud derrotista de Roger, dejándose llevar por las pastillas y el alcohol; sin comprenderlo del todo, se estaba sumiendo en una fuerte depresión de la que no estaba dispuesto a querer salir, y eso su amigo no se lo podía permitir. Perder las ganas de luchar es el último sentimiento vital que un ser humano debe abandonar, este va en contra de la esencia de cualquier ser vivo, la de sobrevivir bajo cualquier circunstancia por muy dramática y derrotista que sea.

La incertidumbre ante esa inesperada visita le causaba más angustia que no curiosidad, pero a la vez, necesitaba ver que su amigo se encontraba, sino bien, al menos mejor que en la última ocasión, y que estaba consiguiendo remontar, sabedor que una tragedia de esta índole nunca puede ser remontada del todo. No obstante, conservaba la esperanza que al menos pudiera ser asimilada en forma de una nueva realidad o mediante el instinto de supervivencia del que antes hablaba.

En cuanto acabó con aquella señora mayor, se quitó la bata blanca que llevaba puesta y la dejó colgada en uno de los percheros de la consulta. Antes que Roger entrara por la puerta decidió que, lo mejor para tener una buena y sincera conversación, era no hacerlo en aquel lugar, lejos de las miradas y de posibles cotilleos, saliendo a buscarlo fuera de la consulta. Seguro de que un paseo tranquilo por las calles facilitaría las cosas, lo habían hecho tantas veces, allí mismo, o en las calles de otras ciudades, incluso en otros continentes, donde asistían asiduamente a congresos nacionales e internacionales. Los paseos de conversación entre aquellos amigos habían forjado parte de su, hasta ese momento, inquebrantable amistad.

– Hola Joan, perdona por no haberte llamado antes, te diría que he estado liado, pero tú y yo sabemos que no es así. –Roger con su ironía sincera reflejaba continuar descentrado, su mirada se perdía en el infinito sin mirar a los ojos, sin ninguna duda, era palpable que los ansiolíticos estaban causando un efecto no deseado en él ni nada recomendable para una conversación tranquila.

– Roger, ¿quieres decir que estás en condiciones de que hablemos?, no te veo en plenas facultades precisamente y no tengo ganas de discutir de nuevo.

– Necesitaba hablar con alguien, y había pensado que mi amigo lo entendería, que tú lo entenderías. No te preocupes, me voy y ya hablaremos en otro momento. –sin duda estaba dolido por el comentario inesperado de su amigo y en otro momento confidente al que ahora necesitaba más que nunca, pero Joan solo quería protegerse y no incomodarse más con todo aquello.

–Espera Roger, perdona, tienes razón, aquí estoy y estaré siempre para ti, ¿lo sabes verdad?, tampoco es fácil para mi… lo siento, ponte también en mi lugar…

Aquellos dos hombres cuarentones se comportaban en alguna ocasión como chicos adolescentes, mostrándose más como colegas, compañeros de juergas, que, como verdaderos amigos, sin la madurez y responsabilidad necesarias, y la manera de afrontar aquella situación no ayudaba en absoluto a curar aquel *síndrome de Peter-Pan* que se imponía en algunos momentos entre ellos y que en esas circunstancias no tenía cabida alguna.

– ¿Cómo estás?, ¿sigues yendo al psicólogo?

– Voy, pero la verdad es que no me ayuda en nada, sólo las pastillas me están ayudando.

– Roger, supongo que tienes claro que si no cambias y reaccionas, no saldrás de esta, ¿no?

– Joan entiendo lo que dices, y aprecio mucho lo que quieres hacer por mi, pero no tengo ningún motivo para cambiar y reaccionar como tú dices. Sin ellas no lo tengo, o como mínimo, no lo encuentro.

Aquellas calles cuadriculadas barcelonesas, llenas de coches y de personas que vienen y van, parecían desiertas para aquellos dos amigos que, aislados del mundanal ruido, tenían los cinco sentidos puestos en su conversación, y nada ni nadie podía distraerles de ese preciso momento en el que se encontraban.

– Pero realmente, ¿crees que a ellas les gustaría verte así?

– Cómo no se lo podemos preguntar, nunca lo sabremos, ¿verdad?

– Piensa que allá donde estén, no estarán felices de verte tan desdichado. –Joan intentaba por todos los medios conseguir una reacción, sin éxito alguno por supuesto.

– ¿Qué dices?, ¿allá donde estén?, ¡Están muertas!, ¡Muertas! ¿no lo entiendes? – la desesperación hacía mella en Roger, completamente desencajado de dolor.

– Roger, ellas no están ya aquí, pero te aseguro de que están en otro lugar mejor, estoy convencido de ello.

– ¿Convencido?, ¿es que sabes cómo ir a ese lugar mejor?, ¡a que no!, pues ¡cállate por favor!

Desde ese momento, el paseo entre los dos amigos transcurrió completamente en silencio, no se tenían nada mejor que decir entre ellos, paseando por el interior del *Mercat del Ninot*. Aquel espectacular edificio con su gran cantidad de puestos de comida, y conocido popularmente porque su entrada estaba coronada con la figura de un pequeño niño, que las leyendas dicen, fue rescatada del incendio que sufrió un barco en el siglo diecinueve y el cual se ha convertido en el verdadero emblema de aquel fastuoso mercado popular.

Una vez dejaron atrás el lugar, fueron subiendo por la calle Casanova, atravesando las terrazas de bares que dan servicio al gran número de visitantes del hospital, hasta llegar nuevamente a los consultorios, lugar de origen del corto paseo amical.

– Joan, dales de mi parte un beso a Rosa y a Sergi. Nos vemos…no se cuándo… pero nos vemos.

En ese momento se despidieron, dejando a Joan sumido en una preocupación difícil de afrontar, no sabía cómo ayudar a Roger, y el problema más grave era que él no quería que nadie lo ayudara, y eso aún lo complicaba todo mucho más.

Capítulo 18 APOLO

No paran de llamarme para ver cómo estoy, no se dan cuenta de que ahora no quiero ver a nadie, solo quiero estar en casa y recordar, es lo único que me alivia, además de la ginebra por supuesto.

En el hospital saben que aún es pronto para que vuelva a trabajar, de hecho, ni siquiera me lo planteo hoy por hoy, así que seguiré pensando y bebiendo, a lo mejor consigo algún día de esta manera reunirme con ellas para siempre.

Aquí en casa, todo me recuerda a ellas, sus olores, sus ropas, todo está igual que el día anterior de marcharnos de vacaciones a Menorca, y no pienso tocar nada, debe permanecer todo congelado en el tiempo, sin que nada cambie, bueno algo sí ha cambiado, ya no están.

No tengo ganas de vivir, no tengo ganas de sentir, sólo deseo desaparecer, aunque el sentido de la responsabilidad no me permite acabar con todo, si no fuera por el amor a mi profesión, hace tiempo que ya no estaría aquí, es lo único que me une a la vida, lo prometí y por poco que pueda lo debería cumplir, ¿no?

Se lo juré a Apolo, me comprometí a cumplir fielmente con mi compromiso, apartando de los enfermos en su provecho, todo daño e injusticia… ¿cómo seguía?...

¡Espera sí con un poco más de ginebra me acuerdo…glup!, ¡glup!

No daré ningún medicamento mortal, por mucho que me lo soliciten, ni tomaré iniciativa alguna de este tipo, viviendo y practicando mi arte de forma santa y ¡puraaaaaa!

Creo que el juramento hipocrático… ¡se lo pueden meter por el culo!

¡Mierda!, ya no queda nada en la botella, voy a buscar otra… no te vayas Hipócrates que no he acabado aún contigo.

Aquí está la botella, a ver… antes me tomaré una pastilla de estas, otra de estas, necesito dormir bien esta noche, esto me ayudará, ¿por dónde iba?

Buff, no me acuerdo, voy a salir un rato a ver si dándome el aire me despejo un poco más.

El antiguo ascensor parece bajar con mayor lentitud cada día que pasa, su madera cruje continuamente y se mueve un montón, casi vomito dentro de él.

¡Vaya día!, con este sol me irá bien pasear.

Mañana tengo visita con el psicólogo, pero no sé si voy a ir, ¿quién es él para decirme cómo debo comportarme?, ¿acaso ha perdido también a su mujer y a su hija?, ¡pues ya está!

¿Y esa señora?, ¿Por qué me mira con esa cara?, la gente debería meterse en sus asuntos.

Què collons mira vostè senyora? Ups...perdone creo que me he pasado...no me mire así por favor... ¡que no me mireee!

Será mejor volver a casa, hoy no estoy para pasear, me parece que me he pasado con la ginebra, mañana será otro día, un día menos ya para el final. ¿Adónde estoy?, uy no me acuerdo como se vuelve a casa, ah sí, es por ahí.

Aprovecho ahora que no viene nadie para cruzar, ¿Por qué todo está borroso?, no veo bien las cosas, definitivamente se me ha ido la mano con la ginebra…apenas puedo ni siquiera abrir la puerta de casa, la llave no entra, no quiere entrar.

Necesito descansar, necesito dormir hasta mañana, necesito olvidar, con estas dos pastillas y un buen vaso de ginebra seguramente ni me entero. Se me están cerrando los ojos, me encuentro relajado, muy a gusto, por fin, tranquilo, verdaderamente lo necesitaba.

***

¿Qué hago en el suelo? Varios sanitarios alrededor mío…está mi madre aquí, en casa, no entiendo nada…

¿Mamá qué haces aquí?, ¿qué me ha pasado?

Capítulo 19 GOLPE DE REALIDAD

En la habitación 210 de la *Unidad de Conductas Adictivas* del Clínic se encuentra Roger, el cual duerme profundamente en una de las camas para los pacientes ingresados con problemas de consumo de sustancias y alcoholismo.

La ingesta masiva de pastillas, mezcladas con una gran cantidad de ginebra, le han causado una fuerte intoxicación etílica muy grave que ha estado cerca de llevárselo al otro barrio. En la habitación se encuentra Joan que no se ha separado de él ni un segundo desde que fue ingresado por este motivo.

– *Bon dia* Roger, parece que le has cogido gusto al hospital, ¿no?, pero como paciente. –poco a poco aquel hombre postrado iba retornando gradualmente a la consciencia.

– No te cachondees Joan, no estoy para bromas. -arrastrando las palabras al hablar –¿Exactamente qué ha pasado? Estoy un poco confuso aún. –con la voz muy débil por la grave crisis que había padecido aquel individuo que se encontraba atrapado en el pasado, sin tener presente y sin querer futuro alguno.

– Tuviste mucha suerte, parece ser que habías quedado con tu madre en tu casa, aunque seguramente ni te acordabas de ello viendo en el estado en el que te encontrabas, bueno en el que ya llevas un tiempo estando. Cuando la mujer ha llegado a tu casa, la pobre se ha encontrado con una situación bastante desagradable, parece ser que te ha encontrado en el sofá tirado y bañado en tus propios vómitos, sin reacción alguna.

– ¿Se puede saber qué estás diciendo? Eso es imposible…

– Menos mal que me ha llamado en seguida, y hemos enviado una ambulancia rápidamente a tu casa, sino ya no estarías con nosotros, eso seguro.

En ese momento la puerta de la habitación se abre, Esteban Ferran, el Director Gerente con un semblante mucho más serio de lo normal si cabe.

– Doctor Gilabert, ¿te encuentras mejor?

– Sí, gracias, Esteban, te prometo que… –ni siquiera le dejó acabar la frase, el director tenía algo que decirle muy importante sobre su situación interrumpiéndolo de manera abrupta y profundamente borde.

– Roger, no continúes, lo que te ha pasado es muy serio. –haciendo una pequeña pausa antes de proseguir – Desde que Laia y tu hija fallecieron, no remontas cabeza, lo entiendo y es comprensible, pero estás entrando en un círculo vicioso en el cual te estás jugando, no ya tu vida personal, sino tu carrera profesional. Es una lástima, Roger, debes hacerte cargo de las implicaciones que tienen tus decisiones para todos nosotros, pero aquí no nos podemos permitir personas así y menos con cargos de responsabilidad como es tu caso.

– Pero… –Roger intentando justificar lo ocurrido, sin éxito.

– De verdad, mejor que no digas nada, todos podemos entender la tragedia que llevas dentro de ti, y estamos contigo, pero no te ayudaremos a autodestruirte. Piensa que muchos creemos firmemente que nuestro Señor nos pone obstáculos continuamente como prueba que somos merecedores de una vida eterna, y nuestra obligación es superarlos. Entiendo que tú no creas en estas cosas, pero te debes a tus pacientes, te debes a tu familia y amigos, y te debes al hospital, ¡supera este obstáculo aprendiendo a vivir con él!

El semblante le iba cambiando por momentos a aquel hombre que sentía que hasta ese preciso momento lo había perdido todo, pero que comenzaba a darse cuenta en su interior, que tenía un último intento vital que probar.

Debía encontrar una razón por la que seguir luchando, buscar un objetivo que lo mantuviera conectado con la vida, si lo conseguía, quizá podría seguir avanzando, en caso contrario, su final estaba escrito que llegaría, y sería muy pronto.

– Es la última oportunidad que te da el hospital. En diez días nos vemos, y espero ver un cambio radical en ti, por supuesto, aquel día te haremos antes un análisis toxicológico para ver que estás limpio de sustancias y alcohol, tú sabrás lo qué debes hacer, ya eres mayorcito… pero atente a las consecuencias.

– Te lo prometo Esteban, lo voy a hacer. –respondiendo con el poco ímpetu que le quedaba en su maltrecho ánimo y desgastado espíritu.

Ante el solemne discurso finalizado, Esteban, tal y como entró, desapareció de aquella habitación, no sin antes darle un último consejo al que en otro momento fue el más destacado y prestigioso cardiólogo jefe que nunca había tenido en su equipo.

– Ahora descansa, y recupérate…recupérate por favor.

Capítulo 20 DESPEGANDO EN EL DESÁNIMO

Llevo ya más de una semana sin probar el alcohol, y por supuesto, sin tomar ni una sola pastilla. No diré que está siendo fácil, porque no es así, de hecho, creo que aún me queda un largo camino para estar limpio del todo, pero no me queda más remedio que intentar salir hacia adelante, por mucho que me cueste.

A veces pienso ¿cómo me sentiría yo si viera a Ona sufrir?, en un proceso de autodestrucción como en el que me encuentro ahora mismo, y es en ese momento cuando soy consciente de lo mal que lo deben estar pasando mis padres, mi hermana, y mis amigos por verme así. No se lo merecen y yo tampoco.

Mi mente no para de darle vueltas todo el día a lo mismo, no puedo dejar de echar de menos a Laia y Ona, no puedo dejar de pensar si como dice Esteban, o como incluso Joan cree, no se acaba todo aquí. Hay veces que pienso que tanto amor no puede desaparecer como si nunca hubiera existido, que tanto sentimiento no puede quedar enterrado en un ataúd o en una urna, que entre las cenizas de mi mujer y de mi hija no puede haber todo aquello que hemos vivido y compartido. No se si me estoy aferrando a un clavo ardiendo, no se si se me va la cabeza cuando hasta ahora siempre he sostenido todo lo contrario…

¿Debo creer?, debo pensar que el universo es tan complejo que no todo se puede acabar de golpe, como si nada hubiera pasado, dejando a los que te querían aquí, en este mundo terrenal, tristes, solos, desampara-dos…¿si este es el objetivo final?…quedarse aquí, sin vida, sin presente, y sin futuro que merezca la pena…entonces, ¿de qué sirve la vida?, ¿por qué queremos?, ¿por qué luchamos?, ¿para qué curamos?, ¿para qué so-brevivimos?, ¿sólo por un gramo de oxígeno en nuestros pulmones du-rante una porción de segundo?.

Mi mente hasta este momento agnóstica ante una existencia divina, se plantea tantas cosas que me genera más dudas, más preguntas, y cada vez menos respuestas, no sé si debo hacerlo, tampoco pierdo nada por intentarlo.

Mañana he quedado en visitar a una médium que me han recomendado, en mi vida anterior esto nunca se me hubiera ni tan siquiera pasado por la cabeza. Siempre he pensado que estos personajes iban en contra de todo por lo que yo luchaba y creía, que eran meros estafadores que se aprovechaban de la debilidad de las personas para hacer negocio.

Ahora necesito respuestas, y si fuera cierto que existe un más allá, la existencia de alguien que dice poder comunicarse con los que ya no están aquí, a lo mejor me ayuda a encontrar o llegar a alguna conclusión, algo con lo que seguir avanzando, algo que me permita comprender un poco más. Total, ¿qué puede pasar?, que me reafirme en que es todo un fraude, pero… ¿y si no es así?

Espero no encontrarme con ningún charlatán que empiece a ser ambiguo en sus mensajes, aunque debo reconocer que no tengo ninguna esperanza en esa visita, ya que seguramente la información que proporcionan son un montón de datos que o bien los pueden encontrar en las redes sociales, o bien, son datos y comentarios universales que valen para todo el mundo por igual, como si de comodines se trataran.

Allí estoy yo, en aquella sala de espera con paredes pintadas en un color crema relajante, dos sofás de piel oscura dispuestos en forma de L, una mesita en el centro con un montón de revistas del corazón, ¿del corazón?, vaya, esto no resulta muy alentador. Observo una serie de diplomas y eslóganes en las paredes para resaltar la formación de aquella médium que por lo que veo, también está licenciada en Filosofía por la Universidad Católica de Valencia, ¿católica?, vaya, veo que lo tiene todo…

Un cuadro blanco enmarcado en tono oscuro me llama la atención en aquel lugar, una frase mítica escrita con grandes letras rojas en el centro del lienzo capta mi mirada:

MENS SANA IN CORPORE SANO

De repente, una voz resuena detrás mío.

– ¿Señor Gilabert?, cuando quiera puede entrar… –ante mí, una señora de unos cincuenta y tantos años, por su aspecto nadie diría que se gana la vida hablando con el más allá, más bien tiene pinta de psicóloga con un cierto aire conservador, un vestido de flores oscuras, el pelo teñido rubio y recogido con un moño, gafas de pasta que le denotan un aire intelectual, por supuesto no me la esperaba así.

– Disculpe, pero me sorprende este cuadro aquí en esta consulta, esta frase es más propia de alguien que desea curar la mente a través del cuerpo, dos conceptos alejados de la actividad que aquí se practica. ¿No cree?

Comprendo que mi escepticismo, mezclado con una impetuosa sinceridad, puede llegar a rozar la mala educación, en definitiva, nadie me ha obligado a venir, lo he hecho porque he querido, pero es innato en mi e incontrolable.

Entro a continuación dentro del despacho donde se supone que realizaremos la sesión.

– Entiendo lo que dice señor Gilabert, permita que le explique algo, aunque la mayoría de las personas creen que esta frase proviene de Platón, el famoso filósofo griego. Realmente se trata de una cita de la Sátira décima que *Décimo Junio Juvenal* escribió en el siglo I a.C., y no es más que un simple extracto, concretamente la frase completa dice así: *"Orandum est ut sit mens sana in corpore sano"* o sea *"Debemos orar a los dioses para que nos concedan una mente sana en un cuerpo sano"*.

– Por lo que veo, es cierto lo que pone el diploma de la sala de espera, ¿es usted licenciada en filosofía verdad?

– Licenciada en Filosofía, parapsicóloga y médium, exactamente. Como le iba explicando, todo el mundo cree que la frase hace referencia al culto del cuerpo como fin o como medio para mantener una mente sana, en cambio, según la filosofía griega, el cultivo de la mente y del cuerpo no iban para nada desconectadas del alma, alcanzar el verdadero equilibrio universal es lo que nos dice esta oración o más bien plegaria. Los Dioses nos ayudarán a cultivar una mente sana y un cuerpo sano con un último fin, con el máximo objetivo de mantener nuestra alma saludable.

– ¿Quiere decir que nuestra alma solo será saludable, por tanto, estará en su perfecto estado cuando nuestro cuerpo y nuestra mente también lo sean?

– *Touché*, estimado Gilabert, ahora si le parece bien, iniciaremos la sesión para la que usted me ha contratado, no quiero hacerle perder más tiempo. Siéntese aquí por favor. – Un diván no me parecía el mejor sitio para contactar con la otra supuesta vida, pero bueno, le haré caso, ya que estoy aquí…

La filosófica médium se sienta frente a mí, permanece en todo momento segura y tranquila, casi diría que relajada, y empieza su particular "rito".

– Solicito a cualquier ser querido que se manifieste en este preciso lugar, en este preciso momento, para que sepamos que se encuentra aquí entre nosotros.– después de una breve pausa, volvió a repetir de nuevo aquella especie de pregaria esperando algún tipo de respuesta– Solicito a cualquier ser querido que se manifieste en este preciso lugar, en este preciso momento, para que sepamos que se encuentra aquí entre nosotros.

Se hace el silencio durante unos segundos, ella se da cuenta de que yo voy a decir algo, seguramente una sandez, y suavemente con su mano en mi boca me corta el intento de golpe, mirándome a los ojos fijamente y transmitiéndome una enorme tranquilidad.

– Roger, ¿ha perdido a su familia?

– Sí. –respondo escuetamente.

– Están aquí las dos. –con los ojos muy abiertos me deja desconcertado, ¿cómo sabe que son dos personas y femeninas?, automáticamente mi incredulidad vuelve a surgir, pienso que cómo he reservado la sesión con un par de días de antelación, ha tenido tiempo de buscar información sobre mí.

– Ellas están aquí y quieren decirle algo… espere.

Aunque escéptico delante de aquella situación, no puedo evitar comenzar a sentir cierto grado de nerviosismo incontrolable.

– Su mujer me dice que le transmita lo siguiente: "debes cuidar tu cuerpo, debes dejar de hacerte daño, si te haces daño se lo haces a ellas. Dice que tu alma tendrá que estar sana el día que puedas volver a verlas, sino ese día nunca sucederá, y que recuerdes siempre lo que acabas de leer, *mens sana in corpore sano*".

– ¿Eh?, ¡basta!, no me creo nada de lo que me está diciendo, ¿para eso he venido?, me parece que le han hablado de mí y le han dicho qué debía decirme en cada momento. ¿Eso es todo lo que se le ocurre? –En este momento he recordado que esta médium me la ha recomendado Rosa, la mujer de Joan, ¡qué cabrón!, están todos "compinchados", ¡se creían que no me daría cuenta!

– ¿Qué quiere decir Roger?, no sé a qué se refiere… –la mujer de mediana edad parece realmente sorprendida de la acusación que le hago, pero yo ya no creo en nada ni nadie.

– Discúlpeme, ha sido un error, aquí tiene los ciento cincuenta euros, yo me voy. Perdone porque no debería haber venido. –Me levanto, y procedo a abandonar aquel lugar de inmediato cuando...

– ¡Espere Roger!, tengo algo más que decirle...Ella me dice que le diga esto:

Roger, tú estás metido en una jaula, tú mismo la construiste, y tus límites. No importa dónde huyas, te enjaularás en tu propio ser.

En este momento me dejo caer en el diván nuevamente, las lágrimas se deslizan por mis ojos sin poderlo remediar, esa frase... esa frase lo es todo para mí, es la frase que *Paul* le dice a *Holly* en la película *Breakfast at Tiffany's* y que le repetí el día que Laia me dijo que no podíamos continuar juntos, ya que no estaba preparada para nuestra relación porque tenía miedo, miedo a que saliera todo mal.

Al final una vida juntos ha demostrado que nada salió mal, y que nuestra vida, nuestra familia tuvo siempre sentido, y aunque ya no están aquí, hoy vuelve a adquirir todo el significado posible para mí, siguen existiendo, no sé dónde están, pero no han desaparecido, no es que me alegre, pero en cierta forma me alivia pensar que están en algún lugar o dimensión... esa frase es la llave íntima hacia una entrada a algo que para mí es totalmente sorprendente y desconocido.

Me he tenido que tomar una tila, mira que la odio, pero la señora no tenía nada más "fuerte" para tranquilizarme. Me ha dicho que me siente aquí un rato y descanse...

– Roger, mire, comprendo que es difícil de entender, entiendo que cuando los ojos no ven, pensamos que las cosas no existen, a ver si se lo puedo explicar... ¿qué ve ahora aquí?

– ¿Cómo?, pues veo un despacho.

– Ya, ya, pero con más detalle, destáqueme algo que vea aquí.

– Este diván, ciertamente es bonito.

– Muy bien, y si nos centramos sólo en el diván, ¿qué ve?

– Pues nada más.

– Piense que ahora lo miramos a través de un microscopio y que nos acercamos al diván para analizarlo, ¿qué veríamos?

No entiendo dónde quiere ir a parar, pero miraré de seguirle el juego.

– Pues seguramente, las fibras y como está compuesto su tejido…

– ¿Y qué más? –con cierta habilidad intenta encaminarme hacía algo que por ahora desconozco.

– Pues quizás vería… no se… ¿algunos insectos?, o… ¿ácaros?

– Pero ahora no los ve, ¿verdad?, y que no los vea no quiere decir que no existan, ¿cierto?, y en cambio están ahí, en nuestro mismo diván, en el que usted está sentado.

Creo que ya voy entendiendo exactamente lo que me quiere decir, su argumento es extremadamente simple, pero contrariamente no carece de sinsentido, al revés, resulta del todo pedagógico.

– Ya, pero sabemos que hay ácaros porque gracias a la ciencia hemos podido observarlos antes, gracias al microscopio sabemos que hay un mundo muy pequeño y que no vemos a simple vista.

– ¿Y cuándo no había microscopios?, ¿no existían los ácaros?, no hace falta que me responda. Pues la dimensión a la que vamos a parar cuando morimos sería lo mismo, dejamos nuestro cuerpo físico, pero no abandonamos nuestro diván, seguimos aquí, pero en otro plano. Sólo necesitamos un microscopio para poder verlo, los médiums actuamos como ese microscopio, aunque sólo unos pocos entre millones de personas tenemos esta facultad o don, como algunos le quieren llamar.

– Gracias por todo, la verdad es que me ha ayudado más de lo que podía pensar.

Me levanto, mirando de nuevo a aquella señora que me ha abierto los ojos, y me ha descubierto una nueva posibilidad ante lo que yo siempre había creído ciegamente, y abandono aquel lugar definitivamente, desfallecido, sorprendido, descolocado.

Esta experiencia ha sido más de lo que podía esperar, sin duda una montaña rusa de emociones, podría decir que delante de mí ha surgido el inicio de un nuevo principio, o quizás el final de uno más antiguo.

Capítulo 22 VERSOS HEBREOS

Era una jornada de octubre lluviosa y fresca en Pisa, el mes de octubre, en la famosa ciudad de la *Torre Pendente*, se caracteriza por los cambios bruscos que normalmente se producen en su temperatura donde el verano se aleja a una gran distancia, olvidándose por completo de las temperaturas cálidas y los días soleados en la campiña toscana, para dar paso de lleno al otoño húmedo y frío, el cual hace su aparición inminente con toda su fuerza y esplendor.

Cientos de fieles se habían dado cita aquel domingo en particular, la ciudad estaba llena de carteles anunciando el evento que aquel día tendría su epicentro en la conocida sinagoga. Tanto a lo largo del río *Arno*, en *Borgo Stretto*, o la céntrica *Piazza Garibaldi*, allá donde uno mirara, en todos los rincones de aquella preciosa ciudad renacentista, cuna entre otros del famoso *Galileo Galilei*, se respiraba el aire de la cultura judía, extrañamente protagonista absoluta de aquel día, y que había situado a Pisa por primera vez en su historia en el centro europeo del mundo hebreo.

GIORNATA EUROPEA DELLA CULTURA EBRAICA

El rabino Levi ese día estaba pletórico, como no podía ser de otra manera, indudablemente el gran mérito de reunir a gran parte de las congregaciones judías de toda Europa en aquella pequeña ciudad italiana era suyo. Su fama de ser colaborador necesario con otras culturas religiosas no le había facilitado precisamente el apoyo por parte de otros grupos mucho más conservadores, por tanto, desconfiados y reticentes a este proceso de apertura iniciado por su antecesor y continuado fielmente por él.

Aquella mañana la jornada comenzó en el interior de la sinagoga con una performance literaria de sonetos hebreos del autor *Piero Nissim*, músico toscano de origen judío. Al acontecer en un domingo de otoño, muchas familias pisanas, de todas las orientaciones religiosas posibles, aprovecharon para acercarse aquel día al templo y escuchar aquellas narraciones poéticas, las cuales, en aquel magnífico escenario y a través de la voz de un fabuloso intérprete, sonaban como una sinfonía poética capaz de enriquecer el alma de todos los mortales allí presentes.

El rabino Levi se encontraba sentado en primera fila, junto con el resto de los rabinos de las sinagogas más influyentes de toda Italia y parte de Europa, mientras escuchaba embelesado como aquel magnífico orador narraba los versos con sentimiento y devoción, se le acercó un miembro de su comunidad, el cual se le dirigió con máximo sigilo para no molestar al resto de asistentes que estaban siguiendo con sumo interés aquel acto cultural.

– *Scusi Rabbino Levi, c'è un signore che ha domandato per lei fuori. Ha detto di essere il prete Greghi, col suo nome mi ha fatto sapere che lei sapesse chi è senza dubbio... è così?*

– *Si, certo. Esco subito.* –el rabino claramente conocía al tal padre Greghi por lo que se levantó inmediatamente para dirigirse cautelosamente hacia la puerta de la sinagoga.

– Buenos días, Gregorio, pensaba que no volvería a saber de ti después de lo que pasó hace diez años en *Beit Shemesh*.

Allí estaba, delante de él, se trataba de un hombre bastante más joven que el rabino, de mediana estatura, rubio y con la piel muy blanca el cual iba vestido con los hábitos propios de un cura de la iglesia católica.

Ambos hombres se conocían desde hacía ya muchos años, en una época que el rabino Levi estuvo viviendo en Israel, cerca de Jerusalén, en un momento vital trascendental para aquel servidor de la iglesia de Roma que ahora se encontraba ante su antiguo amigo, justo ante las mismas puertas del templo judío pisano.

Gregorio Lazlo por aquel tiempo, antes de conocer a Levi, se encontraba intentando buscar las respuestas necesarias a su indeterminada y dudosa condición religiosa. Criado en el seno de una familia católica de Varsovia, unos hechos dramáticos en su vida personal le hicieron cuestionarse su fe en Dios, por lo que decidió dejarlo todo para viajar por el mundo en búsqueda de una creencia que le devolviera la confianza en la vida, en la fe y en el hombre.

Después de pasar una temporada en Japón, dónde se introdujo profundamente en la cultura budista sin hallar lo que buscaba, pasando posteriormente por la India, finalmente decidió que Israel podía ser el mejor destino posible por ser un territorio considerado como la auténtica encrucijada de los orígenes y cimientos de la cultura occidental actual, donde el islam, el judaísmo y el catolicismo comparten espacio, aunque no sin conflicto como es bien sabido. Precisamente fue en el estudio de este conflicto, mediante el cual, Gregorio pensó que podría encontrar la respuesta a lo que buscaba en su interior, es allí donde conoció a un Silvano Levi bastante más joven que ahora, el cual se estaba formando en Tierra Santa para completar su tránsito como futuro líder religioso de su comunidad.

– Silvano, ¿aún la tienes?

– Sí, la tengo a buen recaudo, pero ahora no puedo, como ves hoy es un día muy complicado. ¿Qué te parece si vienes cuando la tarde empiece a oscurecer?

Asintiendo con un gesto y sin mediar palabra, el padre Greghi, como se había hecho llamar, se retiró en silencio por la Via Palestro, desapareciendo de aquel lugar con un paso lento y firme, fundiéndose entre la muchedumbre que llenaba aquellas calles empedradas.

Cuando el rabino regresó a su asiento el acto apenas había finalizado, de hecho, ya estaban preparando el interior de la sinagoga para una charla, la cual había creado mucha controversia en la ciudad por la temática escogida, y que a continuación tendría lugar allí mismo.

COSA C'È DOPO LA MORTE?

Invitados de diversas ideologías y tendencias iban a debatir sobre una temática fuertemente controvertida para cualquier persona que crea en la concepción religiosa de la existencia de un mundo mejor en la otra vida. Mundo ideal hecho a imagen y semejanza del Dios al que cada uno tenga devoción, sea cual sea la religión que se profese, y donde no nos engañemos, la defensa a ultranza de esta creencia ha provocado gran parte de las guerras y los conflictos más graves vividos a lo largo de la historia de la humanidad.

– Para el judaísmo, según la Torá, la muerte no es un castigo, sino un regalo, el hombre nacido en un cuerpo y con un alma perfectas, reflejado en la figura de Adán, pecó, y al pecar rompió su alma perfecta y la convirtió en impura. –las palabras de Giorgios Lapine, teólogo hebreo de origen griego, resonaban en aquel templo sagrado con una fuerte convicción interna sobre el resto de los asistentes.

– La muerte es el proceso mediante el cual le devolvemos la pureza a nuestra alma, no se me ocurre un regalo mejor para el hombre sinceramente. –Los allí presentes escuchaban con sumo interés, mientras tanto, el rabino Levi asentía con la cabeza, todas y cada una de las palabras, otorgando su máxima bendición a la exposición del teólogo invitado.

– Sinceramente no entiendo que ustedes los judíos hablen de algo parecido a la vida después de la muerte en la Torá cuando se sabe del cierto que para gran parte de sus fieles esto está en cuestión. –la réplica venía dada por Frank Marshield, catedrático norteamericano, doctorado en medicina y profesor universitario en psiquiatría, estudioso de las experiencias cercanas a la muerte, *ECM*, alrededor del mundo y agnóstico declarado– Si no me falla la memoria, creo que en los años sesenta, *Gallup* realizó una encuesta que dio como resultado que apenas un diecisiete por ciento de los judíos en Estados Unidos creían en la existencia de una vida más allá de la muerte, contrariamente a los resultados de protestantes con casi un ochenta por ciento o los católicos con un ochenta y cinco por ciento, si no recuerdo mal.

– No sé de dónde saca estos datos señor Marshield, si usted conociera mejor nuestras escrituras no demostraría tanta ignorancia al respecto. Nuestras creencias nos hablan de *Shekhinah*, un ser de luz que nos recibirá en la otra vida, inexorablemente, un buen judío sabe lo que hay al otro lado, cuando uno deje la vida terrenal, cuando uno abandone sus pecados y llegue a *Machpelah*, allí entonces Shekhinah nos abrirá la puerta del *Gan Eden*.

Después de aquel interesante debate, la tarde finalizó con una convención restringida a la comunidad hebrea, encabezada por el rabino Levi y Gabriele Mauro, presidente de la *Comunità Ebraica di Pisa*, en la que estuvieron debatiendo sobre la posición de la comunidad ante los desafíos del futuro, y la necesidad de abrirse o no al resto de individuos de la ciudadanía pisana y del resto de Toscana, sin importar sus creencias religiosas, finalizando sin llegar por supuesto a ningún acuerdo claro al respecto.

Cuando la jornada se clausuró, y los últimos asistentes fueron dejando el lugar, varios voluntarios se quedaron desmontando la sala para recuperar su estado original y su función como principal lugar de oración.

Es justo en ese momento de la tarde cuando las personas que allí se encontraban, fueron los últimos testigos en ver con vida al rabino Levi mientras se dirigía hacia su residencia después de la dura jornada, al día siguiente será cuando descubran su cadáver.

Capítulo 23 DUDAS RAZONABLES

En su casa, Roger, aún estaba sorprendido por la experiencia vivida en la sesión de espiritismo del día anterior, su cabeza le daba mil vueltas sin encontrarle un sentido real a lo acontecido en el despacho de aquella médium. Aunque le embargaba la duda aún, lo cierto es que aquella frase entre Paul y Holly resultó del todo reveladora, aquella frase formó parte de la historia de amor más íntima entre él y Laia, y lo más sorprendente de todo, nunca la habían comentado a sus amistades con todo detalle más allá de la simple anécdota. A priori, esa frase la médium no la podía haber extraído de forma tan exacta de ninguna persona cercana a ellos y mucho menos de las redes sociales, entonces ¿cómo podía saberlo?

¿Estaban realmente Laia y Ona vivas en otra dimensión?, si como dice la espiritista ellas existen y no las podemos ver, ¿quiere esto decir que la muerte no existe como creemos?, o que… ¿no es un final sino una etapa más?

Roger necesitaba tener más información al respecto, necesitaba conocer si su creencia. hasta ese momento vital, circunscrita al terreno material y comprobable, encorsetada en los límites de la física y la medicina, tenía razón de ser o respondía a un escudo moral y ético ante lo desconocido. La falta y la capacidad de respuesta quizá estaba facilitando posponer una comprensión definitivamente, dejando al científico en una posición cómoda y conformista ante la vida. En definitiva, cuando uno deja de pensar, al final siempre deja de creer.

Para encontrar un posible camino que seguir en esa búsqueda planteada en su propia consciencia, decidió visitar a Xavi, su antiguo paciente. Un niño sin vicios adquiridos, sin influencias religiosas, y que vivió en primera persona una ECM con detalles inexplicables para cualquier persona que se considere agnóstica, incrédula ante el misticismo de estos hechos. Meditó el hecho que saber más cosas sobre aquella experiencia en el quirófano que todos vivieron hace meses y que no sabían explicar, podría ayudarle a la comprensión de todo aquello.

El viaje en metro entre las paradas de *Universitat* y de *Santa Eulàlia* en la misma Línea 1 apenas duró unos veinte minutos, L'Hospitalet de Llobregat, aunque es una ciudad con entidad propia, se encuentra integrada en el mismo entramado urbano que Barcelona, por tanto, apenas uno es capaz de distinguir que está cambiando de municipio si no es por el mobiliario urbano, bancos, papeleras, semáforos, quioscos, diferentes según en qué parte de la acera se encuentre uno.

Eduard y Txell vivían en un bloque de reciente construcción en el límite entre los dos municipios, de hecho, muchas parejas como ellos decidían trasladarse a vivir a las "afueras" de Barcelona, ante los excesivos precios de la Ciudad Condal. Las jóvenes familias emigraban urbanamente buscando una vida con los costes más controlados y poder evitar así, las posibles penurias futuras de una Barcelona poco atractiva ya para un buen grupo de sus propios nativos, incapaces ni tan siquiera de poder sobrevivir con la mínima dignidad en ella.

– *Bon dia* Roger, sentimos muchísimo lo que te pasó. En el Clínic preguntamos por ti, pero nos dijeron que estabas de baja y que tardarías en volver, te llamamos varias veces y nunca obtuvimos respuesta por tu parte, por eso nos sorprendió tu llamada… –Txell, la madre del niño intentó transmitirle sinceramente su interés, y su pesar por la tragedia vivida por aquel médico que tanto había hecho por ellos y por su hijo.

– Gracias Txell, de verdad. No ha sido nada fácil para mi, durante un tiempo no he querido ver ni saber nada de nadie, pero gracias. Por cierto… ¿no está Eduard?

– Ha tenido que salir un momento, pero regresará en un rato. Ya me explicó lo que le dijiste en tu llamada, tengo que decir que me da miedo que pueda tener alguna consecuencia negativa en Xavier, ¿me prometes que si el niño no reacciona bien lo dejaremos de inmediato?

– Por supuesto Txell, aunque no te lo creas, yo quiero mucho a Xavi, me recuerda tanto a mi Ona…nunca haría nada que lo lastimara.

Y allí estaba aquel niño, en aquel domingo matutino, con su pijamita de *Spiderman* jugando en su habitación con un Lego al cual le montaba y desmontaba las piezas sin tener muy claro qué quería construir realmente.

– Hola Xavi…

Roger estuvo poco más de media hora en el interior de aquella habitación, el niño volvió a explicarle como vio a los médicos desde el aire, su bata con manchas rojas, la luz intensa, reafirmándose en todo momento en el mismo relato que ya explicó cuando estuvo ingresado en el hospital, exceptuando una pequeña cosa que sí le sorprendió de la nueva narración de aquel niño… y que hasta ahora él desconocía.

– Recuerdo cómo mi *iaio* vino a buscarme en aquel lugar con mucha luz y me dijo que tenía que regresar para cuidar de mis papis, y después es cuando me desperté.

Cuando salió de la habitación, después de un rato de conversación relajada, dejó jugando tranquilo con su Lego a aquel niño, comentando a continuación a su madre si sabían esta, digamos, nueva revelación. En ese momento ya estaba Eduard que había regresado a casa y se encontraba entrando por la puerta del salón…

– Nos lo dijo unas semanas después, mi padre falleció antes que naciera Xavier, no llegó a conocerlo, aunque siempre le hemos hablado de él, por eso no se si lo que vio fue un sueño fruto de las historias que le hemos explicado sobre él, o fue cierto que estuvo con él en aquel lugar, mi padre siempre me dijo que él nos cuidaría siempre… no se si tiene sentido. –Eduard con sus palabras, aunque deseaba creer firmemente en ello, no tenía muy claro si lo que Xavier explicó estaba dentro de lo razonable o no, si se trataba de una visión real, un sueño, o fruto de alucinaciones provocadas por el tratamiento químico necesario, que los médicos suministraron, para reanimar a su hijo moribundo.

– Gracias a los dos, me ha hecho mucha ilusión veros de nuevo. – Despidiéndose de ambos padres, sin remediarlo le entró una profunda tristeza y nostalgia por ver a aquella familia cuando él había ya perdido la suya para siempre, con un fuerte nudo en el estómago, se dirigió a la calle con muchos pensamientos en su cabeza, y con casi más dudas que nunca.

Demasiados detalles le transmitían que podía ser cierto la existencia de algo más allá de la vida tal y como la conocemos hoy en día, podían ser percepciones, pero extrañamente estas se repetían continuamente entre miles de personas de diferente índole, edad o religión, haciendo improbable su total inexistencia, algo había detrás, eternidad o reacción neuronal, pero algo había seguro.

Siempre lo había escuchado sin creerlo, pero el vivirlo en personas cercanas a si mismo le hacían tambalear los propios cimientos de su conocimiento vital, y si… ¿es cierto todo lo que explican?

No obstante, Xavier no es que le hubiera aportado respuestas más allá de la sorprendente presencia de su abuelo, pero para Roger era como si Ona le estuviera enviando directamente un mensaje, diciéndole que al otro lado le esperaba, que sus seres más queridos estarían allí para darle la bienvenida. En su retina, la visión de aquel niño jugando en su habitación y respondiendo con toda la naturalidad posible, retenía en su percepción una imagen de cierta normalidad sobre uno de los debates éticos y morales que a todo ser humano le invade en algún momento de la vida… ¿qué pasa realmente cuando morimos?

Capítulo 24 PASEANDO

Joan estaba tumbado en el sofá viendo la televisión junto con su esposa Rosa, a esas horas de la noche después de un día intenso de trabajo, lo mejor era sentarse delante de la pantalla para ver alguna de las series de moda y así evadir la mente de los quehaceres diarios. De repente el timbre de la puerta del jardín sonó…

– ¿Quién será a estas horas? –Rosa sorprendida porque alguien osara molestar ese momento de tranquilidad e intimidad familiar bien ganado.

– ¿Mami quieres que abra yo? –su hijo Sergi asomó la cabeza por las escaleras, la curiosidad repentina de aquel adolescente sorprendía a sus padres con aquella ficticia proactividad poco común por parte de él.

– No cariño, vuelve a la habitación, ya va tu padre. –él la miró con cara de extrañeza, estaba tan relajado, tumbado en el sofá, que no le apetecía para nada levantarse a abrir la puerta. –Venga Joan, ¡ves tú a mirar!

Desganado se levantó sin ritmo y poco a poco se acercó hacia el visor del portero automático de aquella casa, su semblante cambió cuando observó quien estaba llamando a su puerta intempestivamente.

– ¡Es Roger!, voy a salir a ver qué pasa… ahora vuelvo.

Saliendo a continuación a la puerta del jardín para abrirle a su amigo…

– Perdona por venir sin avisar, Rosa me va a matar…–Roger se disculpaba de antemano por aquella inesperada situación.

– ¿Qué dices? ¿Estás tonto?, esta es tu casa, aquí no tienes que avisar…

– ¿Puedo hablar contigo?, ¿qué te parece si damos una vuelta?, necesito contarte algo.

– ¿Cuándo vas a volver?, Esteban te dijo que esta semana debías volver al trabajo y mañana es lunes, ¿no? –su preocupación era mucho más terrenal de lo que ahora Roger podía contemplar en su vida.

– No lo sé aún, tengo la cabeza hecha un lío, supongo que Rosa te ha comentado que le pedí el teléfono de aquella médium a la que fue ella cuando murió su madre…pues al final concerté una visita y ayer mismo fui a verla. – la cara de Joan reflejaba una profunda sorpresa por lo que le estaba explicando su amigo, extraña reacción por parte de alguien tan escéptico hasta ese momento, siempre contrario a todo tipo de creencias más allá de la medicina y la ciencia contrastada.

A continuación, mientras paseaban por aquella noche oscura a través de las calles ajardinadas de la urbanización, entre casas apareadas y pequeñas villas, Roger le fue explicando a su amigo todo lo que sucedió en la visita a la médium, las dudas que le habían entrado, lo que sucedió en urgencias con Xavier y la visita que luego le hizo a su casa…

– Mira Roger, es normal lo que te pasa por la cabeza, uno siempre busca respuestas imposibles de encontrar, pero lo más importante ahora es saber si estás mejor, ¿has dejado ya de beber y de meterte esas mierdas? –como un buen amigo, fue directo al grano, para él la salud de su amigo era lo más importante en aquel momento, sin salud el resto no tenía razón de ser.

– ¡Ostia Joan! Sí claro, después del susto que he tenido por supuesto que no pienso volver a recaer. Creo que se lo debo a mis padres, y a mis amigos, como tú… y en cierta forma pienso que me lo debo a mi…a mi mujer y a mi hija.

– Me gusta escuchar lo que dices Roger, espero que sea así. –mientras pasean relajadamente por aquellas tranquilas calles de Sant Cugat que a esas horas estaban completamente vacías de actividad y conferían una total intimidad, necesaria en aquella situación.

– Mira, no te voy a engañar, pienso continuamente en reunirme de una vez por todas con Laia y la nena, pero por otro lado me surgen muchas dudas que me hacen continuar, tú siempre me has dicho que crees que ellas están en un lugar mejor…y después de la experiencia con la médium, ya no tengo tan claro que no sea así.

– A ver Roger, tú y yo somos médicos, y también somos personas que nos gusta investigar sobre lo qué hacemos, nos encanta la ciencia, pero…

¿por qué investigamos?, pues investigamos porque no lo sabemos todo. Cuando algo se sabe, se deja de investigar, entonces pasa al ámbito de lo conocido.

– ¿Quieres decir que las investigaciones que están haciendo sobre la muerte nos pueden llevar a conocerla?

– Quizá conocerla sea demasiado ambicioso, pero a lo mejor comprenderla sería un buen primer paso, ¿no crees?

El interés de Roger se había despertado si cabe aún más, mientras Joan le explicaba lo que creía sobre el sentido real de la muerte, más caminos se abrían delante de aquellos médicos, si existían tantas preguntas es que quizá había llegado el momento de empezar a encontrar la respuesta para alguna de ellas.

– Si lo piensas bien, todas las religiones hablan de una vida más allá, no obstante, cada una lo explica de una forma diferente porque nadie ha regresado de allí, pero estarás de acuerdo conmigo en que todas convergen hacia el mismo axioma. De hecho, todo esto nos confirma que realmente existe esa otra realidad, esa otra vida. Si a nivel religioso creen, también a nivel filosófico, recuerda a Platón, por ejemplo, y aunque menos, incluso lo hace una parte de la sociedad científica, con los numerosos estudios documentados alrededor del mundo sobre los miles de ECM, quizá todo esto significa que la primera respuesta la tenemos ya delante de nuestras narices y hasta ahora no nos hemos dado cuenta.

– Por tanto, si sabemos que efectivamente existe otra vida... ¿faltaría averiguar cómo es y qué hay después?, hoy por hoy algo totalmente imposible de hacer.

– Bueno, es cuestión de tiempo, de hecho, hoy en día hay un montón de científicos trabajando sobre ello, unos para demostrar que hay constancia de vida después de la muerte, y otros para demostrar todo lo contrario.

– Joan, ¿y cómo sabes tanto de este tema? Siempre me habías dicho que creías que algo podría haber, pero con tus palabras veo más a un creyente que no a un científico.

– Bueno Roger, quizá tu también estés cambiando sin ser consciente ¿no?, cuando uno empieza a dudar es cuando uno empieza a creer, y por lo que veo, tú ya estás comenzando a dudar.

La conversación de esta noche con Joan me ha dejado sorprendido, cada día que pasa, cada nuevo detalle, me acerca más a esa creencia de la que mi amigo me ha estado hablando durante tanto tiempo.

Me fastidia darme cuenta, como lo he echado de menos, había ya olvidado cómo son de enriquecedores los largos paseos en los que acabamos disertando tanto que casi olvidamos qué inició el debate, donde nos metemos tanto en nuestro papel de querer encontrar el mejor argumento con el que contrarrestar al otro, que muchas veces acabamos perdiendo la esencia de la idea inicial que queríamos defender.

La verdad es que ahora mismo no puedo dormir, pensar en Laia y Ona, pensar que a lo mejor están aquí tan cerca y no puedo verlas, por tanto, también tan lejos, me genera la ansiedad de conocer más, así que voy a coger el portátil a ver si mientras busco información en internet me acaba viniendo el sueño.

Buscando en *Google*, la primera persona que sale, por lo que veo ha estado muchos años dedicada a la explicación de la muerte, *Elisabeth Kübler-Ross*, según *Wikipedia, fue una psiquiatra y escritora suizo-estadounidense, una de las mayores expertas mundiales en la muerte*, según pone en su biografía, murió ya en el 2.004.

Ella determinaba que la muerte no era más que una pequeña parte de la existencia, y que morir era el sinónimo de mudarse o de mutar, Kübler decía que la muerte ocurría en tres etapas, la primera que ella llamaba, la etapa del capullo de seda la cual vendría a ser nuestro cuerpo físico, donde en el momento del fallecimiento se libera la mariposa de este, o sea nuestra alma.

La segunda etapa es aquella en la cual toda la energía abandona nuestro cuerpo, teniendo consciencia de todo lo que se sucede a nuestro alrededor, en este momento vemos nuestro cuerpo de nuevo en un estado perfecto, donde los ciegos ven y los sordos oyen. Esta energía va a un lugar donde el tiempo ya no cuenta, y no existe ni el espacio ni la distancia, pero en el cuál no morimos solos, sino que allí nos esperan las personas que más amamos para acompañarnos en el tránsito.

Finalmente llegamos a la tercera fase, donde dependiendo de los factores culturales que hemos tenido en nuestra vida, cada uno de nosotros tendremos una transición diferente, unas personas se encontrarán ante un túnel, otras ante un pasaje, un pórtico o incluso un puente, en el cual al otro lado una fuerte luz nos atraerá, sintiendo un amor incondicional para mostrarnos posteriormente una revisión detallada de la que ha sido nuestra vida terrenal.

Hasta ahora la tesis de esta investigadora no me aporta mucho más que aquellas leyendas que siempre he escuchado sobre las experiencias cercanas a la muerte, el túnel, abandonar el cuerpo, revisión de nuestra vida, etc. No sé si me encuentro ante una supuesta falta de originalidad o ante una clara evidencia de una común existencia real.

En algo sí coincide con las palabras de Joan de esta noche, y es que, según Kübler-Ross, la luz es una interpretación de la misma energía espiritual, para unos puede ser *Cristo*, para otros *Buda* o *Alà*... por lo tanto, las diferentes religiones coinciden en la existencia de algo, sea el más allá, sea energía, la reencarnación, o una dimensión paralela.

A lo largo de los años parece ser que ella trató con cientos de enfermos terminales que se encontraban cerca del tránsito eterno, y dedicó toda una vida a recopilar y documentar informaciones sobre estas experiencias, supongo que algo de lo mucho que escribió al respecto tendrá finalmente sentido y estará cerca de la realidad, aunque nunca lo pudiera probar.

Sigo buscando en internet, parece ser que el sueño empieza a hacer acto de presencia, pero ahora mismo me siento intranquilo y no puedo parar de buscar de manera adictiva. Entre las primeras posiciones del buscador aparece un médico, psiquiatra, divulgador y escritor español, *José Miguel Gaona*, el cual de forma muy relevante realizó estudios sobre las experiencias más allá de la muerte, colaborando con otros expertos a nivel internacional sobre este tema, y que le llevó finalmente a escribir al respecto un libro de enorme éxito, *Al otro lado del túnel*.

Continúo la búsqueda... veo que hay un montón de universidades prestigiosas alrededor del mundo que han creado divisiones de investigación sobre las ECM, como el *King College* de Londres, el *Institute of Psychiatry de Cambridge*, la *Virginia University…*

Repasando los diversos artículos, y videos en la red, existe gran cantidad de grabaciones que hablan prácticamente de las mismas experiencias, estudios hechos sobre miles de individuos en todo el mundo, con diferente sexo, con identidades religiosas variadas, de todos los niveles culturales y estratos sociales, hablando del abandono del cuerpo, de la falta de dolor o miedo, de cambios de época y dimensión, de senderos con flores y aromas, de reencarnación…

No se entiende que en la facultad de medicina no nos enseñen nada al respecto, para el mundo científico aquello que no se ve ni se puede demostrar, no se puede creer, por tanto, no existe ninguna asignatura ni estudio universitario que nos hable de lo sobrenatural y mucho menos de lo paranormal, en los libros académicos la muerte queda siempre simplificada a una muerte puramente cerebral.

A ver, aquí hay una breve historia sobre los estudiosos de las ECM, el primer caso documentado fue el de un tal Albert Haim que en el 1.892 sufrió una caída en los Alpes, luego en los años sesenta se empezó a trabajar en la medicina de reanimación, inexistente hasta ese momento, y es cuando empiezan a aparecer los primeros informes médicos que hablan del túnel y de la luz brillante.

Esta foto es más actual, aparece un equipo médico de la Virginia University en *Charlottesville*, en los Estados Unidos, es del 2.005, según informa la red, dicho equipo estuvo experimentando con las ECM, en la imagen aparece como jefe del grupo un tal doctor Frank Marshield, en medio de un conjunto de personas con bata blanca y… ¿eh?, ese médico me suena… ¡no puede ser!... amplio la imagen y… ¡es él!, ¡es él!

PARTE TERCERA

Joan estaba dejando sus cosas en su despacho del Clínic antes de asistir a la reunión matinal con el resto de los compañeros, desde que no estaba Roger le habían encargado transitoriamente a él asumir de forma interina la coordinación del departamento de cardiología. De repente se escuchó una voz…

– ¿Qué es esto?, ¡eres tú! – Roger entró en el despacho sin llamar ni avisar, bastante airado, en su mano llevaba la foto que la noche anterior había visto en internet, lanzándola de forma impetuosa sobre la mesa - ¿me puedes decir qué haces aquí?

– Roger, tranquilízate por favor, te lo iba a explicar cuando estuvieras mejor, cuando te viera más recuperado y preparado para escucharlo. Ahora tengo la reunión y sabes que no puedo faltar, ¿por qué no quedamos después que vayas a ver a Esteban?

– No he venido a incorporarme, aunque quizá tengas razón y sea lo mejor. Pero luego me lo explicas todo, quiero saber cómo es que trabajaste en Estados Unidos aquella larga temporada, investigando sobre las experiencias cercanas a la muerte, y nunca me lo habías explicado, me he enterado de casualidad… yo pensaba que éramos amigos de verdad.

Y así quedaron aquellos compañeros, sin duda Joan le debía muchas explicaciones sobre un período de su vida oculto hasta aquel momento, y sobre el cual siempre había desviado la atención al respecto, cuando Roger le preguntaba de vez en cuando. Tantos meses fuera, en el extranjero, pagado por el hospital, para hacer ¿qué?, siempre le había parecido muy raro e incluso con Laia lo habían comentado en más de una ocasión, ese secretismo por parte de Joan siempre les pareció del todo extraño, pero ahora empezaba a comprenderlo todo, finalmente.

Esteban estaba en su despacho analizando unos datos recibidos por la Conselleria de Salut de la Generalitat de Catalunya cuando su secretaria le anunció la presencia del doctor Gilabert.

– Por supuesto, que pase. –recogiendo la documentación que tenía encima de la mesa que quedó limpia completamente excepto por un portátil con la pantalla cerrada en el centro de esta.

- Con permiso, hola, Esteban. –Roger entró en aquel despacho, aunque no estaba convencido del todo sobre lo que iba a anunciar a su jefe, pensó que su amigo tenía razón y reincorporarse le podría ayudar a estar más ocupado para no pensar tanto en la desgracia vivida. Últimamente su vida era una continua improvisación y volver a la rutina quizá le serviría para ir encauzando su actual existencia.

– Tú dirás Roger. –centrando toda su atención en el cardiólogo.

– No se si es buena idea, pero tal y cómo quedamos, aquí estoy. Aún no me encuentro bien del todo, aunque debo decirte que ya no bebo alcohol ni tomo ninguna pastilla que no esté prescrita desde el día que me llamaste la atención con aquel ultimátum. Si quieres voy ahora a hacerme un análisis por si no me crees, pero creo que sería bueno para todos volver a mi puesto.

– Roger, me alegra mucho lo que me estás diciendo, tenía ganas de que llegara este momento, aunque no lo creas, eres imprescindible para este hospital, no nos sobran precisamente profesionales como tú. Así que, si lo crees oportuno, por mí no hay ningún problema que empieces ya… por supuesto no es necesario ningún análisis… por ahora, pero no me falles, ¡eh!.

Cuando ya dejaba el despacho después de agradecer la segunda oportunidad, el director le llamó la atención, tenía algo más que añadir…

– Roger, disculpa, se me olvidaba, como debes comprender, tu puesto de director de cardiología ahora mismo lo está ocupando Joan, aunque interinamente hasta que estés listo… y no pase cierto tiempo, creo que no debemos cambiar por ahora. En todo caso, cuando estés preparado y al cien por cien, y me lo hagas saber, tu puesto seguirá ahí… pero ahora, si no te sabe mal, vayamos paso a paso. –Esteban Ferran estaba convencido de que ese anuncio no le sentaría bien, no obstante, se vio sorprendió por la inesperada respuesta que obtuvo por parte del mismo doctor Gilabert, antes tan impetuoso, y en estos momentos mucho más comedido.

– Lo entiendo perfectamente Esteban, tienes razón, es lo mejor para todos, como bien dices… paso a paso. –él era el primero que no quería reincorporarse totalmente, de hecho, hasta llegar ese día al hospital ni siquiera se lo había planteado. Sin embargo, meditándolo un poco más, aún no se sentía plenamente preparado ni tenía ahora la cabeza suficientemente despejada para poder dedicarse a la coordinación de su departamento y la alta responsabilidad que eso le podía llegar a suponer. Por tanto, y contra todo pronóstico, ya le iba bien "estar, pero sin estar", al menos durante una época, la cual, ahora mismo ni contemplaba su duración, era evidente que quedaba mucho por recorrer hasta poder sentir que estaba "recuperado".

Joan, tal y como habían quedado, fue a buscarle a la planta quinta del hospital, tenían mucho de qué hablar, así que escogieron una habitación que estaba vacía en ese momento sin la presencia de ningún paciente, ambos amigos necesitaban tranquilidad y intimidad para conversar de forma sincera, por fin.

Capítulo 27 HACER LAS AMÉRICAS

La oportunidad que le habían brindado no podía desaprovecharla bajo ningún concepto, dejar a su mujer y a su hijo recién nacido no era lo que tenía pensado para esta etapa de su vida que tanto habían esperado y deseado, ser padre había sido lo más bonito que le había pasado en la vida, pero los trenes pasan cuando pasan y este sin duda debía cogerlo.

Con Rosa estuvieron hablando largo y tendido sobre si valía la pena perderse los primeros meses de Sergi por una ilusionante oportunidad profesional en el extranjero, con la cual no estaba seguro de si a la larga vendría acompañada de algún premio o promoción. En la vida hay momentos en los que uno debe apostar, y Joan decidió hacerlo, considerándolo como una inversión profesional de futuro, como al final así acabó resultando.

La *University of Virginia* se encuentra situada en Charlottesville, en el estado de Virginia, y fue fundada por el mismísimo Thomas Jefferson. Está considerada como una de las mejores instituciones educativas públicas de los Estados Unidos, y es la única universidad norteamericana que tiene el honorífico título de ser Patrimonio de la Humanidad, por otra parte, extraño en una nación tan joven como la americana, falta de referentes históricos más allá del siglo dieciocho.

Un acuerdo internacional entre diversas entidades académicas de prestigio lo llevó a hacer las Américas, gracias a que el Hospital Clínic, como hospital universitario de referencia, participaba en dicho proyecto representando a la Universitat de Barcelona. Esto significó para él la incorporación inmediata en el equipo que se había creado en torno a la *División de Estudios Perceptivos de la Salud* o como se conocía más coloquialmente, la *DEPS*, y que estaba vinculado a la *School of Medicine* en Virginia.

Le sorprendió en su momento que Esteban Ferran le propusiera participar en este proyecto, de hecho, le extrañó enormemente que otros posibles candidatos con mejor trayectoria, como podía ser el caso de su amigo Roger, no estuvieran dentro de los favoritos y en cambio sin esperarlo, y por sorpresa, le tuvieran en cuenta para algo tan importante como formar parte de un equipo multidisciplinar internacional médico, único en el mundo.

Dicho equipo estaba capitaneado por el doctor Frank Marshield, la DEPS, desde su fundación en los años sesenta del pasado siglo, se ha caracterizado por ser una unidad de investigación universitaria altamente productiva, con muchos estudios científicos publicados en las revistas médicas más prestigiosas. Dedicada a la investigación de algunos de los paradigmas más desafiantes para la comunidad científica, centrados en explicar la relación entre la mente y el cerebro, donde entra la conciencia en esta relación, y cuáles son sus límites incluso más allá de las fronteras físicas y de la vida mortal como la conocemos.

Frank Marshield, nacido en un pueblo de Indiana, decidió dejar el conservadurismo de la América más rural para iniciar sus estudios universitarios en California donde residió muchos años hasta acabar en Charlottesville. Marshield, catedrático, doctorado en medicina y profesor universitario, tenía tantos seguidores como detractores en el mundo de la investigación. No obstante, se había forjado un importante prestigio internacional bajo el axioma principal de cuestionar todo lo que conocemos hasta ahora sobre la muerte clínica, investigando con su equipo, documentando, analizando empíricamente y de forma rigurosa cientos de casos recopilados sobre las ECM en todo el mundo.

Desde la DEPS, Marshield y su equipo de investigadores sugerían que la mente y el cerebro pueden ser distintos entre sí, permitiendo a la conciencia persistir más allá de la muerte corporal del ser humano.

Gracias a una importante donación de varias de las familias más pudientes de los Estados Unidos, manteniendo en estricto secreto el anonimato de estas, desde la DEPS plantearon la creación del equipo internacional en el cual Joan pasaría el resto de los meses fuera de su hogar, esperando que esta unión de científicos de todo el mundo permitiera abordar el estudio más serio jamás desarrollado sobre la naturaleza de la conciencia y su relación con el mundo físico.

Toda la documentación y los archivos de más de cincuenta años de estudios de dicha entidad estaban a disposición del equipo como punto de partida, cientos de testimonios documentados de personas con experiencias cercanas a la muerte, estudios del mundo de los médiums, ensayos y tesis sobre la reencarnación. En definitiva, miles y miles de folios donde documentarse y empezar a trabajar.

Joan, desde el inicio, participó en los diferentes experimentos que llevaron a cabo con voluntarios que se presentaron para narrar sus experiencias controladas más allá de los límites físicos, y posteriormente analizar rigurosamente con datos empíricos las consecuencias de dicha experimentación. De esta manera, con el fin de ir avanzando cada día un poco más, centímetro a centímetro, o, mejor dicho, segundo a segundo, alargaban artificialmente paradas cardiorrespiratorias supervisadas bajo el control del equipo médico, con el riesgo asumido que alguno no volviera nunca más y por tanto fallecer en el intento, todo en aras de la ciencia.

Los voluntarios provenían de diversas agrupaciones, una de ellas era la *IANDS* en Seattle, quizá la principal asociación americana de personas que han experimentado una ECM. Algunos miembros destacados de la asociación decidían participar, aunque en algunos casos habían sufrido experiencias traumáticas antes del tránsito temporal al otro lado, como accidentes, ahogamientos... Dichos experimentos los veían como una manera de acercarse y comprender mejor lo que habían vivido anteriormente y quizá de esta manera tendrían una oportunidad de obtener las respuestas perturbadoras que permanecían en su interior y que ningún psiquiatra ni tratamiento psicológico hasta la fecha, había conseguido solucionar.

Otros en cambio, salían de lugares mucho menos glamorosos, donde a cambio de comida y algo de dinero, se ofrecían como cobayas de laboratorio para la investigación, estamos hablando tristemente de homeless, y personas que vivían al límite de la miseria, por tanto, seres que no tenían nada que perder, y que si no regresaban, aunque resulte duro decirlo, nadie los esperaría. En ese sentido, los límites de la moralidad y la ética quedaban apartados, y escondidos bajo la supuesta tutela de la ciencia, y para este objetivo, para aquel equipo, el fin lo justificaba todo.

Ese grupo de voluntarios a través de decenas y decenas de pruebas científicas y ensayos clínicos, a lo largo de los meses, formaron parte de la cotidianeidad de Joan, el cual fue adquiriendo día a día una mayor comprensión de la dimensión real e importancia del trabajo al cuál se le había encomendado participar.

Las pruebas que desarrollaron durante aquella etapa buscaban investigar detalladamente los sucesos que se van desencadenando una vez se produce la muerte clínica del organismo. De esta manera, aquel equipo médico procedía a inducir artificialmente la muerte controlada mediante un paro cardiorrespiratorio prolongado y una posterior reanimación que cada vez se iba espaciando más con el fin de recabar, monitorizar los datos, y escuchar las declaraciones de los voluntarios sobre la experiencia vivida.

En algunos casos, sin embargo, desgraciadamente estas personas llegaban a sufrir lesiones cerebrales por la hipoxia, y otras afectaciones propias del riesgo claro de lo que allí experimentaban, por lo que, desde el inicio, la polémica y la reflexión estuvieron presentes en el entorno de aquel equipo médico. ¿Hasta qué punto el fin justificaba traspasar los límites entre la ética y la ciencia?, diluyéndolos hacia una práctica, que podría resultar para según que personas, un acto considerado criminal.

Capítulo 28 CHARLOTTESVILLE

Mientras Joan estuvo viviendo en Charlottesville, donde compartía con otros compañeros del equipo una pequeña casa en *Monticello*, un barrio residencial a las afueras de la ciudad, tuvo que mantener, de manera totalmente estricta, la confidencialidad de toda su actividad en aquellas tierras americanas. Esto implicaba que, cuando periódicamente retornaba a casa, en pocas ocasiones sea todo dicho, para algún período festivo junto a su mujer y su hijo, debía mantener, en todo momento, en secreto su verdadera misión médica. Misión que por otra parte le resultaba ciertamente sencilla de cumplir, ya que hablar de lo que allí hacían no hubiera sido fácil de comprender por nadie de su entorno en Barcelona, ni tan siquiera por su amigo Roger.

El trayecto entre Monticello y el *UVA University Hospital*, de apenas un cuarto de hora en coche, le había llegado a resultar de lo más monótono a aquel médico catalán Día tras día a lo largo de los meses, a través de aquellas carreteras con frondosa vegetación que sin duda chocaban con el numeroso tráfico de coches enormes y rancheras desproporcionadas, cuyo tamaño en Europa serían muy difíciles de ver, pero en cambio tan usuales en aquel peculiar lugar.

Una vez en la *Jefferson Park Avenue*, el conjunto de edificios hospitalarios, de ladrillo rojo, iban apareciendo ante su vista en el lado izquierdo, el primero era el hospital infantil, luego el edificio de administración, a continuación, el gran aparcamiento público para visitantes, y como no, al fondo del todo, el magnífico edificio central del UVA University Hospital.

Aquel enorme edificio moderno, estaba cubierto con un revestimiento blanco y acristalado, en la base del cual, una larga galería baja con forma de tubo abovedado de ladrillo y techo de color pizarra, hacía la función de distribuidor principal entre el antiguo recinto y el nuevo hospital, recorriendo todo el perímetro del complejo.

Dentro de aquellas instalaciones, el hospital había cedido varias salas contiguas y dotadas del equipamiento suficiente para llevar la tarea encomendada, cada día surgían nuevas líneas de investigación con el fin de prolongar las ECM en los pacientes que se habían prestado como voluntarios.

La reunión de equipo implicaba horas y horas de discusión, de debate sobre el camino que debían proseguir en base a los resultados que iban obteniendo y aunque lamentablemente el ritmo era muy inferior del esperado por todos ellos, cada pequeño avance era considerado una nueva victoria que les acercaba poco a poco a su objetivo final.

– A ver, sabemos que el cerebro una vez no recibe flujo sanguíneo, su actividad sufre un freno inmediato que conduce a la desaparición de cualquier actividad cerebral. Por tanto, deberíamos encontrar una manera de frenar o suspender esta muerte cerebral para no dañar a los pacientes cuando los reanimamos, este sería un primer punto básico, sobre el cual, deberíamos trabajar. –Marshield como responsable y coordinador de toda la acción del equipo, iba resumiendo las diferentes conclusiones que se debatían en el seno de aquel grupo de científicos médicos, preservar la seguridad de los pacientes era un escollo difícil de superar, pero el éxito del proyecto dependía de ello.

– Lo que sí tenemos claro es que cuanto más tiempo estemos reanimando al paciente, aunque las células cerebrales continuarán irremediablemente muriendo, estas, lo harán a un ritmo mucho más lento, por tanto, en principio minimizaremos esos daños a los cuales se refería, doctor Marshield. –el doctor John Sheffield, del King's College, un experto neurólogo, quiso aportar su visión al respecto.

– Pero para poder realizar con garantías dicha reanimación, deberíamos aumentar la precisión en la monitorización del cerebro… – Pierre Domecq, cirujano francés, eminencia mundial en el tratamiento de aneurismas cerebrales –…sólo con un buen control y con datos fiables podremos prevenir lesiones cerebrales cuando procedamos a reiniciar el corazón del paciente.

– Hasta ahora al menos sí que tenemos muy probado y controlado el inicio de la ECM inducida, ya que el proceso de paro respiratorio con *Potasio IV* administrado en las dosis correctas y combinado con *Propofol* como anestésico que actúa en breve tiempo, nos permite iniciar la experiencia en el paciente. –Joan intentaba hacerles ver que tenían delante de ellos un vaso más medio lleno que no medio vacío como intentaban explicar en aquel momento sus antecesores.

– Si el problema principal es mantener, el máximo tiempo, sin daños el cerebro, creo que deberíamos hablar con el doctor Petrov del Instituto de Patología Circulatoria de *Novosibirsk*. Él y su equipo llevan años trabajando en una metodología para mantener el cerebro el mayor tiempo posible sin flujo sanguíneo. –Marshield era el más experto conocedor de todas las iniciativas médicas que se estaban desarrollando a nivel mundial sobre las PCR controladas, y estaba casi convencido de que en Rusia quizá estaba parte de la respuesta que necesitarían para superar el momento en el que se encontraban, con cierto estancamiento.

– De momento y hasta poder tener la información del ruso, tenemos que seguir nuestras pruebas tal y como las tenemos diseñadas, no podemos pararnos ahora. Así que el enfriamiento del cuerpo del paciente lo deberemos seguir realizando mediante la *manta de hipotermia*, aunque haya riesgo en ello. Todos los que estamos aquí ya lo sabíamos cuando aceptamos participar. –dijo Rudolph Hahnekoch, del *Charité Universitätsmedizin* de Berlín, sin duda el integrante más rudo y directo de todo el equipo, el cual, no estaba dispuesto a permitir ningún tipo de suspensión, espera o bloqueos en el estudio que estaban realizando.

– Según las declaraciones de los pacientes, hasta ahora lo que está claro es que con las pruebas realizadas se confirma en todos ellos el mismo patrón de experiencia, con alguna variación según edad y sexo, pero básicamente todos ellos experimentan las mismas sensaciones. –añadió Eduardo Caniglia, psiquiatra y psicólogo argentino de gran prestigio mundial, con gran cantidad de estudios sobre el comportamiento humano, que han sido considerados en muchos lugares del mundo, como auténticos dogmas de psiquiatría moderna. –Todos coinciden en afirmar como tienen una sensación real de abandono de su cuerpo, algunos se ven parados delante de sus propios pies, otros se ven desde el aire, observando todo lo que le sucede a su alrededor, con sumo detalle; la primera fase de la ECM sin duda sería esta. Abandono del cuerpo físico. En todos ellos se repite el mismo patrón de sensación enorme de bienestar, relajación y suma tranquilidad. A continuación, nos hemos encontrado con algunos aspectos que difieren un poco en cuanto al contexto común, aunque la experiencia se repita, una vez se produce el abandono del cuerpo, todos ellos se trasladan levitando o flotando hacia un espacio oscuro donde la presencia de un ser, en algunos casos, algún pariente cercano, en otros un personaje que parece un supuesto guía espiritual los encamina o acompaña a través de un túnel, o pasillo donde una luz muy potente les espera. Aquí también aparecen algunas divergencias según cada sujeto, en algunos casos el familiar o guía informa al paciente que no ha llegado su hora y debe volver, antes de iniciar el tránsito, teóricamente final, hacia el túnel, en otros casos es cuando llegan al final de este, dónde la luz o el ser de luz que allí se encuentra es el que informa al paciente que debe volver a la vida física.

– Entonces, hasta ahora no tenemos más que lo que ya sabíamos, ¿no?, es lo mismo que han narrado tantas personas a lo largo de los años, y es lo mismo que en su momento, Elisabeth Kübler-Ross documentó a lo largo de su vida. No estamos aportando nada nuevo, más que datos médicos redundantes sobre estas ECM, análisis de los impulsos cerebrales, comportamientos cardíacos, y evolución vital de las células a medida que van muriendo. –Hahnekoch aunque estaba dispuesto a continuar hasta el final, no podía esconder su lado crítico echando agua al vino de las conclusiones. Su visión directa y pragmática puso con los pies en el suelo a todos aquellos doctores tan prestigiosos, les hizo ver que posiblemente se encontraban ante una quimera sin salida aparente.

– Piensen que de las ciento veinticinco pruebas en pacientes que llevamos inducidas hasta ahora, las ECM han aparecido en un treinta por ciento de los casos, no obstante, no significa que el resto no las experimente, si no que, simplemente no recuerdan absolutamente nada posterior al paro de su corazón y posterior reanimación. – Proseguía el psiquiatra argentino.

– Por eso es necesario poder alargar las pruebas mucho más, hasta ahora sólo hemos conseguido alargar treinta y dos minutos el paro inducido, por lo que de la luz y del túnel no conseguimos pasar, de aquí la necesidad de que podamos mantener mucho más tiempo el cuerpo en baja temperatura sin dañarlo. Es en este punto donde Petrov y su equipo, son indispensables para poder continuar con éxito. –Marshield, solemnemente zanjó aquel informe de resultados y aquel debate en el punto que le interesaba, los rusos podían tener una posible clave a todo aquello.

Cuando apenas faltaban unas semanas para cumplir el año de su estancia allí, sin casi avisar, después del trágico fallecimiento de uno de los voluntarios producido por una isquemia cerebral, consecuencia directa del paro cardiorrespiratorio provocado y que alargaron más de lo normal, les informaron de que se habían retirado los fondos para seguir con el proyecto.

La presión por la dramática noticia que lamentablemente trascendió a los medios de comunicación y que se ejerció de inmediato sobre la Universidad de Virginia, obligó a la cancelación definitiva de este.

Así que después de casi un año fuera, Joan Esteve regresó a su ciudad y a su hogar, junto a su mujer Rosa y su hijo Sergi, los cuales lo estaban esperando para proseguir con su vida familiar suspendida temporalmente por esa estancia en el extranjero, y reincorporarse a su puesto como cardiólogo del Hospital Clínic de Barcelona.

Aquella experiencia quedó silenciada para siempre, tanto por él como por el Director Gerente del Clínic, con el único objetivo de protegerse mutuamente. Ambos acordaron que no era conveniente que nadie conociese lo que realmente había sucedido, y así ocultar la participación del hospital en aquella polémica iniciativa, manteniéndose en secreto hasta ese momento...

Capítulo 29 SINCEROS POR FIN

En aquella habitación vacía del hospital, sin camilla alguna, con las cortinas completamente bajadas, entre la penumbra de aquella estancia, Joan explicó detalladamente a su amigo toda su experiencia durante su estancia americana y lo que allí aconteció.

Roger comprendió finalmente los motivos por los cuales su amigo había llevado, hasta ese preciso momento, a omitir esa parte de su vida. En cambio, estaba muy sorprendido por aquella narración que había permanecido durante más de catorce años en el más estricto de los secretos.

Las personas siempre tenemos una parte de nuestras vivencias que nos pertenecen, y que, como en este caso, tenemos derecho a mantener dentro de nuestros secretos vitales, sin que nadie lo sepa, ocultos en nuestro interior. Aunque, el problema viene cuando estos se desvelan en contra de nuestra voluntad, sin que podamos hacer nada, es en estos momentos cuando debemos decidir si los compartimos o los mantenemos escondidos, Joan decidió hacer lo primero sin dejarse ningún detalle ante su amigo.

– Cuando volví a Barcelona, unos meses después, el doctor Marshield me llamó de nuevo, me comentó que había quedado parte de los fondos en una cuenta oculta en un paraíso fiscal, y que, una vez hablado con el resto del equipo, acordaron que quien quisiera continuar con su trabajo lo podría hacer, eso sí, siempre de forma secreta, en paralelo y por supuesto cada uno en su lugar de origen.

– ¿Y continuaste aquí? – los ojos de Roger se le salían de la órbita escuchando a su amigo.

– Por supuesto. Esteban estuvo informado en todo momento, y aceptó cederme unas instalaciones semiabandonadas en el sótano del hospital – el relato sin duda estaba adquiriendo, cada vez más, un mayor interés para Roger, sorprendido por todo aquello –…pero cuando lo tenía todo preparado para reiniciar los ensayos, una trágica noticia lo cambió todo, el asesinato en Londres del doctor John Sheffield, y que era miembro, como yo, del equipo en Virginia. Esta inesperada noticia resultó determinante para que nuestro querido director precintase y cerrase definitivamente aquel lugar. - Joan hizo una pausa, y con cara de circunstancias – Me dijo que lo hacía por mi seguridad personal, y porque esto podía salpicar a la institución del Clínic, perjudicando definitivamente su prestigio médico.

– Como siempre salvar su culo es lo más importante para él, ya lo sabes. No debería sorprenderte. –Roger puso su mano en el hombro de su amigo demostrándole la máxima comprensión. –Pero… ¿aún existen esas instalaciones?

– Sí, aunque hace años que no bajo, están ocultas al lado de unas obras del Metro de Barcelona que no se llegaron a acabar, una prolongación de la línea 5 que fracasó por encontrar agua del mar en el subsuelo y que según creo inundó parte de las mismas, ¿no se qué quedará aún allí?

– Joan, ¡llévame!, ¡bajemos ahora mismo! –estaba sorprendido por el ímpetu y la inmediatez de Roger, de hecho, no estaba convencido de haberlo entendido del todo, remover nuevamente aquellos relatos de su vida por un lado incentivaban, pero cuando se ponía a recordar todo lo acontecido, le retornaba siempre la sensación de no abrir ese baúl de los recuerdos nunca más.

– ¿Ahora?, *estàs sonat*! ¿Por qué quieres bajar?, piensa que como se entere Esteban...- intentando desincentivarlo sin mucho éxito– además tengo visitas de pacientes en un rato…imposible.

–Pues bajo yo ahora.

– No puedo ahora, pero ¿qué te parece si hacemos una cosa? ... cuando acabemos el turno de hoy bajamos juntos, ¿vale?

– Te tomo la palabra, mientras tanto, ¿qué quieres que haga ahora?, eres mi coordinador…

Y así quedaron para encontrarse después de su jornada laboral, empezando su primer día de trabajo después de tanto tiempo, después de tantos meses de ausencia, aunque sorprendentemente no le resultó difícil volver a las rotaciones, los horarios cambiados, las consultas externas… Parecía como si nunca hubiera dejado de trabajar, sin embargo, el profundo vacío que sentía le devolvía inexorablemente a la trágica realidad.

Durante aquellas horas, estuvo contando los minutos y las horas que faltaban para poder bajar a ver qué había en aquel sótano, después de escuchar el relato de su amigo y tras la experiencia vivida con la médium, fue cogiendo forma en sus pensamientos, y en su consciencia la posibilidad de reanudar aquellos experimentos, y… ¿si había una posibilidad de entender qué hay más allá de la muerte?, merecía la pena intentarlo.

Volver a ver a Laia y Ona, quizá poderlas abrazar y besar de nuevo, aunque solo fuera por una última vez, era suficiente motivación para adentrarse en ese mundo de la ciencia de lo inexplicable, de lo oculto. Cuando la espiritista le demostró que ellas estaban en algún lugar y que no habían desaparecido, empezó a formarse en su interior una idea cada vez más real, la de la posibilidad de llegar finalmente hasta ellas.

Si efectivamente estaban en alguna dimensión o plano diferente, debía trabajar para encontrar el camino y ahora lo veía más claro que nunca, si existía esa vía, podría ser el mejor motivo para levantarse por la mañana, para continuar su vida, para darle un sentido a todo aquello.

Descubrirlo y ponerlo a disposición de la humanidad, saber que la tristeza y la tragedia de perder a alguien no tiene sentido, que todo continua, que nuestros familiares y amigos, que nuestros amores, nuestras vidas, no terminan, sino que continúan, que estamos conectados. En cierta forma somos eternos y debemos encontrar la manera de ir y volver cuando queramos, porque estamos todos en el mismo mundo, quizá en diferente dimensión, quizá en diferente plano o en diferente realidad, pero todos en un mismo lugar, ¿cielo?, ¿eternidad?, ¿universo?, al final de todo, el nombre es lo de menos.

Si estuviera en lo cierto, eso le daría tanto significado a la vida, no sólo a la suya, sino a la vida de todos y cada uno de los seres humanos, el pasado y el presente a lo mejor están unidos, están conectados en cierta forma, no a través de las vivencias que ya pasaron, pero sí a través de las personas que viven y vivieron, juntos, los de ahora y los de antes formando parte de la esencia de nuestra existencia.

Siempre se dice que en la vida hay que pasar página y que el pasado nunca vuelve, ¿y si no fuera cierto del todo?, y si la vida fuera un libro infinito de páginas que leer cada día pero que uno en cualquier momento pudiera volver atrás y hablar con sus protagonistas, y releerlo de nuevo con sus propias palabras, con sus auténticas vivencias, con sus deseos, reviviendo y disfrutando de cada segundo…

Era una locura pensar en ello, pero por algún motivo dentro de si mismo, dicha locura lo motivó a continuar, lo levantó de la oscuridad, y le dio la suficiente valentía para adentrarse en un universo desconocido, sobre el cual tenía claro que una vez comenzara su trayecto solo lo daría por realizado cuando llegara el final de este, como vivo o como muerto.

Capítulo 30 BAJAR A LA OSCURIDAD

Llevo más de media hora esperando a Joan y no viene, lo he estado llamando y enviando mensajes al móvil, su falta de respuesta me preocupa, quizá me está ignorando o quizá verdaderamente está ocupado con un paciente y hasta que no finalice no puede venir.

Esperaré cinco minutos más, si veo que no viene, iré yo sólo, si no me equivoco creo saber más o menos por donde están esas supuestas instalaciones abandonadas hace años en el sótano del hospital.

Aunque me parezca extraño, el único lugar dónde se pueden encontrar esas instalaciones debe ser cerca del área de Farmacia Ambulatoria. Aquellos sótanos estuvieron muchos años inutilizados, hasta que decidieron aprovechar las instalaciones vacías para albergar, a modo de cajón desastre, aquellas unidades que la Dirección nunca sabía dónde ubicarlas.

Cojo el ascensor y bajo hasta la planta 3, aquellos pasillos me resultan cada vez más y más monótonos, en aquellas horas de la tarde ya anochecida, la presencia de personas es cada vez más escasa, me dirijo hasta el pabellón 3 justo hacia la derecha, más pasillos para variar, una vez alcanzo la escalera 2, de nuevo el siguiente ascensor hacia la planta cero.

Siempre me he preguntado como Esteban nunca ha arreglado esta parte del hospital, paredes envejecidas y techos sin cubrir, llenos de cables, canalizaciones y tubos, dando una sensación un poco tercermundista, de hospital de guerra. Al girar hacia la izquierda, atravieso el pasillo lleno de cajas de cartón embaladas sobre decenas de palés. Teniendo un gran almacén en el hospital, no entiendo qué hacen por allí en medio, sin duda es la zona del recinto más caótica de todas, y justo a la derecha, Farmacia Ambulatoria. Detrás de la puerta, un pasillo laberíntico con módulos acristalados, y ahí por fin, la puerta que busco.

Abro aquel viejo portalón que separa la iluminación artificial de una intensa penumbra sustentada por dos o tres luces de emergencia que apenas iluminan el camino como si de migas de pan se trataran. Espero no caerme por las escaleras, aquí nadie me oiría si me doy un fuerte golpe por ellas, empiezo a bajar, poco a poco, me cojo con la mano en la barandilla llena de polvo, se nota que hace tiempo que nadie pasa por aquí.

Cuando llevo ocho o nueve escalones bajados, algo me toca la espalda, mi corazón da un gran vuelco que no me permite ni tan solo gritar…

– *Ostres* Roger!, te he dicho que me esperaras… –y allí estaba Joan, justo detrás de mí, como si fuera mi propia sombra.

– Joan *collons*!, *quin sustu*! Acabo de llegar, no venías, te he estado llamando y enviando mensajes todo el rato, así que he decidido bajar yo solo.

– Y… ¿cómo sabías que era aquí?, te dije en un sótano, pero sabes que hay más de uno en todo el hospital.

– Por lo que me dijiste de las obras del metro y de las filtraciones de agua, sólo podía ser aquí, en la calle Córsega es dónde quisieron realizar la ampliación de la parada de metro en su momento, y la tenemos justo encima nuestro – Menos mal que recordé aquella noticia de hace unos años, representó una vergüenza para la ciudad, para su imagen de urbe moderna y cosmopolita, una inversión de cientos de millones de euros lanzados a la basura por la ineficiencia de los políticos y los técnicos por ellos contratados.

– ¡Sígueme!, es por aquí. Mira que hace años que no vengo, y por lo que veo, ni yo ni nadie por la cantidad de mierda que veo por todos lados.

– Si lo que queríais Esteban y tú era pasar desapercibidos y ocultar los experimentos, este lugar es ideal, por sórdido, oscuro, sucio e inaccesible para la mayoría del hospital.

Los pasillos todos oscuros, con maquinaria de construcción, contenedores de obra y ladrillos por el suelo, polvo por todos los sitios, cables colgando del techo, y cada diez metros una pequeña luz de emergencia que apenas ilumina su propio entorno.

La humedad poco a poco va haciendo acto de presencia, el suelo mojado, y algunas gotas caen del techo, esto indica que estamos cerca, deben ser las filtraciones que pararon las obras del metro e inutilizaron esta parte del hospital.

Joan, me indica que aquella puerta del final del pasillo es la que abre el laboratorio "clandestino" que montaron en su momento…

Una vez la puerta abierta, acciona un interruptor que hay a la derecha de la entrada, las luces se encienden y allí en medio de aquella sala, de unos cincuenta metros cuadrados aproximadamente, un gran bulto tapado por lonas sucias por el paso del tiempo y por el estado precario de aquel lugar.

Joan se acerca a las lonas y empieza a descubrirme lo que se encuentra detrás de las mismas…

– Aquí lo tienes…

Capítulo 31 EL LABORATORIO DE LOS SUEÑOS

Esta lúgubre estancia parece un hospital abandonado después de una cruenta guerra, me recuerda a las tristes imágenes que diariamente aparecen en los telediarios, Bagdad, Teherán, Mogadiscio... y que nos desvelan el privilegio, que en muchas ocasiones olvidamos, de ser ciudadanos del considerado primer mundo. En cambio, las noticias nos muestran cada día la peor cara del género humano, donde sanitarios trabajan en condiciones infrahumanas curando como pueden a pacientes golpeados por una guerra egoísta sin sentido, como todas.

Joan levanta aquellas lonas y mantas que cubrían el equipo médico, y delante de nuestras narices: una mesa de reanimación, un desfibrilador semiautomático con su monitor, sondas de aspiración, unos monitores, un ordenador antiguo, un sistema Autopulse para las RCP, resucitadores manuales, cables y electrodos de monitorización electrocardiográfica, cánulas orofaríngeas e intravenosas, mascarillas, mantas de hipotermia, bolsas autoinflables de ventilación, tubos endotraqueales, jeringas, agujas, sistemas de goteo, sondas, cajas con cientos de guantes, compresas, paños y gasas estériles. Junto todo aquello, veo un pequeño armario en el centro del habitáculo en el cual hay una amplia selección de fármacos los cuales debido a su nulo estado de conservación sin duda estarán inutilizados y caducados en su mayoría. Veo *Adrenalina, Atropina, Lidocaína...* no se si todo esto es suficiente para la reanudación de las pruebas, esperemos que no tengamos que empezar de cero.

– Joan, ¿crees que podemos usar este material para seguir con los ensayos?

– ¿Qué quieres decir?, ¿estás pensando en continuar con mis pruebas? Es imposible, lo primero, si el hospital se entera nos echará a la calle, aparte no se si este equipo actualmente se podrá usar, lleva años parado, incluso algunos aparatos están obsoletos. Tú y yo solos no podemos realizar una parada inducida y una posterior RCP, necesitaríamos ayuda, y sinceramente, no se si yo quiero participar en esto. – Joan quiere que me olvide, pero sea con él o no, pienso continuar con esto, ya no hay marcha atrás, está más que decidido.

– Lo entiendo, no te preocupes, ya seguiré yo sólo, no le diré a nadie que tú me has enseñado esto, si me preguntan les diré que me lo comentaste sin querer, la responsabilidad es toda mía. Sí, te pido que me pases toda la información y documentación de los estudios que en su momento hiciste, así no tengo que empezar de cero. ¿Me los darás? –Lo siento mucho, pero no voy a permitir que nadie me frene, si existe la mínima posibilidad de conseguirlo o de avanzar, la encontraré, aunque sea sin él.

– ¡Bufff Roger!, creo que te estás metiendo en un lío muy grande, piensa que ha muerto gente por culpa de estas pruebas, y si lo haces estarás cometiendo un grave delito, perderás tu licencia médica para siempre, o peor aún, acabarás en la cárcel.

– ¿De verdad crees que tengo tanto que perder?, hace año y medio lo perdí todo, ¿entiendes?, TODO. Me da igual si pierdo la licencia médica, la libertad, o mi propia vida en ello, es una deuda muy pequeña que pagar ante tanto beneficio que puedo obtener. –Ya no recuerdo en qué momento olvidamos nuestra obligación de seguir investigando y buscando la manera de sanar, de curar, sea el cuerpo físico sea nuestra propia alma humana. Conformarme no entra hoy por hoy dentro de mis planes, no lo voy a dejar, pienso continuar hasta el final, y él tiene que saberlo, me conoce mejor que nadie.

– Vale cómo quieras, te ayudaré, lo haremos juntos. Sigo pensando que es una locura, pero acabaremos lo que empecé hace años en Charlottesville, en cierta forma siento que te lo debo, que me lo debo a mí mismo… lo haremos tú y yo.

– Gracias Joan, pero no te lo puedo pedir, es demasiado. Igualmente, gracias, amigo mío.

– No insistas Roger, me quedo contigo. Si te parece bien, te voy a poner al día hasta el punto en que llegué antes de cancelarlo todo. Si lo conseguimos y avanzamos, contactaré con Marshield, estoy seguro de que él nos ayudará en todo lo que pueda.

– Pero ¿cómo has dicho antes?, tú y yo solos no podemos, se necesitan como mínimo tres personas en el equipo.

– Conozco la persona que nos ayudará en todo esto, déjamelo a mí, ya me encargo, te puedo garantizar que no se lo pensará dos veces cuando contacte con ella – ¿de quién estará hablando?, parece muy determinado a que la encontrará, de hecho, tiene toda la pinta que ya sabe de quien se trata.

– Antes de comenzar quiero que veas algo Roger, espera, quiero que sepas a qué atenerte si vas a iniciar este camino que por ahora no tiene final… hay que conectar el ordenador a uno de los monitores, a ver…

Una vez ha arrancado el ordenador, se ha conectado a la nube y ha descargado un archivo, no sé qué me quiere enseñar, pero sin duda debe ser muy importante para hacerlo ahora mismo sin esperar que ordenemos todo esto y nos organicemos.

En uno de los monitores se ve lo que parece un archivo de video, en la pantalla negra aparece un texto en blanco, pone:

TEST NUMBER 126 – UVA TEAM

September 21st, 2005

Aquel paciente el cual se había presentado como voluntario, permanecía inmóvil encima de la mesa de reanimación, el *Propofol* ya había hecho el efecto deseado sobre su organismo de forma muy rápida, según lo esperado, como siempre.

Este anestésico tiene unos efectos casi instantáneos, no obstante, la duración de estos suele estar en torno a los cuatro o cinco minutos como mucho. Esta limitación obliga al equipo médico a ir administrando pequeñas dosis durante el tiempo que dura la intervención, es una manera de ir controlando y espaciando los períodos de los ensayos a medida que se va avanzando en el estudio de las ECM.

Allí se encontraban varios miembros del equipo, mientras el resto seguían las imágenes, que se iban grabando, desde una sala de control adyacente, todos ellos preparados para tomar notas y documentar todo lo que allí iba a suceder.

– Veintiuno de septiembre del año dos mil cinco, son las dieciséis horas y trece minutos. Vamos a iniciar la prueba número ciento veintiséis, el paciente es un varón de cincuenta y seis años, caucásico, sin enfermedades conocidas ni factores de riesgo para tener en cuenta –el doctor Hahnekoch mientras hablaba, con ese fuerte acento alemán, comprobaba que las constantes vitales del paciente en el monitor que tenía delante siguieran los patrones de normalidad necesarios para proseguir con aquello.

– Dieciséis horas y catorce minutos, procedo a suministrar por vía intravenosa cien miligramos de *Potasio IV* en una solución diluida con cloruro sódico, glucosa y solución glucosalina – Joan procedía poco a poco a inyectar aquella combinación de sustancias químicas con el objetivo último de provocar una parada cardiorrespiratoria inducida sobre aquel individuo.

– Existencia de muestras de palidez cutánea y diaforesis discreta, el *ECG* nos muestra el inicio de una PCR, las constantes y el ritmo cardíaco empieza a descender, *RS* a 85, 84, 83… comienza la PCR en el paciente. El *EEG* indica un descenso brusco de la actividad eléctrica cerebral, observo la existencia aún de respuesta pupilar, aunque cada vez es menor. Lo estamos perdiendo según lo planificado. Vamos a iniciar el registro de datos, cronometramos dos minutos y medio antes de proceder a una nueva dosis de Propofol –Hahnekoch iniciaba la cuenta atrás de dos minutos y medio con un cronómetro digital en su mano izquierda.

– El ultimo test que realizamos llegamos hasta los treinta y dos minutos de PCR, debemos no alargar esta prueba más allá de los treinta y tres minutos para avanzar sin poner en peligro al paciente, por tanto, debemos tener preparadas cinco dosis más de Propofol –Pierre Domecq daba instrucciones al equipo para que todo estuviera organizado y preparado, no quería sorpresas, no deseaba que nada pudiera salirse del guion marcado para ese día.

Mientras aquel hombre fallecido artificialmente iniciaba el tránsito entre la vida y la muerte, el equipo analizaba la reacción de todos los cambios que se estaban produciendo en aquel ser. El objetivo era disminuir la necesidad de oxígeno por parte de su cuerpo y de su cerebro, para evitar lesiones futuras, para ello procedieron a agregar diferentes mantas de hipotermia que iban añadiendo mientras controlaban el descenso paulatino de su temperatura corporal.

A medida que iban pasando los minutos, se iban superando las diferentes fases que hasta ese momento tenían documentadas.

– Minuto diez de la prueba número ciento veintiséis, si el paciente está sufriendo una ECM seguramente habrá iniciado la primera fase, nos debe estar viendo en este momento, enseñar al techo el cartel de saludo. –el equipo médico escuchaba la voz de Marshield a través de los altavoces habilitados, el cual estaba dando las instrucciones desde la otra sala. Joan, entonces, sacó una cartulina mostrándola hacia el techo y hacia la mesa de reanimación, en la cual estaba escrito con letras negras de gran grosor:

HI! PLEASE KEEP CALM. EVERYTHING IS OK.

– Minuto quince de la prueba número ciento veintiséis, si se cumplen todas las etapas del resto de individuos documentados, en este momento debe estar a punto de iniciar el tránsito por el túnel, recordad que esta fase es la más sensible ya que dependiendo del individuo, podemos hablar de entre cinco y diez minutos –Marshield sin duda controlaba todo el proceso, a su lado Caniglia iba documentando todo en su ordenador portátil, el cual lo observaba todo con detalle y máximo detenimiento.

– Minuto veinticinco de la prueba número ciento veintiséis, señores en cinco minutos empezamos el proceso de reanimación, vayan preparándolo todo. Inicien poco a poco la retirada de las mantas de hipotermia y forcemos la recuperación de la temperatura corporal a un grado cada medio minuto hasta recuperar los treinta y seis grados y medio deseables.

Como si de un ejército se tratara, siguiendo todas las instrucciones con disciplina militar, todos los miembros del equipo iban siguiendo el protocolo establecido para finalizar con una RCP mediante los electrodos estratégicamente colocados en el tórax del paciente. John Sheffield controlaba el EEG mientras que Hahnekoch cogía posición para iniciar la reanimación, Joan se mantenía en segunda línea con el balón resucitador preparado, y Domecq tenía la epinefrina lista para aplicar en caso de complicaciones no deseadas.

– Señores, preparados, vamos a iniciar la recuperación del paciente, hagamos que vuelva con nosotros, llevamos ahora mismo treinta dos minutos y veinte segundos de viaje, inicio cuenta atrás... diez... nueve... ocho... siete... seis... cinco... cuatro... tres... dos... uno...

Justo en ese momento, Sheffield se abalanzó bruscamente sobre Joan empujándolo hacia la puerta, mientras Hahnekoch aprovechó para arrebatar de las manos a Pierre Domecq la *epinefrina*, que sorprendido no pudo reaccionar mientras se escuchaba por los altavoces...

– ¡Pero estáis locos!, ¡vais a matar al paciente!, reanimarlo ya que se nos va, ¡John, Rudolph, vais a acabar con nosotros y con todo el proyecto! –Marshield desesperado se levantó de la silla y se dirigió rápidamente hacia la sala de pruebas.

– Doctor Marshield, espere, sólo queremos alargar un minuto más, debemos avanzar en los resultados y conseguir mayor información – Sheffield intentó calmar los ánimos aun sabiendo que él y aquel rudo alemán habían saboteado el experimento, mientras aquel paciente llevaba ya treinta y cuatro minutos fallecido. Cada segundo que pasaba reducía la posibilidad de reanimarlo y que volviera a la vida sin lesiones. Hahnekoch miró al británico con máxima complicidad y le hizo un pequeño gesto.

– Treinta y cinco minutos, ¡ahora!, rápido cargamos el desfibrilador, preparados, sincronizamos con el *QRS*, tres, dos, uno –una descarga eléctrica potente recorrió el cuerpo inerte a través de aquellos electrodos –¡sin reacción en la FV!, volvamos a probar. – Hahnekoch intentaba sin éxito que el paciente volviera, mientras Domecq y Joan estaban en shock por lo que allí había pasado.

El médico catalán una vez se recuperó de aquella estupefacción, cogió la Epinefrina y la inyectó de inmediato, mientras indicaba a Domecq que cogiera el balón resucitador, Joan saltó sobre aquel individuo postrado en la mesa y empezó a realizar una RCP mientras el francés, sincronizado con él, iba proporcionando oxígeno a través del balón. Después de treinta minutos, en los cuales se fueron turnando para realizar la reanimación, no consiguieron obtener ninguna reacción por parte del paciente, entre el cansancio y la sorpresa de lo que allí había sucedido. Finalmente determinaron entre todos certificar la defunción del paciente a las diecisiete horas y dieciocho minutos del veintiuno de septiembre de dos mil cinco.

Varias patrullas de agentes del *Charlottesville Police Department* se personaron en el lugar, procediendo a detener a todos los miembros del equipo, Joan y Pierre salieron en libertad vigilada, mientras que Hahnekoch y Sheffield fueron puestos a disposición del Juez correspondiente de la Corte de Virginia.

Ese fue el final del proyecto, el final del equipo, y el final de las pruebas, hasta que unos meses después intentaron reanudarlas a distancia hasta el posterior y trágico asesinato de Sheffield en Londres unos meses después.

Capítulo 33 LOS CIMIENTOS

En aquella sombría sala, bajo la presencia de los dos médicos, una vez finalizó el archivo de video, Roger estaba estupefacto ante lo que había visionado. No entendía como esos dos médicos tan prestigiosos tomaron esa decisión tan radical e inexplicable, y consecuencia de ello, una persona inocente había fallecido. La negligencia era clara al respecto, y deseaba en su interior que aquellos dos culpables hubieran perdido toda posibilidad de ejercer en el futuro como médicos, para él eran ya simples delincuentes, simples asesinos por la decisión que habían tomado, en contra de toda ética y moral médica.

La amarga sensación de las imágenes visionadas se agravaba al pensar en que la inocencia de Joan en aquel siniestro no era total. El grado de participación en aquellos hechos le conferían una parte significativa en el desenlace. Utilizar personas como ratas de laboratorio en pruebas tan sumamente peligrosas y no controladas por nadie de la *WMA*, suponía incumplir una buena parte del juramento hipocrático que todo médico debe cumplir, y su amigo no podía desvincularse de ello.

"Te entiendo Roger, y tienes toda la razón. Todo aquello empezó como un estudio serio, Marshield y su equipo eran personas serias, pero la ambición al final acabó imponiéndose como en tantas otras situaciones de la vida.

Se que Hahnekoch sigue encerrado en una prisión estatal de Virginia, pero Sheffield consiguió finalmente ser absuelto debido a fuertes presiones políticas por parte del Primer Ministro del Reino Unido, fue liberado bajo una premisa, nunca más podría volver a pisar territorio norteamericano.

John siguió ejerciendo en su país hasta el momento de su muerte, en alguna ocasión nos escribíamos para compartir algún avance que se pudiera producir en alguna parte del mundo sobre las ECM. Él siempre me dijo que estaba terriblemente arrepentido de lo sucedido, y que fue Hahnekoch quien le convenció. Me comentó que estaba dispuesto a dedicar su vida a enmendar aquel error, pero alguien no le permitió conseguirlo y acabó asesinándolo antes."

El relato de Joan acabó convenciéndole de lo imprevisible que allí sucedió, no obstante, en aquel momento se produjo una rotura en la confianza de aquellos amigos. La confianza al final es como un papel blanco y liso, si alguien la rompe, por muy poco que sea, es como si dicho papel se arrugara, con el tiempo puedes intentar alisarlo de nuevo, con mucho esfuerzo e ímpetu, pero nunca volverá a ser el mismo papel completamente liso. La confianza arrugada nunca volverá ya a su estado original.

– ¿Y quién nos va a ayudar a continuar con este proyecto? Antes has dicho que conocías a alguien. –la curiosidad le podía al doctor Gilabert, ansioso por conocer quién sería su nuevo compañero de viaje.

– Nosotros dos solos podríamos hacerlo sin ayuda, no necesitamos más que algún voluntario que se someta a una PCR inducida.

– ¿Voluntario? ¿Y que se nos quede también encima de la mesa de reanimación?, ¿es que no has aprendido nada? –Roger estaba totalmente ofuscado ante lo que acababa de escuchar –¡Nada de voluntarios!, no contribuiré a que alguien inocente pueda fallecer por nuestra culpa, lo haré yo. Yo seré quien se someterá al proceso de paro y reanimación. Soy yo quien quiere contactar con mi mujer y con mi hija –pausándose en el tono que empezaba a tener un toque más tranquilizador –soy yo el que viajaré al umbral entre la vida y la muerte, si es que existe.

– Vale, disculpa por mi desafortunado comentario. Supongo que comprendes que estas pruebas pueden ser un billete de ida sin retorno, ¿verdad?

– ¿Tú qué crees?

– Pues esta misma noche llamaré a la persona que nos ayudará, si todo va bien y como creo, acepta, este sábado empezamos.

Abandonaron aquella estancia, seguros de que iniciarían algo que les cambiaría la vida por completo. Acordando no decir nada al respecto durante la semana y menos dentro del horario laboral de los dos médicos, como si nunca hubieran estado allí y ni siquiera hubieran hablado del tema, continuarían con sus vidas dentro de la máxima normalidad posible, hasta el momento de iniciar las pruebas.

Mientras tanto, todas las noches quedaban allí para adecentar el lugar, había bastante trabajo que hacer y no había tiempo que perder. El mismo viernes, cuando finalizaron, una vez todo quedó preparado, se emplazaron al día siguiente, sábado, completamente seguros de que iban a iniciar un camino que mirase por donde se mirase, no tenía posible retorno.

Desde que Roger había perdido a su familia, los fines de semana que no le tocaba guardia en el hospital no diferían demasiado del resto de días, de su antigua vida sólo quedaba su piso del Eixample y las salidas matutinas para correr por la *carretera de les Aigües* que le ayudaba no sólo a estar en forma, sino a evadirse también de su triste realidad.

Aquel magnífico piso, que antes albergaba una familia, parecía un museo de lo que en su momento fue, aquel médico no había tocado nada y todo restaba tal y como se quedó el día que marcharon de vacaciones a Menorca, y de las que Laia y Ona nunca regresaron ya.

Después de la ducha, se vistió y se dirigió con su bicicleta hacia el hospital, era el primer día que habían decidido iniciar los ensayos, y en los que él, convencido y decidido del todo, haría de cobaya, aunque esto implicara jugarse conscientemente su propia vida.

Roger se preguntaba quién sería la tercera persona que colaboraría con ellos en aquella quimera, y qué le llevaría a participar en esta aventura llena de riesgo para todos ellos. Mientras tanto le iba dando vueltas a la cabeza llegó hasta el hospital para, sin que nadie se percatara de su presencia aquel día, descender hasta el sótano oscuro y perdido donde todo debía reiniciar.

Cuando abrió la puerta, allí estaba Joan, el cual no se encontraba sólo, la presencia de una mujer de unos cuarenta años en aquella estancia, le llevaban a pensar que se trataba del tercer miembro, nada más entrar saludó a los presentes.

– *Bon dia* Joan, *bon dia…* disculpa no te conozco, me llamo Roger, Roger Gilabert. –dirigiéndose cortésmente hacia aquella desconocida mujer.

– *Bonjour* doctor Gilabert, yo sí le conozco. Trabajo aquí en el Clínic como ustedes. – sin duda los cientos de personas que forman parte del recinto hospitalario, dificulta que pueda haber un profundo conocimiento personal de cada uno de ellos. Siempre había jurado que, si a unos los conocía por el nombre, al resto los debería conocer al menos por sus caras, y en este caso, le extrañaba, ya que no recordaba haberla visto nunca por allí.

Aquella mujer, de cabello moreno y tez blanca, tenía un aspecto ciertamente atractivo, sus ojos claros conferían a su físico una sincronía total, un canon de belleza bajo el cual, muy probablemente tanto de joven como en la actualidad habría roto más de uno y de dos corazones. Iba vestida con el uniforme oficial blanco de sanitario del hospital, como calzado unas *Crocs* también blancas, ideales para las largas guardias y jornadas maratonianas que uno debe permanecer de pie en el hospital.

– Roger, déjame que te presente a Mathilda Bonpleaur, tengo que decir, a favor de ella, que no tardó ni un minuto en responderme afirmativamente en ayudarnos a avanzar en los ensayos, además conoce perfectamente el riesgo que corremos todos nosotros aquí. –Joan iba introduciendo a aquel personaje desconocido para nuestro protagonista –Cuando regresé de Estados Unidos, y unos meses después, cuando intentamos reanudar las pruebas desde aquí mismo, Esteban me presentó a Mathilda, para ayudarme con la misión que teníamos establecida. Bonpleaur, para que lo sepas, tiene una gran experiencia en las ECM ya que estuvo colaborando hace años con la *NDERF*, que es la fundación internacional que aglutina la mayor cantidad de testimonios de miles de personas que han experimentado una ECM, además de ser, hoy en día, la jefa de enfermería del *Institut Clínic de Obstetrícia, Ginecologia i Neonatologia*, aquí mismo en el hospital, por tanto, compañera nuestra en el centro.

– Joan… disculpe Mathilda no tengo nada contra usted, esto que vamos a hacer requiere de personas de la máxima confianza, ¿cómo sabemos que nos podemos fiar de ella? –mientras aquellos dos colegas iban discutiendo, ella los observaba en silencio. No quería ni parecer impertinente ni interrumpir algo que entendía que no le incumbía, esperando que el doctor Esteve le acabara convenciendo de la necesidad de su presencia en aquel inhóspito lugar y las reticencias fueran disminuyendo.

– Mira Roger, si la he llamado es porque tiene toda mi confianza, hace años me lo demostró y nunca ha traicionado nuestra confidencialidad, creo que es la persona idónea, además que sin ella no podemos continuar solos.

– Si me permite, doctor Gilabert –hablaba muy bien el idioma, pero se le percibía cierto acento francés difícil de disimular.

– Un momento… –interrumpiéndola de forma abrupta – entiendo que Joan se metiera en esto hace años para aprovechar una buena oportunidad profesional, cuando uno es joven hay que coger los trenes que se te presenten. Yo estoy aquí porque lo he perdido todo y lo quiero recuperar, quiero volver a ver a mi mujer y a mi hija, aunque tenga que traspasar los límites de la vida, pero… ¿Qué es lo que busca usted con todo esto y por qué?, necesito saberlo, necesito saber con quién me la juego, con quién voy a iniciar este camino que ninguno de los que estamos aquí sabemos dónde nos llevará, ni si podremos regresar.

– Entiendo *monsieur* Roger, mire, usted ha perdido a su familia sin tiempo de despedirse de ellos, de forma inesperada, y rompiendo todas sus ilusiones y ganas de vivir. Sabe lo que es, y sabemos que no es una situación nada fácil –tomando una breve pausa para coger aliento- pero ¿qué diría si alguien te arrebatara al ser que más has querido en la vida? ¿Sabe qué implica crecer al lado de un ser tan especial como era mi padre, un hombre de ciencia, una persona maravillosa, y ver cómo apagan su vida de golpe diciendo que es por hacer el bien? – las lágrimas brotaban de aquellos ojos verdes que desprendían sufrimiento y dolor– Pues ese es mi objetivo, encontrar el camino que me lleve a entender si efectivamente fue así, si sirvió para algo, si finalmente tuvo justificación la muerte de mi padre, y si está en algún lugar compartiendo sus sentimientos y conocimientos, como siempre hizo. – en tono solemne añadió – Si es así y todo esto sirve para que me invite a pensar que sigue haciendo el bien allá donde esté, y quizá poder volver a llegar hasta él, ¿no le parece suficiente motivación? Además, también lo hago por puro egoísmo, quiero volver a ser persona, hace tantos años que dejé de confiar en nadie, de tener sentimientos positivos, que creo que debo intentar volver a ser quien fui. No sé si a usted le servirá con todo esto que le explico, si me entiende, o si lo comparte, si no es así, no quiero importunarle más y me marcharé de aquí ahora mismo. –dirigiéndose hacia Joan– *Excusez moi* Joan y *merci* por contar conmigo de nuevo después de tantos años.

– Discúlpeme usted a mi Mathilda, a veces olvido que no soy nadie para hacer juicios de valor sobre lo que nos toca vivir a cada uno de nosotros en esta vida, si usted quiere, será bienvenida a participar de esto con nosotros. – Roger con aflicción quería demostrarle cierta humildad ante aquella situación sobrevenida. – ¿Qué le parece si a partir de ahora nos tuteamos, si vamos a ser colegas?

Sin duda Mathilda tenía la destreza de quien lleva muchos años ejerciendo en la sanidad, con su forma de moverse y de coger todos los instrumentos médicos, irradiaba esa seguridad del que sabe y es conocedor de lo qué está haciendo en todo momento.

– A ver, espero que nadie eche en falta las medicinas y sustancias que hemos tomado prestadas de aquí al lado –el departamento de Farmacia Ambulatoria estaba tan alejado de todos y de todo que acceder a él no les resultó muy complicado –Roger, túmbate aquí en la mesa, replicaremos exactamente todo aquello que se hizo en el TEST-126 en Virginia, como punto de partida, si no dices lo contrario, me parece lo más coherente. Piensa que hace trece años aquello salió mal porque cuándo se quiso reaccionar, se tardó demasiado, esto hoy no sucederá, te lo garantizo.

– Bueno, si la coherencia implica que en esa prueba acabó falleciendo el sujeto paciente, seguramente no sería lo más coherente. Pero adelante, debemos avanzar, debo estar treinta y tres minutos en PCR, dejó mi vida en vuestras manos. –Roger no tenía miedo a morir, pero tenía respeto al fracaso y sobre todo a que sus colegas se vieran envueltos en algo que incluso penalmente podría ser nefasto para sus vidas personales y profesionales, no podía dejar de sentirse responsable de lo que allí estaban a punto de realizar.

– Amigo mío, somos plenamente conscientes de todo lo que nos puede pasar, sino no estaríamos aquí, ¿verdad Mathilda?, miraremos que vuelvas de tu viaje sano y salvo.

– Le estaré… perdón, te estaré controlando desde aquí segundo a segundo, y a la mínima dificultad haremos que regreses con nosotros. –Mathilda intentaba tranquilizarlo y que fuera conocedor que todo estaba bajo estricto control, no obstante, sin darse cuenta del todo, aquella mirada empezaba a alterar su estabilidad emocional del cardiólogo, derribándola ladrillo a ladrillo.

Roger se tumbó en la mesa de reanimación, una webcam lo iba grabando todo desde la distancia, cuando aquellos dos profesionales comenzaron con el procedimiento de la supuesta partida…

Una vez inyectado el anestésico, aquel líquido empezó a dispersarse por las venas hacia todos los rincones de su cuerpo, un profundo sueño se apoderó de Roger perdiendo por completo el sentido. Tenían cuatro minutos antes de la siguiente dosis, al minuto, Mathilda procedió a la introducción intravenosa de aquella solución con Potasio IV, este líquido provocaba alteraciones cardíacas que en la cantidad justa causaba un paro cardíaco en el paciente. Unos segundos después, justo en cierto momento, el pulso del corazón de Roger empezó a descender bruscamente, así como su actividad cerebral, apareciendo a continuación una fuerte debilidad muscular, acompañada de una parálisis de los músculos respiratorios, y finalmente, la inducción efectiva de la muerte.

Es en ese momento cuando Joan comenzó a colocar las mantas de hipotermia para reducir la temperatura corporal y protegerlo de posibles daños que pudieran ser trágicamente irreversibles.

Con el paso de los minutos y una vez llegado al límite que habían establecido para ese primer test, comenzaron el proceso de reanimación del paciente. Poco a poco aquellos dos sanitarios fueron aplicando los protocolos que tenían establecidos, recobrando la temperatura corporal y reanimando artificialmente aquel cuerpo que comenzaba a recuperar sus constantes vitales suspendidas temporalmente, mil novecientos ochenta segundos después de haberse iniciado la prueba…

– *Bienvenue* Roger, ya estás aquí con nosotros –allí estaban ambos, Mathilda y Joan, controlando todos los aspectos de aquel cuerpo aún frío pero que empezaba a sobreponerse con toda normalidad.

Un fuerte dolor de cabeza le invadía por dentro, pero gracias a la presencia de aquellas mantas encima del cuerpo, la temperatura corporal ya se había estabilizado. Ahora restaba que fuera regulándose poco a poco, hasta volverse a quedar dormido. Agotado por aquel supuesto viaje que había hecho de treinta y tres minutos, de los cuales Roger aseguraba no recordar absolutamente nada de lo que le había sucedido, más allá de despertarse de un estado de somnolencia muy profundo y placentero.

Sus primeras palabras sobre el hecho no hacían suponer que hubiera tenido ninguna experiencia cercana a la muerte ni nada parecido, más allá de haber estado inducido en un profundo sueño del que solo recordaba cómo había despertado y poca cosa más.

Todo parecía indicar que este primer ensayo siguiendo las directrices que se marcaron en los experimentos de Charlottesville, no había dado absolutamente ningún resultado esperado por parte de los dos médicos catalanes y de la sanitaria francesa.

Capítulo 36 FRACASO

Después de esta primera experiencia fallida, Roger necesitó descansar un par de días para reponerse de los efectos que le provocó el hecho de haber estado más de media hora clínicamente muerto. No habían conseguido su propósito, el experimento se había limitado a provocar una parada cardíaca y una posterior reanimación, pero sin experimentar nada más que no fuera una profunda desconexión total de su conciencia. La sensación de fracaso era inevitable, y se había apoderado de ellos.

Se dieron un tiempo el cual les sirvió para replantearse que ese camino tomado no tenía ningún sentido, ellos con los medios que tenían apenas podían avanzar en las pruebas, además, ¿para qué?, seguramente si se atenían a esa primera experiencia, esta les había demostrado que no hay nada cuando mueres, solo una simple desconexión, un apagado vital total, sin más.

Dejaron pasar algunos días antes de volver a encarar el siguiente paso, por este motivo Joan fue a visitar a Roger a su casa para visionar conjuntamente el archivo de video del TEST-127, con el objetivo de comentar cómo había ido la prueba, ver qué había podido fallar y qué pasos debían seguir a continuación, si había alguno que seguir…

– …mira aquí es cuando conseguimos que tu corazón reanudara los latidos y empezamos a detectar nuevamente actividad cerebral –delante de aquel portátil allí estaban ambos sentados en el sofá de aquel moderno y amplio salón –si replicamos exactamente lo que hicimos hace años en Virginia, no entiendo que no hayamos conseguido ningún resultado. Algo se nos escapa, quizá lo tenemos delante de nuestras narices, sólo debemos encontrarlo. –Para el doctor Esteve que había participado con cierto éxito en el pasado en estas pruebas sobre las ECM, no resultaba fácil admitir el motivo que había propiciado dicha derrota y que le traía recuerdos del pasado no demasiado buenos.

– Creo que nunca conseguiremos nada, porque seguramente, como he podido comprobar yo mismo, no hay nada más, como siempre te he dicho, pero darse por rendido tan rápido tampoco es una opción seria para nosotros, creo que deberíamos probar como poco una vez más. – Roger por un lado se sentía desilusionado por no conseguir su objetivo de reunirse con su familia de nuevo, pero lo reafirmaba en sus creencias que se habían tambaleado momentáneamente por la médium y por lo que Joan le explicó de su experiencia americana. – Por tanto, si seguimos con el Propofol, el Potasio y las mantas de hipotermia como condiciones principales de este método, avanzaremos muy poco. Por lo que he vivido, en caso de existir un hipotético tránsito entre la vida y la muerte este se debe producir, sin lugar a duda, en un intervalo de tiempo en el que con estas premisas que estamos aplicando será inevitable producir un daño irreversible en mi cerebro. Si queremos llegar más lejos debemos encontrar una manera de protegerlo y que la muerte celular se ralentice aún más – Gilabert estaba convencido que su fracaso era debido a haber llegado a un punto exacto de estancamiento o umbral temporal, y que es el que provocó el incidente trágico en Virginia con el consecuente fallecimiento de aquel inocente voluntario. En cualquier método médico, como en la vida misma, la impaciencia precipita los errores, y eso no se lo podían permitir, tenían la certeza que debían ampliar el tiempo de exposición mortal, para conseguir, esta vez sí, los resultados deseados.

– Según ya te comenté, en Virginia estábamos evaluando añadir el proceso de enfriamiento con hielo que utilizan algunos equipos médicos rusos para poder realizar operaciones a corazón abierto de larga duración, sin que se sufran daños cerebrales y muerte celular.

– Cierto, me comentaste algo de un tal Petrov, que os tenía que enviar información al respecto, entiendo que operan el corazón sin necesidad de máquinas de circulación extracorpórea ni bomba cardiopulmonar, como hacemos aquí, ¿cierto?

– Exacto, al conseguir descender tanto la temperatura corporal con hielo, crean una hipotermia forzada en el paciente, parece ser que la necesidad de oxígeno baja tanto que no necesitan reactivar externamente el flujo sanguíneo mientras operan el corazón de forma aislada. Sin embargo, el problema es que no hubo tiempo después de lo que trágicamente sucedió, y dicha información nunca llegó finalmente para poder analizarla con detalle y ver si era factible añadirla a nuestras pruebas en Charlottesville.

– ¿Y qué recuerdas de esos métodos?, ¿os adelantaron algo? – la curiosidad por saber cómo el equipo ruso era capaz de mantener el cuerpo mucho tiempo sin latido del corazón y sin dañar el resto de los órganos, incluido el cerebro, podría quizá abrir una nueva línea de investigación con la que avanzar en los siguientes ensayos.

– Cómo bien sabemos, el propósito principal del flujo sanguíneo en el cuerpo es el de suministrar oxígeno a las células, sabemos también que el cerebro no tiene ningún tipo de reservas de oxígeno y que, después de cuatro minutos sin recibir comienzan los daños irreversibles. –Joan intentaba resumir el método utilizado hasta ahora como punto de situación– Las mantas de hipotermia nos ayudan a alargar este tiempo, pero tienen una capacidad muy limitada que cómo has visto, ahora mismo no podemos superar sin que el paciente fallezca, según Marshield, el equipo de Petrov aprendió a detener el corazón y posteriormente recuperar con éxito al paciente durante más de una hora. Para ello, se basaron en la experiencia sobre un caso real de hipotermia que se hizo famoso en el cual un corazón permaneció sin latido durante más de doscientos treinta minutos y la persona consiguió sobrevivir milagrosamente.

– Debemos tener más información, es muy interesante y creo que podría ser el camino para seguir, no sé si podríamos contactar con el tal Petrov, o con alguien que nos pueda ayudar.

– La única persona a la que puedo recurrir hoy en día es a Frank, a Frank Marshield, pero debo llevar sumo cuidado, sé que tenía una estrecha relación con Esteban y debemos ser cautos para no levantar sospechas.

– Mientras, yo buscaré por internet a ver si encuentro algo al respecto, pero necesitamos tener los detalles para ver si podemos replicarlo nosotros de alguna manera. A ver si en dos o tres días pudiéramos reiniciar las pruebas nuevamente, por cierto, ¿a Rosa le has explicado lo qué estamos haciendo? –sabía que tenían una relación casi perfecta y sin mentiras, pero lo que estaban haciendo superaba todas las expectativas posibles para cualquier acto de sinceridad entre ellos.

– ¿qué dices?, por supuesto que Rosa no sabe nada, creo que esto que estamos haciendo no puede salir de nosotros tres por ahora, ni tan sólo Marshield debe saberlo, aún más, sin tener la seguridad que no dirá nada a Esteban.

Joan, abandonó el hogar de su amigo con una nueva tarea encomen-dada de vital importancia, conseguir tener los datos y estudios detallados sobre el método ruso, y lo más importante, sin que nadie sospechara para nada.

Mientras tanto, Roger volvió a abrir el portátil, y se quedó tecleando allí en el sofá, casi sin despedirse de su amigo, absorto y en silencio ante aquella pantalla que le iluminaba la cara...

Capítulo 37 HIPOTERMIA INDUCIDA

El desafío más importante que los cirujanos cardiovasculares nos encontramos a lo largo de nuestras carreras es sin duda, aquel que requiere aislar completamente el corazón para detener su actividad por completo, provocando artificialmente un paro cardíaco, y poder actuar directamente sobre dicho órgano con el fin de reparar los posibles daños que pueda tener.

Pero, en ese sentido, el paciente corre un enorme riesgo que hace que los cirujanos no tengamos en absoluto margen de error. Un fallo, por pequeño que fuera en el proceso, resultaría completamente catastrófico para la vida del paciente. No obstante, a pesar de lo arriesgado que supone dicho desafío, varias técnicas han sido desarrolladas y mejoradas a lo largo de los años con el fin de minimizar al máximo dichos riesgos y aumentar el porcentaje de éxito, y por tanto, de seguridad, en estas delicadas intervenciones.

Hasta ese momento, el uso de bombas cardiopulmonares nos había simplificado mucho todo el proceso. Simular la circulación sanguínea desde fuera del cuerpo del paciente con el fin de aportar el oxígeno necesario al resto de órganos y evitar el deceso del individuo, con toda certeza, había sido uno de los avances más importantes para la cirugía cardiovascular moderna.

No obstante, en ocasiones nos encontramos ante situaciones extremas en los cuales el uso de dichas bombas está totalmente desaconsejado. Con este fin, muchos equipos médicos a nivel internacional hemos estado trabajando en alternativas que nos permitan afrontar estos retos, el método o mejor dicho, la técnica que parece ser mayor ratio de éxito está aportando sin duda, es la hipotermia inducida.

Dicha técnica nació como tantas cosas a lo largo de la historia, de la observación de la realidad, en este sentido, descubrimos las enormes capacidades que podía tener la hipotermia, en nuestro campo clínico. A raíz de un accidente de montaña documentado hace unos veinte años, mediante el cual, la esquiadora noruega *Anna Bagenholm*, sufrió una grave caída esquiando sobre una capa de hielo que cedió al intentar cruzar un río congelado en Noruega. Dicha caída la dejó inconsciente en agua helada, provocando que su corazón se detuviera durante más de tres horas y media, con una temperatura corporal cercana a los catorce grados, hasta que los servicios médicos consiguieron reanimarla horas después. Absolutamente es el paro cardíaco más largo documentado hasta ahora, y significó un antes y un después en el concepto que teníamos de supervivencia sin latido permanente y que este fuera irreversible, ya que, contra todo pronóstico, Anna Bagenholm sobrevivió a aquel accidente casi mortal.

Del estudio de las condiciones en las que la esquiadora noruega permaneció aquel largo período de tiempo bajo el hielo, nos llevó a intentar recrearlas artificialmente en los laboratorios y quirófanos. Todo ello con el fin de someter a los pacientes, mediante técnicas similares de congelación transitorias, a un descenso de la temperatura corpórea desde los treinta y siete grados hasta los dieciocho grados, con la capacidad de detener el corazón por un largo período de tiempo para someterlo a la cirugía necesaria en cada caso.

Una vez finalizada, se debía proceder a una reanimación de este, calentando previamente de nuevo el cuerpo hasta recuperar su temperatura óptima, resucitándolo de ese estado vital suspendido, por vía química o mediante desfibrilación. En todo ese tiempo, el paciente carece de pulso, presión arterial, y signos de actividad cerebral, por tanto, podemos asegurar que se le resucita de una muerte total, temporal, e inducida.

Nuestro equipo del Instituto de Patología Circulatoria de Novosibirsk, después de analizar todas las alternativas que se han ido desarrollando a nivel internacional, nos hemos decantado por la construcción de una cámara hipotérmica que produce un enfriamiento extremo del cuerpo a través de unos depósitos de hielo, y por consiguiente una ralentización del proceso de la defunción, otorgándonos un tiempo muy valioso para poder realizar las intervenciones. Hablamos extraordinariamente de períodos superiores a la hora y media, impensable del todo hace unos pocos años.

El posterior calentamiento del cuerpo, lo realizamos mediante la acción de unos conductos de aire caliente, que regulamos a medida que la temperatura empieza a recuperarse, y luego recuperamos al paciente reactivando el corazón mediante desfibrilación.

Seguimos trabajando en mejorar y optimizar continuamente este método, ya que nuestro objetivo es asegurar al máximo la recuperación total del paciente sin la existencia de secuelas y con las máximas garantías posibles. No obstante, debo decir que, hasta este momento, el éxito de dicha técnica nos acerca a las ratios más altas posibles, en torno al noventa y nueve por ciento de los pacientes operados a corazón abierto. Evidentemente resulta casi perfecta, pero continuamos en busca de la máxima excelencia para reducir los tiempos de intervención con los máximos resultados posibles y si es posible acercarnos al cien por cien de éxito.

Igor Petrov (12/1/2005)
Director Gerente del Instituto de Patología Circulatoria de Novosibirsk (Rusia)

Capítulo 38 SUPERVIVENCIA CREATIVA

Era muy extensa y detallada la documentación que acompañaba el escrito de Petrov y que Marshield acabó enviándole a Joan. Bajo la excusa de una supuesta operación a corazón abierto que debían realizar y la cual presentaba muchas complicaciones para usar el método más común hasta ese momento por parte del equipo médico. Era necesario la búsqueda de alternativas innovadoras para llevarla a cabo y para ello necesitaba indudablemente conocer el método ruso.

Joan dudaba, no sabía ni tenía claro si su mentor americano se habría creído realmente esta historia, pero el hecho es que allí estaban los cientos y cientos de folios con toda la documentación explicativa sobre el método ruso de cirugía cardiovascular mediante el uso de la cámara hipotérmica.

Cuando Joan observó todo lo que allí se describía, sintió un enorme alivio en su interior, ellos no podrían replicar ese método con los recursos clandestinos de los que disponían. Consecuentemente, estaba seguro de que deberían pararse definitivamente en ese punto y abandonar la aventura para siempre.

No obstante, decidió enviar una copia a Roger, no quería que este lo acusara de ocultar información, debía ser él solo el que, a través de la lectura de la documentación, se convenciera de que era imposible continuar, así Joan tendría la coartada perfecta y no parecería que había querido inducir intencionadamente a su amigo al abandono.

Roger recibió aquella documentación la cual estaba comprimida en un archivo recibido por e-mail. Aquella noche, ante aquella cantidad ingente de información, se la pasaría completamente en vela, era consciente de ello. Así que cuando leyó la carta de Petrov y empezó a analizar los mismos esquemas que hicieron desistir a su amigo, la desesperación y tristeza surgieron ante él, su conclusión, como no, era la misma… no podían continuar con aquello, era imposible. Por mucho que deseara avanzar en la investigación, no había manera de poder recrear con el detalle necesario una cámara de hipotermia como la que allí se describía, por más que le daba vueltas, se encontró ante la misma tesitura, debían abandonar.

Abatido completamente por la triste realidad, sintió que volvía a entrar a las puertas de su particular, y pensaba que ya olvidado, infierno, abrió la única botella de ginebra que le quedada ya en casa dispuesto a sumirse en un sueño etílico, abandonado, hacía ya varias semanas, en aquella mesita, aparte del vaso aún vacío, el portátil abierto, un gran número de folios con garabatos y dibujos esquematizados que intentaban recrear una cámara de hipotermia, y justo entre los folios, la tarjeta de visita de aquella médium apareció ante sus ojos.

En ese justo momento recordó la frase que había escuchado allí, aquel supuesto mensaje que Laia le envió desde el otro lado…

Roger, tú estás metido en una jaula, tú mismo la construiste, y tus límites. No importa dónde huyas, te enjaularás en tu propio ser.

De repente se abrió una enorme claridad en su mente hasta ese momento del todo ofuscada, donde comprendió que los límites se los estaba poniendo él de nuevo, se estaba encerrando delante de aquel problema sobrevenido y eso no le dejaba ver el bosque que había detrás del árbol surgido en su propia jaula mental.

Y fue entonces cuando se le ocurrió… tenían una posibilidad, no sería exactamente igual que lo descrito por Petrov, pero sería suficiente para avanzar, para pasar de fase… sin dormir en toda la noche, elaboró el diseño de una cámara de hipotermia casera, quizá no llegarían a estar casi dos horas como en el caso ruso, pero si era capaz de alargar los minutos del último test sin sufrir daños, ¿no había motivo para no intentarlo?

Mathilda, la sanitaria francesa fue la primera en llegar, no mucho más tarde, unos minutos después Roger y Joan entraron por la puerta, allí se encontraron los tres en aquel laboratorio improvisado, después de unos días analizando cada uno la documentación recibida por Marshield sobre las técnicas hipotérmicas del equipo médico de Novosibirsk.

Sentados alrededor de una pequeña mesa redonda en el centro de la estancia, todos ellos coincidieron que su lectura les había abierto una nueva perspectiva, una nueva línea de investigación para realizar en las pruebas siguientes.

Sin embargo, los estudios rusos contemplaban una serie de dificultades técnicas y logísticas para poderlo llevar a cabo en aquel lugar con los recursos tan limitados que tenían a su disposición. Allí mismo llegaron a la conclusión que realmente no podían contemplar la posibilidad de continuar las pruebas imitando de la mejor manera posible la técnica rusa de la hipotermia inducida.

Por tanto, con desánimo debían descartarlo definitivamente y quizá abandonar los ensayos, desconociendo que Roger tenía un as escondido bajo la manga, esperando a sacarlo cuando llegara el momento adecuado.

– ¿Qué le explicaste a Marshield para que te enviara los documentos rusos? –Mathilda tenía mucha curiosidad por conocer qué tipo de excusa había planteado Joan para no levantar sospechas al respecto y que el catedrático americano no dudara en enviarle aquella información sin hacer preguntas ni sospechar sobre lo que intentaban hacer realmente allí.

– Le dije que necesitaba su ayuda sobre una intervención muy delicada en el hospital que nos planteaba muchas dudas, una operación de corazón con muchos riesgos y que desde el departamento de cardiología habíamos contemplado la posibilidad de estudiar la alternativa rusa para tener en cuenta.

– Bueno, espero se lo haya tragado. De hecho, la información de Rusia, cuando me la comentaste en su momento Joan, debo decir que no me era del todo desconocida. Alguna vez recuerdo haber leído sobre ella en alguna revista especializada, creo que en algunos lugares del norte de Europa se estaba también utilizando algo similar a la técnica descrita por Petrov. –Roger siempre se había caracterizado antes del accidente por ser una persona extremadamente informada entre sus colegas. Antiguamente había dedicado muchas horas a la lectura de informes y ensayos médicos, que le permitían conocer, aunque fuera de oídas, todo aquello que se cocía en la sociedad médica internacional –Aquí en Catalunya nunca nos hemos planteado una cosa así, ya lo sabes Joan, de hecho, siempre hemos usado las bombas cardiopulmonares de forma cotidiana con niveles muy altos de éxito. Pero entiendo que para lo que estamos intentando conseguir nosotros, puede ser la clave que estábamos buscando para alargar las pruebas sobre la duración con éxito de las ECM.

– *Cependant*, es imposible poder llevarlo a cabo, no podemos conseguir una cámara de hipotermia como la que se describe en los documentos –Mathilda estaba en lo cierto, la técnica rusa requería de unas instalaciones que ellos por supuesto allí no disponían, aquel laboratorio era demasiado precario para acometer tal desafío, por tanto, este hecho limitaba enormemente las expectativas de continuar.

– Tienes razón Mathilda, he estado pensando mucho en ello y debo deciros que creo haber encontrado una posible solución al respecto. –la expresión en sus caras al escuchar las palabras de Roger denotaba entre escepticismo y cierto grado de sorpresa, por supuesto la necesidad siempre despierta la creatividad del ser humano. El espíritu de supervivencia hace que se intenten cosas imposibles, sólo así se consiguen muchas veces los avances necesarios, y para él se trataba de continuar adelante como fuera, de vivir para conseguirlo o fallecer en el intento, por tanto, su supervivencia llevada al máximo nivel posible.

– Pues ya nos dirás cómo hacerlo… –Joan expectante ante las palabras emanadas de su amigo.

– Os adelanto que os parecerá sorprendente lo que voy a explicar a continuación, llevo días reflexionando sobre ello… pensé en todo lo que teníamos a nuestro alrededor y que pudiera sernos útil, aquí abajo, y se me ocurrió que podríamos aprovechar alguno de los contenedores de obra que hay justo aquí fuera en el pasillo, y transformarlo en una especie de cámara de hipotermia… Vale tenéis razón con vuestras caras, es complicado, muy complicado, pero creo que lo podemos conseguir, o al menos intentar, al final por poco que sea, se trata de poder alargar más los ensayos. Si podemos replicar mínimamente las condiciones de una cámara hipotérmica como la rusa, aunque sea a un nivel, digamos que doméstico, será un buen avance… mirar esto que he dibujado. – sacando un papel de su bolsillo, en el cual había un dibujo muy básico y un esquema aproximado de lo que proponía construir.

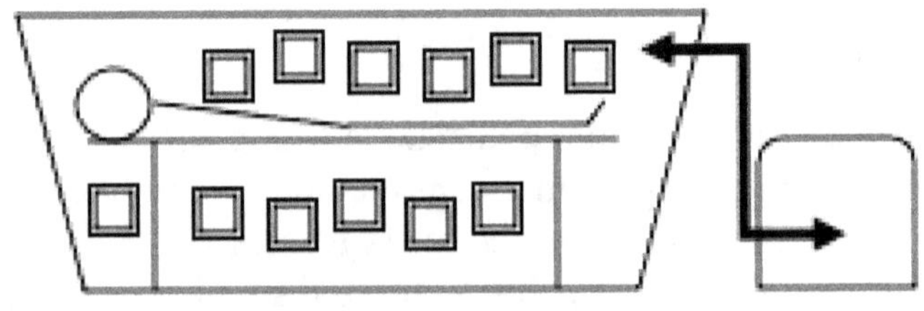

– ¿Y cómo has pensado aislar un contenedor para que no haya fugas de temperatura?, y lo más difícil, ¿cómo piensas suministrar el frío y luego el calor necesario? –Joan no entendía exactamente cómo desde aquel sombrío lugar podían construir algo que fuera ni tan solo parecido a la cámara compleja que explicaba Petrov en sus estudios.

– A ver, he estado investigando cómo podríamos fabricarla, es una locura, pero podemos intentarlo. –Joan y Mathilda permanecieron en silencio absoluto, completamente atentos a la quimera que estaba explicándoles Roger– Una vez tengamos el contenedor, con aislante térmico lo cubrimos entero, lo aislamos, en su interior colocamos la mesa de reanimación y luego me introducís en ella, procedéis a anestesiarme con una dosis suficiente para que luego lo llenéis con gran cantidad de hielo, mucho hielo, ya que debe cubrirme entero, esta es la parte más complicada de todas, porque aparte debemos bajar hielo sin que nadie nos vea o sospeche nada.

– Madre mía, ¿verdaderamente lo estás diciendo en serio? –Joan estaba estupefacto ante lo que estaba escuchando.

– Déjame acabar… una vez cubierto de hielo y con la parada cardio-rrespiratoria ya en curso, es necesario que me vayáis tapando con las mantas frías de hipotermia hasta conseguir la temperatura corporal de dieciocho grados que marca el estudio de Petrov. –después de una pequeña pausa en su explicación– Necesitaremos también un aparato portátil de aire acondicionado, de esos que llevan ruedas y emiten tanto frío como calor, creo que mis padres tienen uno en casa, así que iré a buscarlo para usarlo aquí. Introducimos un tubo entre la máquina y el interior del contenedor, para ir regulando la temperatura interior con el aire.

– ¿Y cómo te hacemos luego la reanimación?, con esa temperatura es prácticamente imposible reanimarte mon chéri. –Mathilda, manteniéndole fijamente la mirada, no creía que fuera posible hacer aquello y le surgían cada vez más dudas ante aquella imprudente y suicida iniciativa, un cuerpo congelado tenía nulas posibilidades de ser resucitado.

– Habrá que asumir el riesgo, porque no podréis reanimarme hasta que no vaciéis el contenedor de hielo hasta llegar justo por debajo de mi cuerpo, cosa que deberíais hacerlo rápido, ¿quizá con palas?, y a la vez, poner el aire caliente del aparato a máxima temperatura. La idea es estar cerca de una hora dentro del contenedor, por lo que debemos marcar las fases y cronometrar los tiempos que necesitaremos para hacer todo esto sin saltarnos nada.

– ¿Sabes que no vas a sobrevivir verdad? –Joan estaba viendo como la desesperación de su amigo le llevaba a plantear un imposible.

– ¿Me vais a ayudar o no?, acaso ¿se os ocurre algo mejor?,¿os pensabais que esto sería fácil?

– Está bien, lo vamos a hacer, a ver dónde nos lleva. –Joan sabía que cuando Roger tomaba una decisión vital no había manera de frenarlo. –Yo me encargo del hielo, tu traes el aparato de aire y el resto de las cosas que necesitemos, para hacer esto que propones mejor que lo hagamos de noche, entrada la madrugada. Existe demasiado riesgo si bajamos todo el material durante el día sin que seamos vistos.

Quedaron para esa misma noche de madrugada, debían darse prisa para conseguir todo lo necesario, sólo tendrían una oportunidad de hacerlo por su extrema complejidad y no querían desaprovecharla.

Dieron por zanjado aquel asunto, sabían que no podían hacer nada para que Roger olvidara la locura planteada, lo intentarían, aunque fuera totalmente imposible llevarla a cabo.

Roger se marchó del lugar con una cierta esperanza e ilusión, con una nueva alternativa que les permitiera avanzar algo más, y quien sabe, acercarse a la siguiente etapa de aquel largo camino que tenían por delante.

Capítulo 40 INOPORTUNO

Roger llegó de madrugada, el hospital en aquella área del recinto se encontraba completamente vacío, sin personal, sin pacientes, en silencio absoluto. Mientras, él, cargado con el aparato de aire y el aislante, se dirigió hacia el ascensor para bajar hacia el laboratorio, tal y cómo habían quedado esa misma mañana. Esa noche iban a intentar algo extraordinario, comprobarían si los estudios de Petrov estaban en lo cierto y podían alargar las ECM como nunca nadie las había experimentado. Quizá serían los primeros en conseguirlo...un cierto nerviosismo recorría su cuerpo pensando en ello.

– ¿Roger, se puede saber qué haces por aquí a estas horas? –era Esteban Ferran, el director del hospital, extrañado de ver a uno de sus cardiólogos a altas horas de la madrugada en aquella planta tan solitaria y alejada de la Unidad de Cardiología del hospital.

– Esteban… buenas noches… a ver… sabes qué esto está siendo muy duro para mí y que estoy intentando volver a ser el que era, tal y como te prometí –mientras se dirigía a su director, el cual lo observaba extrañado. Roger necesitaba pensar rápido para saber qué excusa inventar que fuera lo suficientemente creíble ante los ojos sospechosos de su jefe, el momento era sumamente delicado, si lo descubría se acabaría todo en ese mismo momento y debía evitarlo a toda costa.

– Entonces… ¿por qué estás yendo a Farmacia?, ¿no te continuarás tomando aquellas pastillas de nuevo?, si es así, ya te puedes ir, mejor que no vuelvas más por aquí.

– ¿pastillas?, ah si… las pastillas… pues no, te lo prometí y no he vuelto ni a tomar alcohol ni mucho menos aquella maldita química que me hizo perder la cabeza.

– Bueno si es así me alegro, pero aún no me has contestado… ¿qué estás haciendo por aquí a estas horas?

En ese momento, afortunadamente apareció Joan por aquel pasillo, el cual percibió rápidamente lo que allí estaba sucediendo, obligando a ambos a reaccionar con rapidez para solventar aquella delicada situación.

– Ei, Roger, por fin has llegado. Hola Esteban, ¿cómo tú trabajando a estas horas?, ¿pensaba que todo un director del Clínic no hacía guardias de noche? –Joan se dirigió al desconfiado director mientras este los observaba en un principio extrañado ante aquella escena tan particular.

– Hola Joan, pues mira, os lo digo porque os tengo confianza, me he discutido con mi mujer y para no agravar más las cosas me he venido para aquí, ya sabéis que en mi despacho tengo un diván, así que con la excusa que tengo mucho trabajo acumulado, pasaré la noche aquí. Que quede entre nosotros, por favor…

El hospital y su gente eran como un pequeño pueblo, donde proteger la privacidad individual, de cada persona que allí trabajaba, resultaba una misión muy difícil de cumplir, todo se sabe y todo el mundo conoce de forma directa o indirecta la vida e intimidades del resto, y el caso de Esteban no era diferente por muy director que fuese. Muchos explicaban como había sido visto en incontables ocasiones entrando a su despacho en horas intempestivas y amanecer con la misma ropa del día anterior, de hecho, había malas lenguas que hablaban de un proceso irreversible de separación, mientras, otros lanzaban rumores malintencionados sobre la existencia de una amante en el mismo centro sanitario. Lo cierto era que aquella pareja, que llevaba más de treinta años juntos, no se soportaban ya, sin embargo, todos desconocían que no había bache ni existía crisis que pudiera separarlos, los intereses comunes eran el lazo más fuerte e indestructible que los unía, y aquella noche no iba a ser diferente de tantas otras que habían venido, ni de tantas otras que vendrían.

– Pues le he dicho a Roger que viniera para hacerme un favor, resulta que Isabel Pallars, la encargada de Farmacia Ambulatoria, el otro día en el comedor me comentó que aquí abajo pasaban mucho frío en invierno y mucho calor en verano. –Mirando de reojo a su amigo que entendió rápidamente la irreverente excusa de Joan –Hablando con Roger me comentó que tenía un aparato portátil de aire acondicionado, así que lo ha traído para bajárselo a Isabel para que no pasen frío.

– Y… ¿a estas horas de la madrugada?, Farmacia está cerrada, no hay nadie.

– Ya, pero como mañana nosotros no venimos por la mañana, hemos quedado con ella en dejárselo en la puerta para cuando llegue pronto pueda conectárselo ya. –desde luego, la imaginación y verborrea de aquellos médicos, sin duda les estaba sacando del apuro en el que se habían metido.

– Me parece bien, no sabía que tenían problemas de climatización aquí abajo, nadie me lo había dicho hasta ahora, mañana mismo pasaré una orden a mantenimiento para que miren a ver cómo podemos solucionar este tema. –En ese momento su teléfono móvil sonó, interrumpiendo la conversación, era su mujer que lo llamaba, aprovechó para despedirse de ambos y regresar a su estancia. –Bueno señores, os dejo que debo contestar.

Roger había permanecido en silencio todo el rato, observando como su amigo se iba desenvolviendo con mucha soltura ante aquella mentira improvisada, en situaciones así, la prudencia es el valor más importante para tener en cuenta y evitar no ser descubierto.

Una vez en el laboratorio, que ahora parecía algo así como un centro de una supuesta agencia espacial imaginaria, con aquel aparato de aire conectado por un tubo al contenedor metálico de obra situado en el centro de la sala, a su vez forrado por aislante por todos los sitios, y con la mesa de reanimación en su interior.

Tanto Mathilda como Joan ya lo tenían todo preparado y estaban organizados para intentar que Roger saliera indemne del supuesto disparate catalogado como TEST-128. Las posibilidades de éxito eran tan… tan mínimas, que dudaban de una supervivencia efectiva por parte suya, el cual, tenía muchas opciones reales de no regresar nunca más a la vida terrenal, en este que podía ser considerado, su último viaje.

Como la anterior vez, Joan llevaría el control de todo el proceso, mientras Mathilda le iría asistiendo en todo momento, Roger nuevamente estaba a punto de introducirse dentro del contenedor cuando escucharon unos ruidos que provenían de la escalera que bajaba a aquel sótano.

– Esperad un momento y apagad todas las luces de la sala, voy a ver quién es… – Roger decidió salir a ver porqué se escuchaban voces en aquel oscuro lugar abandonado y en el cual no bajaba nadie desde hacía ya varios años, a medida que se acercaba sin hacer ningún ruido, miró hacia arriba observando las luces de unas linternas que claramente indicaban que alguien estaba descendiendo hacia ellos.

– Aquí parece que hace siglos que nadie baja, esto está lleno de mierda por todos los lados. – Eran dos agentes de seguridad del Clínic, haciendo una ronda de vigilancia rutinaria para comprobar que todo estaba correcto y que ningún "ocupa" o homeless se hubiera introducido aprovechando el abandono del sitio.

– Bueno, démonos prisa, miremos que no hay nadie y así antes se lo podremos reportar al Director para volver a lo que estábamos haciendo. – el otro agente de seguridad no estaba muy satisfecho de que les hubieran roto su tranquila jornada. En dicho turno nocturno nunca sucedía nada, y por eso él siempre escogía trabajar de madrugada, para que no le molestasen con cosas tan triviales y poco importantes como la que estaban haciendo ellos ahí, obligados.

A medida que iban descendiendo, sin prisa todo sea dicho, se acercaban peligrosamente al laboratorio clandestino. Si lo descubrían, no sólo se acabaría el proyecto en un punto que había conducido al fracaso anterior, sino que por un lado los tres profesionales que allí estaban se jugaban ser despedidos y por tanto ver truncada para siempre su carrera profesional, y por otro, podrían ser acusados penalmente por ocupación ilegal de las instalaciones y por seguramente algunos delitos más que afortunadamente desconocían en ese momento.

Roger, fue rápidamente al laboratorio para advertir a sus colegas…

– ¡Rápido!, tenemos que tapar con las mantas todo el contenedor para que no pueda ser visto, esconded y tapad todo lo que podáis, ¡están ya aquí y nos van a descubrir!

– Pero, de ¿quién hablas? – Mathilda no acababa de entender el peligro que se cernía sobre ellos.

– Son dos miembros de la seguridad del hospital, vienen para aquí, y por lo que los he escuchado, siguiendo instrucciones de Esteban, el cabrón no se ha creído nada de lo que le hemos explicado esta noche.

Con una gran velocidad, pero intentado no hacer ruido, taparon todo con las mantas y sábanas antiguas que tenían de cuando encontraron aquel sótano abandonado. Apagaron todos los aparatos y se escondieron bajo las telas que cubrían todo el laboratorio, permaneciendo callados casi sin poder respirar.

Justo en el momento en que se abrió aquella puerta, todo estaba muy oscuro, sin ninguna luz, aquellos dos agentes de seguridad empezaron a escudriñar el lugar con sus potentes linternas.

– ¿Enciendo la luz?, supongo que funcionará después de tanto tiempo, así podemos ver mejor. – Uno de los agentes al otro.

– Deja…deja, vayamos rápido, ¿ves algo?

– Espera, voy a levantar esa manta a ver qué lugar es este, la verdad es que yo nunca había bajado hasta aquí, ¿tú lo conocías? – Si levantaba la manta por el lado equivocado, serían descubiertos, era una verdadera lotería de la que dicho azar dependería el futuro de todos ellos. El agente procedió a estirar de la manta…

– ¿Qué es todo esto?, cuanto aparatejo que hay por aquí. ¿Para qué querrán tener tanto cachivache aquí abajo?

– Bueno, aquí parece que no hay nadie, subamos a decirle al Director lo que hemos visto aquí, y sigamos con nuestra jornada.

– Sí, sí, estoy de acuerdo. ¡Vámonos!

Y tal como habían entrado, así se marcharon, mientras nuestros tres protagonistas respiraban aliviados, aún con el miedo en el cuerpo, de ellos tres, quienes más tenían que perder eran Joan y Mathilda. Él era aún uno de los coordinadores y profesionales del centro, ella seguía siendo responsable de enfermería, pero para Roger era diferente, ya que le daba todo igual y solo le preocupaba seguir con el experimento y que sus colegas no sufrieran represalias si eran descubiertos.

– Esta vez ha ido de poco… no sé por cuanto tiempo podremos continuar haciendo los ensayos aquí abajo, debemos aprovechar ahora mismo. – Roger, estaba más decidido que nunca, o lo hacían esa noche o difícilmente podrían llevarlo a cabo y tener una nueva ventana de oportunidad como la que tenían en ese momento.

Así que una vez pasado el peligro, al menos momentáneamente, reiniciaron toda la maquinaria para llevar a cabo como tenían planificado antes del sobresalto con los agentes de seguridad, la prueba número 128.

Capítulo 41 TEST 128

Una vez más, Roger tendido en la mesa de reanimación, la cual había sido introducida previamente en aquella especie de cámara frigorífica sorprendentmente improvisada, sedado nuevamente por sus compañeros que iniciaron, como si de un ritual ancestral se tratase, el proceso de rellenar aquel contenedor con decenas y decenas de bolsas repletas con hielo, hasta casi quedar su cuerpo sepultado mientras su temperatura corporal iba descendiendo paulatinamente sin parar.

Mathilda a continuación procedió a inyectarle por vía intravenosa la combinación exacta de sustancias que debían provocarle nuevamente la parada cardiorrespiratoria, mientras tanto Joan encendió el aparato de aire frío para mantener la temperatura gélida necesaria, con todo preparado, el viaje estaba a punto de comenzar…

***

¿Dónde estoy?, la luz casi me ciega y prácticamente no puedo ver nada… parece que poco a poco la mirada se me va adaptando… el anestésico me ha debido dejar profundamente relajado, hace tanto tiempo que no me siento así de tranquilo, pero… ¿dónde estoy?, no veo ni a Joan ni a Mathilda…

Bajo la mirada y justo debajo mío, veo mi cuerpo inerte, como si fuera una fotocopia mía, y a cada lado los veo a ellos, estoy flotando sobre aquella habitación, aunque curiosamente no tengo sensación de estar volando sino caminando sobre el aire que siento como si hubiera un suelo invisible debajo de mis pies. Aquella escena terrenal sorprendente me parece cercana pero distante, me siento como un espectador visionando una obra sobre mi muerte en un teatro cualquiera, viendo como actores desempeñan su rol bajo un guion marcado. Joan mira el reloj y le dice algo a ella, la cual coge de encima del armarito blanco un cartel con sus dos manos y lo eleva hacia el techo, ¿hacia mí?

TRANQUILO ROGER, TODO IRÁ BIEN

Escucho una voz en mi interior, me traslada una enorme sensación de bienestar y de paz que me abruma, es cómo si alguien dentro de mi me estuviera hablando, o más bien guiando, me dice que mi objetivo en la vida debe ser seguir viviendo. Yo intento rebatirle desde mi mente o mi conciencia, le transmito que necesito avanzar, mi cuerpo está allí abajo, ya no me pertenece, ya ha cumplido con su misión, y ahora necesito saber dónde están Laia y Ona.

La sensación, cada vez se hace más intensa, delante de mí comienza a formarse un camino de sólo ida, sin capacidad ni voluntad de regreso, no me causa ninguna intranquilidad, más bien un deseo que al final de este pueda encontrarme con ellas para siempre.

Este largo camino empieza a girarse sobre si mismo, parece un embudo, o quizá será el túnel del que tanto se ha hablado, a medida que avanzo, momentos de mi vida empiezan a aparecer a ambos lados del mismo, me veo de pequeño junto a mi hermana, bañándonos en la playa mientras mi padre busca mejillones en las rocas de la Costa Brava, mi madre tumbada en la arena saboreando el sol del Mediterráneo. De repente aparezco en el colegio, jugando a futbol y baloncesto, las primeras miradas a aquella niña que tanto me gustaba, íbamos de la mano y pensábamos que sería para siempre, hasta llegar al Instituto, la moto, las discotecas, el fallecimiento de mi abuelo, el de mi abuela, crecer sin pensar... La universidad, las largas jornadas de estudio, lo duro que fue y lo bonito que resultó empezar en el hospital junto a Joan, la visita al museo y conocer a Laia, la vida junto a ella. El nacimiento de Ona, nuestras vacaciones en Menorca, y el accidente... el fatal accidente, mi triste vida sin ellas, perdido sin saber qué hacer, sin saber quién soy, hasta hoy en la mesa de reanimación dónde me veo nuevamente desde arriba...

Al final del túnel se observa una luz y dos figuras a lo lejos me saludan, a medida que me acerco diría que son... que son... ¡no puede ser!... Laia y Ona, Ona y Laia, me hacen señales, me dicen hola... me saludan... me dan la bienvenida... yo quiero ir más rápido, alcanzarlas, no volver, pero ¡no!, ¡no quiero!, de repente empiezo a retroceder, ¡no quiero volver!, cada vez retrocedo más y más rápido, el final del túnel se aleja, vuelve a ser un camino, y el camino se convierte de nuevo en aquel maldito y frío laboratorio clandestino.

Siento extrañamente dentro de mi interior que ellas realmente no me estaban saludando, siento que no era una bienvenida. Tengo la misma sensación que esos pasajeros de cruceros, los cuales saludan a las personas que pasean por el puerto desde la distancia, y estas desde tierra sueñan algún día en poderse subir a uno de esos magníficos barcos y viajar, descubrir mundo. Dejar atrás su realidad para siempre más, pero que ahora deben conformarse en permanecer en tierra, esperando quizá que el futuro les ofrecerá una oportunidad mejor.

Todo se hace oscuro, no veo nada, estoy completamente helado, hasta que poco a poco voy recuperando la consciencia y justo delante de mi mirada veo esos ojos verdes que me transmiten seguridad como hacía mucho tiempo que no me pasaba. Mientras, los remordimientos por volver a la vida y dejarlas allí iban tomando forma, forma de arrepentimiento y sobre todo, ganas de volver a verlas.

Una voz en mi subconsciente me surge con fuerza otorgándome una clarividencia máxima que me hace reflexionar sobre ello, desde mi profundo interior algo o alguien me dice... ya has encontrado la manera de llegar a ellas, piensa en ello y no lo dejes escapar más.

***

Capítulo 42 TRAZANDO CAMINOS

Roger estuvo explicando con entusiasmo y sumo detalle a sus compañeros todo lo vivido en la que había sido su primera experiencia cercana a la muerte, después del fracaso de la vez anterior ahora parecía que habían encontrado el modo, el camino correcto para avanzar. Toda su declaración fue en todo momento grabada en video y documentada con los registros de los datos obtenidos tanto del nivel de actividad cerebral por la EEG como del nivel cardíaco por la ECG.

– Estoy tan sorprendido, aún no me lo creo, no pensaba que conseguiríamos llegar tan lejos. ¿Creéis que debo enviarle nuestros avances a Marshield? –Joan dudaba si el catedrático norteamericano se posicionaría de su parte al ser conocedor de los nuevos hallazgos aportados por ellos, o si actuaría con traición ante Esteban Ferran, desvelando lo que habían hecho a escondidas del hospital incumpliendo todas las normativas y leyes existentes.

– Joan, eres tú quien conoces a ese doctor, nosotros ni siquiera lo hemos visto nunca. No obstante, según las cosas que nos has contado sobre él, creo que su compromiso y pasión por las ECM y la investigación que lleva haciendo a lo largo de tantos años está por encima de cualquier cosa, y merece como mínimo algo de respeto, y quizá confianza.

– *Eh bien, je crois* que no lo deberíamos hacer, pienso todo lo contrario que tú, Roger, recuerda que él siempre estuvo coordinado en cierto modo con Esteban. *En réalité*, Joan fuiste a Virginia porque ellos dos se pusieron de acuerdo, ¿qué crees que será lo primero que haga tu querido y admirado doctor Marshield cuándo le expliques *tout ça*? –Mathilda sin duda tenía muchas incertidumbres sobre la necesidad de explicar a terceros las pruebas realizadas allí, creía que, si lo hacían, perderían el control. No debemos olvidar que lo que estaban realizando aquellos tres sanitarios se escapaba de cualquier control legal establecido –*Nous* estamos jugando nuestras carreras, nuestros trabajos, y seguramente nuestras vidas, ya os dije que estoy dispuesta a llegar hasta el final, pero creo que estamos aún en el principio de algo grande, pero no deja de ser el principio, y así lo debemos tratar, muy en secreto entre nosotros, sin que salga aún de aquí.

– Mathilda, aunque me fastidie reconocerlo, creo que estás en lo cierto, Joan deberíamos avanzar más, y según cómo vaya todo siempre estarás a tiempo de enviárselo, ¿no crees? – Roger pensaba que lo más sensato era tener más datos y pruebas que hicieran irrefutables los descubrimientos que habían hecho, antes de precipitarse en hacerlos públicos. Así que el razonamiento de Mathilda le pareció el más correcto y comedido para esa situación en la que se encontraban.

– Puede ser que tengáis razón, pero tengo mis serias dudas que la próxima vez, si la hay, quieras volver del viaje, creo que estás ahora, aquí con nosotros, porque te hemos obligado a retornar –Joan conocía perfectamente a su amigo. El hilo entre encontrar el camino y quedarse para siempre en él era demasiado fino, y arriesgaban a romperlo si continuaban las pruebas y los ensayos de la misma manera que hasta ese momento, sin control y sin que nadie fuera conocedor de los avances, sin testigos más allá de ellos tres.

– Entiendo perfectamente lo que estás sugiriendo querido amigo, y no te puedo negar que en algún momento se me haya pasado por la cabeza, pero piensa... En el momento en el cual me introduzco dentro de la cabina de hipotermia, yo ya no tengo ningún control sobre mí, por lo tanto, dependo al cien por cien de vosotros –al final de todo quería que tuvieran conciencia de que él era un simple viajero, un avatar sin control en todo esto –así que, si un día, por lo que sea, no vuelvo, lo primero es que no debéis sufrir por ello. Si llegara a suceder, será porque no habéis conseguido traerme de vuelta con los medios que aquí tenemos, porque recuerda que vosotros controláis mi viaje.

– ¡Dios mío!, ¿Estás diciendo que nos podrían condenar por asesinato? –Mathilda estaba exaltada con las palabras sinceras del doctor Gilabert y que hasta ahora ni siquiera se había planteado.

– Para nada, sólo os digo que me he puesto en vuestras manos, por eso firmé un documento de voluntades por si me sucede algo, quedaríais completamente exonerados, tranquila. Una vez estoy sedado ya no decido nada, en cambio, piensa que, estoy trabajando con vosotros para prepararlo todo, codo con codo, para encontrar el mejor método de poder realizar con éxito estas pruebas, la mejor manera de ir, pero también la mejor manera de regresar. Nuestro objetivo en todo esto deber ser, tanto si un día vuelvo como si no, que el día de mañana haya otras personas capaces de viajar hasta allí, y esto me lo debéis prometer, aquí y ahora. – haciendo una pequeña pausa mientras se acercaba hacia ellos.– Debemos encontrar para siempre el camino que comunique esta vida con la otra, y acabar con esa "enfermedad" eterna y que tanto daño ha hecho a la humanidad, usada como una herramienta por el hombre en su beneficio, para generar miedo, para hacer daño y gobernar con maldad… la muerte.

En aquel momento, se conjuraron todos para continuar con el trabajo hasta el final, aunque Roger algún día pudiera acabar falleciendo o no fueran capaces de hacerlo volver sin daños. Empezaban a comprender en su interior que cuando uno comienza algo tan importante como lo que tenían entre manos, bajo ningún concepto se puede abandonar, en estas situaciones o se llega hasta el final o se perece en el intento, y ese trabajo se había convertido para todos ellos en un objetivo de vida, en su particular y propio camino vital.

Aquella misma tarde, Joan volvía tranquilamente a su casa en Sant Cugat del Vallès, los *Ferrocarrils de la Generalitat* eran sin duda el mejor transporte público para no depender del coche. Las entradas y salidas de Barcelona en horas punta, normalmente se colapsaban, esto suponía que lo más inteligente y usual, por parte suya, era dejar el vehículo privado en casa. La distancia a pie entre la estación de trenes y su hogar se convertía en un trayecto relajado de diez minutos caminando, en los cuales pensaba y meditaba sobre todo lo que le sucedía cotidianamente.

Aquellas calles llenas de vegetación, con casas unifamiliares a ambos lados, a esas horas de la tarde, estaban vacías de tráfico, por lo que el paseo estaba resultando más agradable que en otras ocasiones. Las hojas de los árboles sonaban ligeramente al moverse debido a aquella agradable brisa que cubría esa tarde el ambiente, mientras aquel aire casi puro invadía sus pulmones, lo abstraía de la experiencia sorprendente vivida y que le evocaba recuerdos pasados de Charlottesville. La noche iba cayendo ya, y la penumbra hacía acto de presencia bajo la luz poco intensa de aquellas farolas estratégicamente colocadas entre casa y casa, en aquella idílica urbanización en la cual vivía junto a su mujer y su hijo.

Mientras caminaba tranquilamente, iba pensando un poco en todo… de repente, observó una figura, que desde la estación estaba haciendo su mismo trayecto. Siempre manteniendo la distancia, ni muy cerca ni muy lejos, cuando una pequeña dosis de intranquilidad le invadió por momentos y le hizo sospechar justificadamente o no, sobre aquel individuo en aquel solitario lugar.

– ¿Me estará siguiendo? Ay, Joan, todo esto te está superando, debe der un pobre vecino que vuelve también a su casa, como yo. – él mismo se quería tranquilizar, no tenía ningún sentido pensar que lo podían seguir, nadie era conocedor de lo que estaban intentando, no había peligro alguno, aún no.

No obstante, y a pesar del autoconvencimiento, o al menos de su deseo, algo le hizo sospechar que no se trataba de ningún vecino, claramente aquel personaje cambiaba de acera a medida que lo hacía él, sincronizado en todo momento, por supuesto esto no le dio muy buena impresión, por lo que decidió aumentar el ritmo de su paso cada vez más. El sobresalto fue a más cuando observó que la persona también aceleraba su ritmo a medida que él lo hacía, y aunque estaba llegando ya a casa, empezó a sentir una fuerte ansiedad por aquella situación sobrevenida que inevitablemente le hizo recordar lo que unos años antes le había sucedido a su colega Sheffield, le entró un mal augurio… comenzó a correr tan rápido como pudo sin mirar hacia atrás.

Al llegar a su casa, abrió rápidamente la puerta y se quedó escondido justo detrás de ella observando al extraño individuo que supuestamente lo perseguía. Cuando dicha persona pasó a su altura, se sorprendió al ver como deambuló de largo sin inmutarse ante su puerta. Esto le llevó a pensar por momentos que seguramente lo había exagerado todo, y que toda esa situación que estaban viviendo le hacía ver cosas extrañas donde estaba claro que no las había.

Una vez ya en casa, tranquilamente y más sosegado, vaciló si al día siguiente debían seguir con las pruebas o no, aunque en su cabeza, la duda de no informar a Marshield, le continuaba rondando sin parar. Después de mucho meditar al respecto, acabó decidiendo que en la próxima ocasión si nuevamente todo salía igual de bien, sin dudarlo le enviaría la documentación a su mentor en Charlottesville, dijera lo que dijera el resto de sus compañeros, la decisión estaba tomada, era extremadamente importante informar de los avances conseguidos para asegurar el éxito total de los ensayos, y por tanto su continuidad futura.

Abrió la tapa de su ordenador, en la penumbra de su salón, y con una copa de vino en la mano, revisó todos los datos nuevamente del test-128, donde todo parecía coger forma a un ritmo lento pero constante.

Poco a poco parecía como si las piezas de un enorme puzle empezaran a encajar entre ellas, vislumbrándose un desconocido paisaje, pero sin saber aún la forma definitiva que acabaría tomando.

Capítulo 43 FUEGO EN EL CUERPO

No hay nada como salir de casa con el cabello aún húmedo después de una buena ducha matinal, el aire fresco de la ciudad te ayuda a estar más despierto, a descomprimirte del agotamiento nocturno, e inevitablemente, te ayuda a sentirte más vivo, sentimiento que ahora necesito más que nunca para continuar el camino.

Hoy la vida tiene otro sentido para mí, después de lo vivido ayer, poder ver a Laia y Ona, saber que quizá en breve podré verlas de nuevo y quien sabe sentirlas, abrazarlas o incluso hablar con ellas, saber que puedo llegar hasta dónde están, me hace ver que hoy la luz del día es de otro color para mí, el color de la ilusión, el color del amor, el color de las ganas de vivir, y que vuelvo a sentir dentro de mí.

Observo como varios vehículos de los *Bombers de la Generalitat* se dirigen en mi misma dirección. Aquellos grandes camiones rojos con sus sirenas a todo volumen, pasando muy cerca del carril bici, hacen que mi ligera Brompton parezca un juguetito al lado de esas enormes bestias con ruedas que se desplazan a gran velocidad por las calles de la ciudad.

En la distancia puedo advertir como algo ha debido suceder en el hospital, ya que el carrer Provença, en su confluencia con el carrer Casanova, está cortado por varios coches de patrulla de los *Mossos d'Esquadra*, los agentes no dejan pasar a nadie, decido aparcar la bicicleta en el interior de un *Bici Box* que hay muy cercano al *Ninot*, y continuo mi camino a pie, total estamos hablando de dos o tres minutos de escaso trayecto.

Me acerco a la formación policial que interrumpe el paso y cuando quiero dirigirme hacia el hospital, dos agentes me impiden el acceso al mismo.

– *Disculpi, però no pot passar.* – aquel policía con su gorra azul oscuro y roja me prohíbe llegar a mi destino, por lo que decido identificarme con mi pase como Director de Cardiología del hospital.

– Puede pasar, pero no podrá acceder a su interior, lo tenemos cortado por un incendio en las instalaciones. Diríjase por la acera de enfrente, y sobretodo no cruce en ningún momento.

– *Gràcies agent*, así haré. – me dispongo a subir a través de la calle Casanova, los balcones y ventanas de los edificios colindantes al centro sanitario están repletos de gente asomada, así como las personas que se encuentran en las terrazas de los innumerables bares y restaurantes que hay dispuestos alrededor del hospital. Todos observan a aquella cantidad inusual de camiones de bomberos y de patrullas de la policía, rodeando el enorme edificio.

No veo ambulancias, aunque el acceso para los servicios de emergencias está a pocos metros del lugar, en la rampa que desciende desde la calle Provença, no veo mucho movimiento de compañeros de urgencias, por lo que intuyo que en cuanto a daños personales no ha habido que sufrir ninguna pérdida.

El humo que sale del hospital es muy negro e intenso, el olor se hace insoportable para los pulmones de los allí presentes. Las numerosas batas blancas en la calle delatan la actividad más común en la zona, donde los diferentes edificios que están en la calle Rosselló, con sus consultas externas y diferentes laboratorios, en las cuales he pasado largas horas atendiendo a pacientes, hace que seamos muchos los que desarrollamos nuestra actividad en la zona. Estoy seguro de que quien haya paseado por allí en un día normal se habrá sentido, sin duda, una persona extraña, con toda aquella gente por todos lados vestidos de blanco impoluto con sus estetos colgados al cuello, invadiendo todos los espacios de la calle, colonizando el territorio.

Y allí, justo entre la muchedumbre sanitaria, en el acceso exterior al hospital, veo a Esteban con otros compañeros. La cara de nuestro querido Director Gerente denota cierta preocupación ante aquella situación, sin duda nada agradable para el responsable máximo de aquel complejo.

Nuestras miradas se encuentran, sus ojos cambian aún más la expresión de su cara, deduzco que algo no va bien... lo conozco muy bien.

– Roger, ¿tú sabías en qué estaba trabajando Joan?

– ¿Joan? ¿Qué tiene que ver con el incendio? – Ahora sí me estoy empezando a preocupar de verdad con las palabras de Esteban.

– El fuego se ha iniciado en el sótano, parece ser que ha habido un cortocircuito, cerca de Farmacia, todo ha ido muy rápido, y no ha podido salir a tiempo…

– ¿Quién no ha podido salir a tiempo? –no puede ser lo que me está diciendo, es imposible, las pulsaciones de mi corazón empiezan a subir a un ritmo frenético.

– Joan se ha quedado encerrado, y unos compañeros que estaban por allí han intentado arrastrarle hacia fuera como buenamente han podido, desgraciadamente lamento decirte que no se ha podido hacer nada por él ya, ha sido una desgracia.

– ¿Dónde está?, ¡no te creo!, ¡quiero verlo! – mi desesperación que pensaba ya olvidada vuelve a resurgir como un volcán sin control, mi amigo, mi compañero, no puede ser cierto, ¡no puedo perderlo también a él!

– Se lo van a llevar dentro de un rato a la morgue de la Ciutat Judicial, una vez el juez autorice el levantamiento del cuerpo. Los mossos continúan investigando para saber qué ha pasado, por eso te lo pregunto de nuevo. ¿Qué estaba haciendo Joan en aquel sótano abandonado desde hace años?

Ya no escucho su voz, ni presto atención a sus palabras, un pensamiento centra todo mi ser, una ácida sensación… Todas las personas que se acercan a mí acaban muertas, yo soy la muerte para ellos, la culpa ha sido mía de nuevo, pero… ¿dónde estará ella?

– ¿Y Mathilda?, ¿cómo está Mathilda?, ¿estaba con él? –tengo la esperanza que no hubiera llegado aún al laboratorio, y que haya podido sobrevivir como yo.

– ¿Bonpleaur?, ¿Mathilda Bonpleaur?, ¿qué tiene que ver en todo esto Roger?

– Nada Esteban, cosas mías…

Tengo la imperiosa necesidad de ver a Joan, así que desobedeciendo las ordenes de la policía, cruzo la calle hacia el hospital, veo mangueras por todo el suelo que bajan hasta el sótano. Los bomberos observan extrañados mi presencia, pero ninguno me dice nada, así que yo aprovecho y sigo avanzando entre el humo que comienza a disiparse paulatinamente.

Cuando llego allí abajo, observo una pareja de mossos de esquadra que protegen el lugar ante posibles chismosos, y con el fin que nadie altere las pruebas que pudieran existir, ¿a ver cómo me lo monto para entrar y ver a Joan?

– Disculpen agentes, soy el doctor Gilabert, amigo íntimo de la víctima, les quería pedir un favor a ver si es posible…

– Usted no puede estar aquí, ya lo sabe, por favor márchese o le tendremos que obligar nosotros. – el Agente de los Mossos no está siendo nada agradable conmigo, ni siquiera me deja comunicarle mi intención.

– Deje que le explique por favor, me ha llamado la esposa del fallecido, parece ser que ustedes le han avisado que deberá ir al Institut Anatòmic Forense para confirmar el cadáver, y me ha dicho que ahora mismo ella no se encuentra ni con fuerzas ni con ganas. Por eso me ha pedido si puedo verlo yo para certificar su identidad y así le ahorramos a la pobre pasar por este amargo trance, pónganse por un momento en su lugar. – Apelando a los sentimientos más empáticos posibles.

– *Vinga deixa'l*, tampoco pasa nada. –el otro agente parece ser más comprensivo. – Pase rápido, y lo ve, le doy un minuto, sino entraré yo mismo por usted.

– *Gràcies agent*. En seguida salgo, se lo prometo.

Entro en lo que hasta anoche era nuestro laboratorio, todo está negro por el humo, y allí observo en el suelo, justo al lado de la puerta, un cuerpo tirado, me acerco hacia él… tiene la cara toda negra y observo como tiene una mejilla con quemaduras, así como el brazo derecho y parte de una pierna. Observo como le han cerrado los ojos, supongo que la policía lo habrá hecho como signo de respeto hacia el cuerpo presente. Espero que Rosa no lo vea nunca así, ver a tu ser amado en este estado puede ser peor que el hecho mismo de la muerte, porque refleja el sufrimiento que ha debido padecer hasta que ha llegado su final, y esto ni reconforta ni tranquiliza a los que lo hemos querido.

Las lágrimas me nublan la vista, tengo ganas de gritar de rabia, de gritar muy fuerte, de sacar el dolor que ahora mismo siento dentro mío, pero debo templarme, los agentes de la policia están ahí mismo, muy cerca, y no debo levantar ningún tipo de sospechas.

Joan, *amic meu*, te echaré tanto de menos, espero que nos volvamos a reencontrar. T'estimo y gracias por todo, por tu amistad, y por estar siempre a mi lado cuando ni yo mismo me apoyaba. Dale un beso a Laia y Ona de mi parte, nos vemos pronto. *Adeu.*

PARTE CUARTA

Capítulo 44 TIERRA SANTA

Beit Shemesh es una pequeña ciudad ubicada en la falda del monte *Tel* a unos veinte kilómetros de Jerusalén, también conocida como la "Casa del Sol", cuyo nombre proviene de la antigua diosa *Shemesh*, adorada por los cananeos allá por el siglo XII a.C. y en la cual aún se conservan las ruinas de la antigua ciudad bíblica, donde se dice que los filisteos llevaron el Arca de la Alianza cuando fue capturada en la batalla de *Even-Ezer*.

En aquella localidad durante el año 2.004, Gregorio Lazlo y Silvano Levi dedicaban, desde la Biblioteca Municipal, gran parte de las horas del día al profundo estudio de sus sagradas escrituras, la Biblia, y la Torá, respectivamente. Analizando con sumo detalle todos los versículos y oraciones que se encontraban impresas entre aquellas maravillosas palabras divinas con tanta y tanta historia, y que los tenía completamente abducidos.

Los dos futuros líderes religiosos, trabajaban juntos, colaborando, intentando encontrar puntos de conexión y paralelismos más allá de la simple sintaxis, la búsqueda de diferentes significados ocultos entre los sujetos y los predicados con el fin de encontrar una correlación interreligiosa más allá de lo conocido. En aquellos días centraban todo su esfuerzo en divulgar para el futuro, la idea de una colaboración más duradera, estrecha y única entre sus distanciadas comunidades, la católica polaca y la hebrea toscana, las cuales están basadas en los mismos cimientos que las han asentado y visto crecer a lo largo de los siglos.

– *Przyjaciel* Silvano, no sé cómo encajará todo esto en sus estudios Ibrahim. Está claro que el Corán contiene partes de la Torá y del Nuevo Testamento, aunque tengan a Jesús como uno de sus profetas, para ellos su verdadero y último profeta fue Mahoma, como bien sabes, y no se si encontrará puntos posteriores que nos permitan cerrar el círculo que estamos buscando sin decantar la balanza excesivamente hacia alguno de sus lados. –Gregorio hablaba de Ibrahim Moussa, la tercera pata de aquella especie de triunvirato interreligioso de eruditos teólogos, el cual desde París analizaba los paralelismos encontrados por ellos y miraba de enlazarlos con pasajes del Corán, evidentemente la tarea más complicada de aquel arduo y complicado trabajo.

– Greghi, *non ti preoccupare* ahora por eso, nosotros suficiente tenemos con nuestros análisis y estudios. Ibrahim es un gran ulema, ya sabes que como estudioso del islam y la sharia, su profundo conocimiento nos ayudará en nuestro proyecto, no lo dudes. –Silvano Levi, intentaba aplicar el temple y la experiencia necesaria que su mayor edad le otorgaba. Era totalmente consciente que ante todo, en el punto en el cual se encontraban, debían ser pacientes sobre un proyecto que resultaba sumamente ambicioso y que les llevaría inexorablemente algunos años hasta poder finalizarlo por completo.

– *Shalom*!, Silvano, recordad que hoy tenemos reunión en *Ohel Menachem*, como cada martes, ¿vendréis verdad? – aquel chico delgaducho y pelirrojo con *kipá* se acercó a ellos, Silvano, levantando la vista de la inmensidad de libros entre los cuales parecía estar semienterrado y mirándolo por el rabillo del ojo.

– *Ciao* Dov, por supuesto, allí nos vemos luego, como cada *martedì*. – Silvano respondió afirmativamente a aquella invitación.

Ya por la tarde, en la sinagoga Ohel Menachem que se encuentra en pleno centro de la ciudad israelí, en una de las salas que tenían destinadas para reuniones y eventos, un grupo de personas estaban sentadas en torno a una mesa redonda, dialogando y conversando tranquilamente, entre ellos por supuesto se encontraban presentes tanto Silvano Levi como Gregorio Lazlo.

– He pasado unos años increíbles y maravillosos, la verdad es que formar parte del equipo de la Fundación me ha servido de mucho. Sin duda la muerte de Elisabeth este verano nos trastocó a todos, aunque ella, debido a su avanzada edad, ya llevaba tiempo viviendo en una residencia en Arizona, seguía en contacto con algunos de nosotros y de vez en cuando nos intercambiábamos correos. –Alitza Meymer, acababa de regresar a su ciudad después de pasar varios años en los Estados Unidos, el último de ellos trabajando para la Fundación Elisabeth Kübler-Ross.

– ¿Y exactamente que era lo qué hacías en la fundación? –Dov, el pelirrojo con kipá, le preguntó interesado por su estancia y por su trabajo en aquella, desconocida por él, organización.

– Pues estuve, durante un tiempo, archivando, ordenando y clasificando la inmensa cantidad de cartas, fotografías, grabaciones de video, cintas de audio, las numerosas notas que tomó para escribir sus obras, su enorme colección de libros. Estamos hablando de cientos y cientos de objetos, materiales y otras cosas. La Fundación EKR tenía la intención de conservarlas y ordenarlas para que las futuras generaciones pudieran disponer de tan magnífico legado y conocimiento para el futuro. –hablando con sumo entusiasmo sobre su tarea en ese período.

Todos estaban absortos ante el testimonio de Alitza sobre su experiencia personal. Aquel grupo de personas, formado por individuos de diferentes edades, procedencias, y creencias religiosas, se reunían cada martes en la sinagoga para debatir sobre temáticas de actualidad relacionadas con lo moral, lo ético y lo religioso. Sin embargo, también se aprovechaba como centro social, entre ellos, para explicar experiencias personales, resolver dudas existenciales, compartir celebraciones, o discutir sobre aspectos que podían resultar polémicos en aquel particular entorno... tan variado.

Al finalizar la reunión, Silvano, Gregorio y Alitza, se quedaron un rato más hablando y comentando sus diferentes puntos de vista en lo que atañe a los numerosos estudios de Kübler-Ross. Pensemos que para unos teólogos como ellos, hablar de estudios científicos sobre las experiencias cercanas a la muerte, era, sin duda, una oportunidad difícil de eludir.

En ese instante, observaron entrar a una mujer de mediana edad, vestida con una ropa anticuada, toda de negro, la cual se quedó a cierta distancia de ellos, permaneciendo unos segundos erguida y sin moverse apenas, mirando fijamente a la joven israelí como si la conociera. De hecho, daba toda la impresión que esperaba una reacción por parte de ella o el momento oportuno para que aquellos dos hombres la dejaran y poder así hablar a solas.

– Si me disculpáis, ¿voy a ver qué quiere de mí?, esperadme un segundo y ahora vuelvo.

A medida que Alitza se fue acercando a la señora, su cara le iba resultando más familiar, aunque no era capaz de recordar donde la había visto anteriormente, cuando ya se encontraba cerca de ella, observó atónita un hecho que, sin esperarlo, la perturbó sobremanera…

Aquella mujer no parecía del todo real, la existencia de una cierta semitransparencia en todo su cuerpo, sólo perceptible a muy corta distancia, el cual levitaba unos centímetros del suelo, en ese preciso momento comprendió que se encontraba delante de alguien que no provenía de su mismo mundo físico.

Asustada al inicio, se giró hacia Silvano y Greghi que seguían hablando con suma tranquilidad sin inmutarse de aquella situación. Ellos también habían observado a la señora, pero la distancia no les permitía asimilar que no se trataba de una simple mujer, sino que delante de ellos tenían sorprendentemente una especie de ente espiritual.

– Alitza no te asustes, sabes quién soy, ¿verdad?… – su voz tranquila y sosegada calmó en un primer momento el shock de aquella chica que en todo momento dudada si estaba sufriendo algún tipo de brote psicótico o una alteración mental. –…nunca nos hemos llegado a conocer, pero en tu trabajo el tiempo que estuviste en la fundación seguramente has visto fotos, y documentos sobre mí, por eso te suena mi cara.

– ¿la señora Weiss?, ¡no puede ser!, leí su expediente y es imposible, ¡usted falleció hace más de veinticinco años!

– He venido para avisarte, hay personas importantes ocultas que no están dispuestas a dejat que trasciendan los estudios que Elisabeth realizó sobre las experiencias post-mortem, y harán todo lo posible para silenciar a todo aquel que se atreva a conocer o desvelar cualquier aspecto de los documentos clasificados y que aún no han sido desvelados, ni han visto la luz. – Alitza estaba tan sorprendida ante aquella aparición que no podía moverse del lugar, su cuerpo estaba completamente inmóvil sin ser capaz de reaccionar. –Tu fuiste la máxima responsable del archivo de la Fundación, quien estuvo en contacto con todos sus documentos, audios y grabaciones, pero también sus secretos, por tanto, tu conocimiento es inmenso, y eso te convierte en un objetivo para ellos.

A continuación, la señora Weiss se acercó a una pequeña mesa que había en aquella sala, tomó un folio que había sobre ella y procedió a cortar un trozo de papel con la mano, apoyándose sobre la mesa escribió con un lápiz una pequeña nota.

"Morir es como dormir. La muerte es hermana del sueño. El sueño es una muerte corta. La muerte es un sueño largo.

Cuando duermes vives y cuando mueres también.

Katrina Weiss para Alitza "

Firmando con su puño y letra, un pequeño garabato al final de la oración, después de ello, aquella supuesta entidad le entregó la nota a Alitza no sin antes añadir finalmente:

— Demuestra que esta es mi letra, demuestra que es mi firma, y tendrás la prueba más palpable de la no existencia de la muerte tal como la conocemos. Es nuestro regalo para ti, aprovéchalo.

— ¿Vuestro?, ¿de quién?

— De todos aquellos que vivimos al otro lado, esperando que vengáis, esperando a reencontrarnos algún día. Alitza, ayúdanos a que el mundo conozca la verdad, se está aproximando el momento por fin, después de tantos siglos.

Y tal como aquella mujer había entrado, así se marchó, levitando suavemente hacia la puerta de salida, hasta desaparecer de aquel lugar, mientras aquella muchacha permanecía impactada por lo que había sucedido, por lo que se le había revelado esa noche y que la dejó completamente petrificada y en estado de alucinación total.

— ¡Alitza!, ¿qué te pasa?, ¡ey!, reacciona. — Gregorio se acercó hasta ella al ver que permanecía absorta y sin moverse, con los ojos perdidos en dirección a la puerta de salida.

— ¿la habéis visto? — ella con voz temblorosa intentando poco a poco reponerse de lo acontecido.

— ¿Quién era esa mujer, la conocías?

Alitza explicó lo sucedido a aquellos dos hombres que, por momentos, incrédulos ante lo que les estaba explicando, creyeron que se trataba de una simple alucinación o desvarío por alguna droga que aquella chica podría haber consumido, total, apenas la habían conocido aquella misma tarde.

No obstante, con el paso de los minutos, y a medida que la narración por parte de ella se tornaba más seria y real, y los detalles de su relato iban encajando, intentaron buscar algún sentido más racional que pudiera explicar aquella extraña vivencia.

– De verdad, me tenéis que creer, esa mujer lleva fallecida muchos años, os lo puedo demostrar, de hecho, veo que no tengo más remedio que demostrarlo.

– ¿Y cómo lo vas a hacer? – añadió Gregorio.

– Aún no lo sé, debo asimilar todo esto y ver qué debo hacer.

– *Guarda lì, la vedi*? –Silvano señaló hacia una esquina de aquella sala, la presencia de una cámara de vigilancia que enfocaba hacía ellos. –Quizá lo hayan grabado y puedas conseguir el archivo, ¿no?

– ¡Cierto Silvano!, voy a pedir la grabación de la cámara. ¡Gracias! – a aquella chica se le había abierto un nuevo escenario, tras el susto inicial. Entendió finalmente que tenía una posibilidad real de demostrar al mundo que alguien del más allá había hecho acto de presencia en el mundo físico y que, sorprendentemente, había dejado pruebas físicas comprobables de ello.

Capítulo 45 LA NOTA

Después de un exhaustivo análisis de la escritura presentada por nuestra clienta, la señora Alitza Meymer, y después de cotejar con otros documentos supuestamente escritos por la misma persona, y en los cuales se ha intentado hallar elementos comunes idiosincrásicos de los grafismos para la búsqueda de aspectos gráficos comunes que sean de indudable reconocimiento y propios de un mismo individuo, determinamos lo siguiente:

La nota manuscrita por la señora Weiss está escrita recientemente con grafito fluido de un lapicero estándar, muestra siempre una clara disposición en el trazo a comunicar claramente con palabras escuetas y breves sobre una frase conocida de autoría anónima. Documento escrito donde figuran cinco grafías con escritura tipográfica mayúscula, de carácter espontáneo, cuya intención es la de comunicar claramente un escueto mensaje limitado y determinado.

Encontramos que la nota recientemente escrita, contiene la misma escritura acerada, y angulosa, la cual, en combinación con mayúsculas grandes de carácter inclinado, resulta plenamente coincidente sobre un manuscrito presentado que data del año 1.978, sin duda nos encontramos ante la misma autoría en ambas.

Observamos nuevamente la reiteración de letras que adoptan en ambos casos un estilo homocinético, así mismo, coincide el punto de ataque, como primer movimiento gráfico mediante el cual una persona inicia la escritura, es muy difícil de imitar por otro lado. Además observamos claramente como los trazos de las letras "m", "h" y "s" son idénticos en todos los casos analizados. Por todo ello, del estudio realizado concluimos como resultado que todos los documentos presentados, tienen características prácticamente idénticas, por lo que podemos asegurar que nos encontramos, con un nivel del 99,5 por ciento, ante la misma persona o autor.

La prueba grafológica encargada por Alitza no ofrecía ningún espacio a la duda, demostrando que la nota escrita a mano y registrada con una grabación de vídeo, habían sido realizadas por una persona fallecida veinticinco años antes. Aquella muchacha hebrea con todas las pruebas a su alcance decidió comunicar a la Fundación aquel importante hallazgo que además había podido documentar.

Sin duda, entre los más sorprendidos por este hecho, Silvano y Gregorio, que incluso fueron testigos de todo lo que sucedió en el interior de aquella sinagoga, no tuvieron más remedio que replantearse sus propias creencias por vez primera en sus vidas. Conocer a Alitza había supuesto para aquellos dos hombres, un antes y un después, conocer que realmente existe un más allá, un mundo espiritual, y tener indicios claros de su efectiva existencia, hizo tambalear sus propios cimientos espirituales, pero la duda que resurgía a partir de ese momento para ellos era mucho mayor. ¿Cómo debían a partir de ahora continuar con sus vidas y su misión sabiendo lo que sabían?

Aún con muchas dudas, decidieron explicar su experiencia a su compañero parisino, Moussa, el cual mostró una cierta comprensión empática ante el relato expuesto por sus colegas, pero el hecho de no estar presente y verlo con sus propios ojos, supuso que no le diera más credibilidad de la justa y necesaria.

Aquella tarde, Levi y Lazlo, retornaban ya al anochecer a la residencia donde el primero estaba alojado, después de unos días sin volver a tener conocimiento sobre Alitza y la señora Weiss, tras una larga y dura jornada de estudio, al entrar en la estancia observaron debajo de la puerta un gran sobre marrón que alguien había dejado aprovechando que no se encontraban en aquel lugar.

Cuando abrieron el sobre, la sorpresa se apoderó de ellos, efectivamente allí estaban, todas las pruebas que demostraban que la señora Weiss había regresado del mundo de los muertos. La nota manuscrita, la prueba grafológica pericial, los documentos escritos a mano que Alitza había conseguido del período en el cual dicha señora aún vivía, y un pendrive con la grabación de las imágenes de aquella noche.

Desde aquella tarde, nunca más volvieron a saber de Alitza, la cual desapareció para siempre de sus vidas, nada más se supo de ella, y aunque durante un tiempo intentaron buscarla sin éxito, el tiempo pasó, acostumbrándose a su ausencia, dando por hecho que se había escondido o incluso huido de Israel, quizá había vuelto a América.

Finalmente, después del tiempo que permanecieron en Tierra Santa, justo al cabo de dos años del incidente espiritista en la sinagoga, cada uno de ellos regresó a su país, no sin antes acordar que Silvano guardaría a buen recaudo aquel secreto hasta el día que fuera necesario hacerlo público, para lo cual primero, el mundo debería estar preparado para soportar dicha revelación.

"Cuando duermes vives y cuando mueres también."

Capítulo 46 LA REVELACIÓN

Roger estuvo paseando durante horas por las calles de Barcelona, no podía asimilar la pérdida de su amigo Joan, los recuerdos de tantos años de amistad le surgían de lo más profundo de su memoria. Desde que se conocieron el primer día como residentes, todas las jornadas maratonianas en el hospital, las cenas y comidas entre las familias de ambos, tanto tiempo contando el uno con el otro. Sin embargo, ahora en este momento, tenía la amarga sensación de haberle fallado, y haber sido tan egoísta hasta el punto de haberle impuesto un reto que era sólo suyo, y que por amistad decidió una vez más acompañarlo, encontrando por su culpa en él, su amargo final.

Una sensación extraña recorría su cuerpo, no acababa de entender la manera en la que se había producido aquel desgraciado incidente, estuvieron juntos el día anterior y todo estaba bien, no hubo nada que hiciera pensar que se pudiera producir ningún tipo de incendio como al final así sucedió, todo resultaba demasiado raro, demasiado forzado.

Los bomberos determinaron que, según el informe pericial, el origen del fuego se produjo cerca del aparato portátil de aire acondicionado que servía para refrigerar el contenedor, sin poder especificar exactamente si la causa final fue por un cortocircuito en el mismo o por otra causa desconocida. Pero lo extraño de todo aquello era que la puerta de salida del laboratorio quedó bloqueada, atrancada con unos palés dispuestos desde el exterior, esto hizo que Joan no pudiera escapar a tiempo, pereciendo finalmente en su interior, seguramente primero inhalando el humo negro tóxico perdiendo el conocimiento y posteriormente por el fuego, ya que existían numerosas quemaduras graves por todo su cuerpo.

Según la policía, con todos estos indicios no podían descartar aún que no fuera un accidente. Aunque la presencia de palés y material de construcción en aquella zona del hospital era abundante, la disposición de estos generaba suficientes dudas como para pensar en la posibilidad real que finalmente fuera un acto totalmente deliberado, intencionado, o sea, que realmente se encontraban ante un asesinato premeditado y no ante un simple accidente fortuito como podía parecer inicialmente deduciendo los primeros indicios analizados.

Después de aquel largo y triste paseo, se dirigió a continuación a recoger su bicicleta la cual había dejado aparcada cerca del *Ninot* para posteriormente regresar a su casa. Mientras tanto, mientras pedaleaba, se le pasaban por la cabeza pensamientos en los cuales se preguntaba en qué situación se encontrarían en estos momentos Rosa y Sergi, pensó en cómo lo estarían ahora pasando, viniéndole de nuevo las sensaciones amargas que él sintió cuando perdió a Laia y a Ona. No obstante, por otro lado, todo aquello le parecía un contrasentido, extrañamente, el ser conocedor de la existencia de la otra vida le hacía albergar cierta esperanza de volver a ver a Joan en poco tiempo y saber qué sucedió realmente. No sabía cómo, todo se había perdido por el fuego, no existía ya ningún laboratorio en el que poder seguir las pruebas, pero dentro de su gran tristeza mantenía la idea fija de volver a intentarlo, sin saber dónde ni cuándo, sabedor de que sólo era una pura cuestión de tiempo y que el camino ya estaba marcado.

Cuando Roger regresó a su apartamento, una gélida sensación le recorrió todo su cuerpo, abrió el portátil y vió estupefacto, como esa misma mañana había recibido un correo electrónico de Joan sin ningún texto escrito, pero sí con un archivo de video adjunto en el cuerpo del mensaje, el cual sin pensarlo dos veces procedió a abrirlo…

"Roger, amic meu, ayer alguien me siguió hasta mi casa, al principio no estaba convencido, pero esta pasada madrugada me desperté y al mirar por la ventana vi afuera nuevamente a la misma persona que me estaba observando desde la calle.

En ningún momento le vi la cara, era todo muy oscuro, pero sé que era ella, y que ha venido a por mí.

Recuerda lo que le sucedió a mi compañero John Sheffield en Londres, alguien parece saber lo que estamos haciendo y creo firmemente que el siguiente soy yo, por eso he enviado toda la información del Test-128 a Marshield, debe saber hasta donde hemos llegado, no podemos arriesgarnos a que todo se pierda, a que todo se quede aquí.

Sí, ya se lo que acordamos, lo siento, pero las circunstancias han cambiado. Esta mañana iré pronto al laboratorio, debo borrar todo indicio de lo que allí hemos hecho antes que lo haga alguien por nosotros, debemos continuar en otro sitio que no sea en el hospital.

Nos vemos luego allí, Roger, por favor... vigila, seguramente también os están siguiendo a ti y a Mathilda, extremad las precauciones y si detectáis algo extraño, no vengáis, el laboratorio ya no es un lugar seguro para ninguno de nosotros."

El video se cortó en ese mismo momento, la hora de envío, las 06:15 de la mañana, esto demostraba que fue enviado justo antes de salir hacia el hospital, esa revelación de Joan no albergaba ninguna posibilidad de duda, fue realmente un asesinato, no fue ningún accidente, y lo peor de todo, Roger y Mathilda también podían ser un objetivo mortal.

No había tiempo que perder, ni siquiera tiempo para pensar, bajo toda la presión y con la presencia de cierta desesperación, sabía que no podía continuar allí, por supuesto con todo aquel peligro acechando no era conveniente asistir ni tan solo al entierro de su amigo. Así que el único lugar donde se le ocurrió que podría estar seguro era lejos, muy lejos de allí.

Con premura preparó una pequeña maleta de viaje con lo básico y necesario, y salió disparado hacía la calle sin mirar atrás, entre la gran cantidad de vehículos que circulaban, parando de inmediato al primer taxi que por allí pasaba con la luz verde encendida, en aquella céntrica calle de la ciudad.

– ¿Adónde desea ir?

– Al aeropuerto por favor rápido, a la Terminal 1.

Capítulo 47 HOGAR USURPADO

Hacía dos días que no sabía nada de su hijo, la muerte de su amigo Joan sin duda le tenía que haber impactado de manera trágica para incluso no asistir ni a su entierro, y ella, como madre, tenía mucho miedo que volviera a recaer de la depresión y en la autodestrucción, ahora que parecía que poco a poco comenzaba a remontar el vuelo. Así que decidió hacerle una visita para comprobar cómo se encontraba y estar a su lado por si la necesitaba, como normalmente hace cualquier madre de personalidad protectora, como era en su caso.

El viejo ascensor de madera acabó de descender, en el momento que se abrieron sus chirriantes y destartaladas puertas, una pareja que iba cogida de la mano, salió del mismo saludando a la señora Josefina, madre de Roger, la cual estaba esperando el ascensor para subir a casa de su hijo.

– *Bon dia*. –aquella chica la saludó sonriendo amablemente con su acento extranjero, al cruzarse con ella, mientras su acompañante en ningún momento se dignó a hacer ningún gesto cordial ante aquel encuentro vecinal, sin tan siquiera mirarla.

– *Bon dia*. –respondió amablemente, mientras pensaba como una chica tan guapa y cordial podía ir con semejante individuo maleducado y rudo, el cual, le sorprendió porque tenía cierto aspecto andrajoso, con la ropa completamente desgastada, mientras que ella parecía un ser etéreo salido de cualquiera de las boutiques glamorosas que existían en aquel entorno de la Ciudad Condal.

Una vez en el ascensor, sin poder quitarse de la cabeza a aquella extraña pareja, pensó que, a fin de cuentas, la vida le había enseñado que en el amor no había nada escrito. Los modelos y estereotipos se rompían continuamente en esos tiempos para ella demasiados modernos ya, por tanto, no era de extrañar que Cupido hubiera juntado a esos dos seres tan antagónicos para crear una de las parejas más raras que nunca había visto.

Ya en el rellano, tocó al timbre en varias ocasiones sin que nadie respondiera, pero hubo algo que le extrañó, justo cuando se disponía a introducir la llave en la cerradura, aquella mujer se asustó muchísimo al ver que la puerta estaba entreabierta, parecía forzada, con rasguños y arañazos alrededor de la misma, y la cerradura estaba completamente perforada y abollada.

La señora Josefina delante de aquella inesperada situación, se sintió bloqueada por completo, el miedo y la preocupación le invadía por momentos, planteándole la duda de si debía entrar para ver qué había sucedido o bien salir de allí inmediatamente para llamar a la policía, no obstante, lo que más le sorprendió de toda aquella desagradable situación, es que no parecía haber rastro alguno de su hijo, fue entonces cuando le entró la verdadera preocupación, ¿estaba él cuando entraron a robar?, ¿lo habrán raptado?, ¿permanecerá dentro malherido? o… ¿peor aún?

Finalmente se decidió a entrar, eso sí, con sumo cuidado, su instinto maternal pudo más que aquella comprometida situación, sin ser consciente del peligro al cual se podía enfrentar. Saber cómo se encontraba su hijo, si él estaba bien, o si necesitaba su ayuda, le hizo precipitarse hacia el interior de aquel apartamento que había sido, en otra época, un feliz hogar para su hijo, su nuera y su querida nietecita, y donde ahora en cambio, se había convertido en un espacio lleno de metros cuadrados vacíos de vida y carentes de ilusión.

– ¿Roger?, ¿estás ahí?... cariño… soy mamá… si hay alguien dentro, ¡he llamado a la policía y ahora vienen! –con mucha cautela y elevando la voz por si hubiera alguien en el interior que se sintiera descubierto, para lo cual dejó la puerta completamente abierta, facilitando así, en caso de ser necesario, una clara escapatoria para el presunto ladrón.

Sin embargo, allí ya no había nadie, o no parecía que hubiera nadie, todo estaba completamente revuelto y en el suelo, ropa, documentos, cajones, amontonado por todos los rincones del apartamento de Roger. Las habitaciones completamente desorganizadas, la ropa de Laia y Ona por el suelo, juguetes rotos, los cuadros habían sido descolgados de las paredes y perforados, aquella dantesca imagen de caos y descontrol alteró a aquella pobre mujer que lo único que deseaba era saber si su hijo se encontraba bien.

Al ver que efectivamente no había nadie allí, decidió llamar a la policía para denunciar lo que había sucedido, al rato una patrulla de los Mossos d'Esquadra se presentaron en el lugar del presunto robo para levantar acta del incidente.

– Señora, esto es muy raro, vemos que no se han llevado nada de valor, la televisión, los relojes y las pocas joyas que hay, ni las han tocado. Creemos que quien ha entrado buscaba algo o a alguien, y por como lo ha dejado todo, parece que no lo ha encontrado. –Aquel sargento de los Mossos estuvo tomando nota de todo con sumo detalle, no obstante, había algo en todo aquello que le extrañaba a aquel oficial. –¿sabe dónde está su hijo?, alguien debería comunicarle lo que ha sucedido y denunciar si falta algo.

– Lo siento sargento, por eso he venido, porque hace dos días que no se nada de él, está completamente desaparecido. –con angustia en su rostro le explicó todo lo que su hijo había vivido en el último año y medio, el accidente, el fallecimiento de su nuera y de su nieta, la depresión, el alcoholismo… –Encuéntrelo por favor, no es normal, tengo miedo de que le haya pasado algo malo, o peor aún, que haya podido hacer un disparate, es mi niño, encuéntrelo, se lo pido, se lo suplico, siempre será mi niño.

Capítulo 48 EL VIAJE

Después de más de dieciséis horas de vuelo con dos escalas incluidas, Nueva York y luego Atlanta, por fin Roger había llegado a su destino, el *Charlottesville-Albemarle Airport*. Desde el momento que salió apresuradamente de su ciudad, Barcelona, pensó que lo mejor que podía hacer, una vez llegara a su destino, era contactar con el doctor Marshield. Si era cierto que se trataba de una persona de la máxima confianza como así siempre le hizo ver Joan, quizá podría aclararle quien lo había matado, ¿por qué?, y todos los extraños sucesos que estaban acaeciendo desde que comenzó el proyecto internacional sobre el estudio y experimentación de las ECM que él creó hace más de catorce años en aquella misma ciudad de Charlottesville.

Aquel pequeño aeropuerto, que estaba preparado solo para vuelos domésticos internos, se encontraba a unos trece kilómetros de la ciudad de Charlottesville, no obstante, a esa hora de la noche pensó que lo mejor que podía hacer era buscar un lugar cercano donde descansar tranquilamente. Así que, se le ocurrió preguntar al personal del mismo aeropuerto, los cuales le aconsejaron que el mejor sitio para alojarse a un precio razonable era el *Staybridge Suites*, un pequeño hotel que se encontraba a apenas un kilómetro de aquellas minúsculas instalaciones aeroportuarias.

El pequeño edificio hotelero de apenas tres plantas de altura, seguramente era el lugar perfecto para descansar esa noche y relajarse un poco después de tantos días seguidos de tensión y sobresaltos. La suite no era excesivamente grande, aunque sencilla, cubría con las expectativas que Roger buscaba, dividida en dos estancias, un salón-comedor con cocina abierta, y una habitación con baño incluido, ideal para pasar esa primera noche allí en aquellas tierras norteamericanas.

Siempre que viajaba a los Estados Unidos, recordando la gran cantidad de congresos y eventos a los cuales había asistido en el pasado bajo su condición de cardiólogo de prestigio internacional, le sorprendía el enorme tamaño de las camas *King Size*, perfectas para sumirse en el sueño profundo y deseado. Así que, después de una buena y larga ducha con agua caliente, se sirvió un vaso de *Jack Daniel's* del mueble-bar, encendió el televisor, y mientras iba saboreando aquel líquido dorado, sorbo a sorbo, entre programas de venta nocturnos, repeticiones continuadas de las noticias del día, paulatinamente le fue entrando un profundo y relajado cansancio, cayendo finalmente sumido en un sueño largo y tranquilo como hacía semanas o incluso meses que no tenía.

Está claro que, por las mañanas, con la luz del sol, se ven las cosas de diferente manera, y ese día no era distinto, aunque el jet-lag hacía aún mella en su cuerpo y en su mente, una vez Roger dejó aquella habitación, procedió a coger un taxi que lo llevó hasta la ciudad de Charlottesville. Un trayecto de apenas veinte minutos hasta el número doscientos de la *Jeanette Lancaster Way*, sede de la DEPS, lugar donde supuestamente se encuentra el despacho del doctor Frank Marshield, personaje que, después de tanto tiempo, por fin iba a conocer.

La DEPS estaba situada en un complejo adscrito a la *School of Medicine*, en un edificio de dos plantas redondo y acristalado junto a otro más cuadrado que alternaba en su fachada el ladrillo visto rojizo con revestimientos modernos de vidrio. Toda aquella zona universitaria intercambiaba los diferentes edificios con grandes espacios verdes provistos de abundante vegetación, evidentemente, se encontraba ante un lugar muy agradable a la vista y que invitaba a una relajada observación de dicho entorno.

Roger, permaneció inerte durante unos minutos, quieto, sin apenas moverse, con su cara enfocada hacia aquel sol radiante, respirando el profundo perfume de las flores y de los árboles que estaban por todos los rincones de aquel lugar y que llenaba completamente sus pulmones, cogiendo un poco de aire y mucho de la energía que tanto necesitaba en esos complicados momentos, respirando profundamente antes de entrar por aquella puerta en busca del famoso doctor experto y. eminencia mundial en el estudio de las ECM.

Cuando atravesó aquel umbral, justo delante de él, había un pequeño mostrador con un portero uniformado, y allí mismo, en la misma recepción, un hombre de unos cincuenta y tantos años, con la cabeza completamente afeitada, seguramente para ocultar su gran alopecia existente, de estatura mediana, con gafas de pasta, bastante delgado, vestido con una camisa y corbata azul, se acercó hacía el cardiólogo catalán para preguntarle.

– Mister Gilabert? I was waiting for you.

Roger se sorprendió que hubiera alguien allí que supiera su nombre, y que lo estuviera esperando en aquel mismo edificio, extrañamente él no le había dicho ni informado absolutamente a nadie de donde se encontraba, absolutamente a nadie, y allí alguien le aguardaba.

– Disculpe, ¿Quién es usted?, y… ¿cómo sabe mi nombre?

– Soy Marshield, Frank Marshield, *nice to meet you Mister Gilabert*, bienvenido a la DEPS. Sin duda, por su cara de sorpresa, veo que Joan le conocía mejor de lo que usted cree. Anteayer de madrugada, cuando me envió toda la información sobre las pruebas realizadas por ustedes, me comentó que era necesario e imprescindible que se desplazara hasta aquí para poder continuar con los ensayos. Según me comentó, en Barcelona ya no era posible conseguir avanzar sin levantar sospechas en el hospital y sin peligro, como finalmente así ha sido desgraciadamente. Siento mucho la pérdida de Joan, era un gran médico y persona, lo siento de verdad. –mientras iba hablando, Roger lo iba siguiendo justo unos pocos pasos detrás de él por aquellos largos pasillos con inacabables puertas a cada lado – Sígame por favor, venga por aquí, seguro que tiene muchas preguntas ahora mismo en su cabeza, si le parece bien, vayamos paso a paso antes de responder alguna de ellas.

– ¿Quién ha asesinado a Joan? – Roger contrariamente desoyendo las palabras que le acababa de adelantar el doctor Marshield, como si no lo hubiera escuchado en absoluto. – ¿quién está detrás de todo?

– Como le he dicho, intentaremos responder a todas sus dudas, pero a su debido tiempo, solo le puedo adelantar que delante de todo esto, está todo el mundo y nadie, ya me entenderá cuando se lo explique con más detalle. – aquella poca concreción no ayudó precisamente a paliar su curiosidad y menos su escasa paciencia en ese momento crucial de su viaje y de su vida.

– No juegue conmigo por favor, Marshield, sea claro, se lo repito, ¿quién está detrás de la muerte de Joan?

– La verdad es que estamos muy sorprendidos de los hallazgos que han conseguido con sus pruebas, sin duda, han llegado más lejos de lo que nadie hasta ahora había llegado, que sepamos. –cambiando de tercio y mientras ambos iban subiendo por unas escaleras que conducían a las plantas superiores de aquel complejo –Tenga paciencia por favor, por supuesto le diré quién o quiénes creemos que asesinaron a Joan Esteve, pero para estar seguros primero debemos conocer todo, absolutamente todo, sobre el ensayo 128, más allá de la documentación que tenemos sobre el mismo. Por favor, necesitamos conocer los detalles por pequeños que parezcan sobre su viaje al otro lado, son sumamente importantes, créalo, y sobretodo cruciales.

Finalmente llegaron a una sala diáfana donde se encontraban numerosas personas trabajando delante de sus ordenadores, no era diferente de cualquier oficina de las que hoy en día uno se puede encontrar en cualquier lugar del mundo. Una vez allí atravesaron aquellos pasillos hasta una sala que parecía ser un despacho, justo en la puerta un cartel anunciaba: *PhD Frank Marshield*.

– Siéntese por favor, y sea bienvenido. Siento mucho lo que le ha sucedido a Joan, al saberlo mandamos rápidamente a alguien a Barcelona para contactar con usted, pero ya se había marchado. –Marshield era una persona tranquila a la hora de expresarse, su entonación no variaba en ningún momento, y aunque a Roger le costaba entender al cien por cien todo lo que le decía debido a su inglés norteamericano cerrado, el ritmo y el tono ayudaban enormemente a su entendimiento mutuo.

– Entonces Joan tenía razón, yo también soy un objetivo para los que le asesinaron, ¿verdad?

– Estimado Roger, todos los que nos dedicamos a investigar y avanzar en las experiencias más allá de la muerte somos objetivos. Piense que estamos buscando una verdad muy incómoda, que de existir y de poderse comprobar acabaría con gran parte de los cimientos del mundo moderno y sobre los cuales diferentes estados, organizaciones religiosas, lobbies y grandes corporaciones se han asentado a lo largo de la historia. Como podrá entender, todos estos, no están dispuestos a que nada pueda cambiar, con todas las consecuencias que conlleva, más allá de cualquier límite ético o moral. En definitiva, sí querido Roger, usted también es un objetivo para toda esta gente.

Capítulo 49 EL PARLAMENTO

Aquel cálido invierno australiano atrajo a más de seis mil personas de todo el mundo, la presencia de múltiples líderes religiosos, eruditos, teólogos, y fervientes seguidores, representaban a más de doscientas creencias religiosas distintas de las existentes en el planeta, y que se habían concentrado para celebrar en aquellos primeros días de diciembre del 2.009 en Melbourne un nuevo Consejo del *Parlamento Mundial de Religiones*.

Dicho magnífico evento se viene produciendo desde su inauguración en el ya lejano año 1.893, donde en la ciudad de Chicago, se reunieron en un mismo lugar por primera vez en la historia de la humanidad, todos los representantes de las religiones más mayoritarias del mundo. Desde entonces, cada cierto tiempo, se han ido sucediendo dichos eventos mundiales en diferentes fechas y en diferentes partes del mundo, como Barcelona en el 2.004, o Toronto en el 2.018, entre otros… intentando cada vez contribuir a un mejor entendimiento mundial entre las diferentes comunidades religiosas existentes en la humanidad.

Personas dispares de todas las razas, ataviados con vestimentas de toda índole, mezcolanza de culturas, religiones y pensamientos. Todos juntos durante una semana de diciembre en aquella ciudad australiana, buscando la manera de entenderse, de cooperar, de comprenderse y respetarse mutuamente, escuchando los diversos discursos del Consejo, participando en los diferentes paneles que se llevaron a cabo. Por ejemplo el del Diálogo Interreligioso e Intercultural, donde una coalición patrocinada por la ONU buscaba la cooperación entre religiones para la búsqueda uniforme de la paz mundial, además de otros actos de difusión cultural y religiosa organizados para aquellos días.

Mientras tanto, en el pabellón central…

– Recordemos todos juntos las sabias palabras de *Bahá'u'lláh*, y que nunca debemos perder de vista ni mucho menos olvidar: "Todos nosotros somos los frutos de un solo árbol y las hojas de una sola rama…". – El Papa Rodrigo I abrió aquel consejo con unos versos de la Fe Bahà'í, que por antagónicos que pudieran parecer ante el más ferviente cristianismo conservador, sonaban como una fuerte declaración de intenciones encaminada a estrechar los lazos entre todas las religiones allí presentes, estableciéndose como el principio fundamental para aquellas jornadas mundiales y que tenían por delante siete días de debates, siete días de búsqueda de respetos y de consensos globales.

Aquellas palabras provocaron un unánime, potente y multitudinario aplauso por todos los allí presentes, el cual se abrió camino a través de aquel enorme pabellón, habilitado para ese día y los siguientes, como foco y sede central de aquel evento de suma importancia para el orden futuro del planeta.

– Todas las religiones comparten el mismo anhelo de paz… –las palabras de Ibrahim Ramey, el director de la *Fundación Libertad de la Sociedad Musulmana de los Estados Unidos*, cogían una mayor relevancia después de los innumerables actos bélicos que en todo el mundo se iban repitiendo, entre personas de diferentes credos y religiones, y que llevaban inexorablemente al mundo hacia una catástrofe donde la proliferación de conflictos parecía no tener fin.

Mientras se desarrollaba con suma tranquilidad aquel consejo, en una sala adyacente al plenario, una reunión secreta de unas pocas personas, debatían aspectos muy diferentes a los planteados en aquel elenco global de voluntades y de creencias.

– Hemos detectado que algunos miembros del equipo de Marshield han reactivado sus pruebas en sus lugares de origen coordinados desde la distancia por él. – inició Ibrahim Moussa, cogiendo la batuta de aquel grupo organizado al margen del pabellón central y representante de los *Hashshashin*, grupo radical minoritario en el islam, de corriente chiita, al cual se le atribuyen asesinatos a políticos y militares a lo largo de la historia. – No podemos permitir que vuelvan nuevamente a avanzar en sus estudios, debemos actuar.

– ¿Y qué propones? ¿qué debemos hacer? –Eugenio Silva González, miembro destacado de *El Yunque* aportó a continuación su visión al respecto –Quizá ha llegado el momento de acabar con los infieles que quieren destruir nuestro mundo, nuestro orden mundial establecido, controlado, conocido y tutelado por todos nosotros desde tiempos ancestrales.

El Yunque, organización secreta ultracatólica, de origen mexicano pero de ámbito internacional, que fundamenta sus principios en la defensa a ultranza de la religión católica y de la lucha contra Satanás, y a la que se le atribuyen actos considerados ilícitos y violentos bajo el objetivo prioritario, según sus propias palabras, de instaurar el reino de Cristo ante una sociedad mundial cada vez más anticatólica, comunista, pro-semita, y liberal.

– Debemos evitar que la humanidad avance en el conocimiento real de lo que implica la muerte, más allá de lo espiritual, debemos conservar el mundo tal y como es, es nuestra obligación, es nuestro deber. Así que, enviemos a algunos miembros de las *Brigadas de la Fe* para acabar con los herejes, ellos se encargarán de todo. ¿Te ocupas tú Ibrahim? –Aquel personaje siniestro parecía coordinar todo aquel grupo de personas que estaban manteniendo su propio Consejo en paralelo al que se estaba produciendo en el pabellón central. Sin duda, se estaba tejiendo un poder alternativo y totalmente alejado al que había reunido a tanta gente en aquella ciudad australiana, un poder multirreligioso en la sombra con el objetivo primordial de mantener el estatus, de cambiarlo todo para no cambiar nada.

Todos los miembros allí presentes asintieron y confirmaron las palabras de aquel líder e instigador religioso, el cual iba vestido completamente de negro con una capucha que le ocultaba el rostro, y colgado de su cuello un extraño distintivo dorado, donde destacaba una enorme media luna, en el centro de la cual una estrella de seis puntas, en medio de dicha estrella de oro macizo, insertada una cruz, y a la izquierda de la media luna, escrito un emblema con letras orientales, ORDO MUNDUM.

Todos los presentes en aquella sala se levantaron de sus asientos para dirigirse al centro de la estancia, formando un círculo entre todos ellos. A continuación, se cogieron mutuamente de sus manos, y justo en ese momento aquel extraño individuo de capucha negra comenzó una especie de oración…

ORDO MUNDUM

…de pronto, todos y cada uno de ellos empezaron a repetir la misma palabra a modo de plegaria…una y otra vez…de manera cíclica y continua.

ORDO MUNDUM, ORDO MUNDUM, ORDO MUNDUM…

Capítulo 50 NUEVO PUNTO DE PARTIDA

Una vez Roger finalizó el relato de su experiencia cercana a la muerte, Frank Marshield que hasta ese momento había permanecido completamente en silencio, añadió:

– Querido Roger, con su experiencia personal en primera persona y con los datos aportados de sus ensayos en Barcelona, podemos decir que nos encontramos ante un nuevo punto de partida, delante de un antes y un después de lo que hasta ahora sabíamos sobre el proceso mortal. – Sacándose las gafas con una mano, mientras con la otra se masajeaba su despejado entrecejo.

– Si conseguimos finalmente alcanzar el otro lado, ¿sabe qué significaría esto Roger?, todo en lo que como humanos hemos creído desde tiempos ancestrales, todo por lo que hemos luchado, todo por lo que hemos matado, todo por lo que hemos creído, se desmoronaría como un castillo de naipes. Precisamente por eso quieren acabar con nosotros, y ahora estoy más convencido que nunca, no pararán hasta conseguirlo.

– Doctor Marshield, ya que lo comenta. ¿Piensa decirme quien está detrás de la muerte de Joan y de la desaparición de Mathilda? –quizá había ya llegado el momento de aclarar qué o quién no pararía hasta conseguir acabar con todos ellos.

– Lo que puedo decirle es que sabemos que hace siglos se creó una especie de organización interreligiosa oculta y secreta, más allá de los dominios de los líderes religiosos, y que nació con un solo fin, defender las religiones existentes ante cualquier intento de modernidad. Repartiéndose el mundo conocido, poniendo y quitando líderes a su antojo, y formada por los miembros más conservadores y radicales de las principales creencias del planeta, se hacen llamar los *Ordo Mundum*, o también conocidos como los *Protectores del Orden Mundial*.

– ¿Una secta? –añadió Roger extrañado.

– No bien… bien. Estaríamos hablando de un verdadero gobierno mundial en la sombra que con los años ha ido a menos, la modernidad, la democracia, y los nuevos tiempos, fueron relegando a esta organización que cada vez fue perdiendo más poder. Pero la pérdida de influencia la han ido contrarrestando con mayor ambición y violencia para conseguir sus objetivos, así que crearon un ejército religioso clandestino al cual llaman las Brigadas de la Fe, formado por los miembros más fieles, sirvientes y sanguinarios de los principales grupos ultrarreligiosos más radicales del planeta.

– ¿Grupos ultrarreligiosos radicales? –su curiosidad iba cada vez a más.

– Supongo que nunca ha oído hablar de El Yunque dentro del catolicismo, *Lev Tahor*, más conocidos como "los Talibanes Judíos", *Aum Shinrikyo* en Japón, los Hashshashins en el mundo islámico…, hay infinidad de grupos creados a lo largo de la historia que han pretendido defender a ultranza, por encima de la moral y la ética, los valores más integristas y conservadores de sus creencias religiosas. ¿Y cuál es la base común y el fundamento de cualquier creencia religiosa? –Marshield utilizaba hábilmente sus virtudes didácticas como profesor universitario, con el objetivo que Roger encontrara por si mismo las respuestas ante las preguntas planteadas.

– El mundo espiritual, la creencia en la eternidad, los valores de los dioses que son eternos, en definitiva, la existencia o no de un más allá, de una dimensión divina y eterna, a imagen y semejanza de sus profetas. – Roger había encontrado finalmente, inducido por el doctor Marshield, el motivo por el cual lo que estaban haciendo entrañaba un enorme peligro que se había llevado por delante a su amigo Joan.

– Para ellos, nosotros somos su principal amenaza, Joan, Sheffield y Hahnekoch, han sucumbido a esos malnacidos, pero nosotros seguiremos lo que ellos empezaron. –era extraño ver como aquel experto científico no podía evitar que algunas lágrimas fluyeran de su rostro, recordando a sus compañeros ya desaparecidos, mostrando cierta rabia y frustración por sus pérdidas.

– ¿Hahnekoch también?, ¿no estaba en una prisión norteamericana encerrado? – La sorpresa sobre el fallecimiento del alemán le cogió completamente fuera de juego.

- Hace dos meses se lo encontraron colgado con unas sábanas en su celda, nadie vio nada, nadie escuchó nada, así que archivaron el caso como suicidio. Y sabemos que no fue así, ¿verdad?

- Doctor, esto nos reafirma que debemos reanudar los ensayos, debemos demostrar al mundo que la muerte, tal y como nos han hecho creer, no existe. Piense en lo siguiente, ¿cómo se sentiría un asesino si supiera que no ha acabado con la vida de su víctima y que se la va a encontrar nuevamente más tarde o más temprano? Incluso poder viajar al otro lado para saber quién ha cometido un delito y que no quede impune, o por ejemplo, ¿qué sentido tendrían las guerras?, ¿para qué matar?, ¿para qué tener más poder o más riqueza usando los instintos más básicos y viles?. En esta nueva realidad la medicina se centraría en curar, mitigar el sufrimiento y el dolor mientras nos preparamos para un viaje sin miedo, sin ir a contrarreloj, sin pena ni culpa. Piense que todo, absolutamente todo tendría un nuevo y mejor sentido, donde la violencia y la muerte quedarían definitivamente relegadas y sustituidas por el conocimiento, la inteligencia, la humanidad y las emociones. Además, si el hombre pudiera saber que sus seres queridos y amados no han desaparecido, que los puede volver a ver cuándo desee, que Laia y Ona están allí, esperando que las visite, y que puedo tener nuevas vivencias y experiencias con ellas en otro plano, en otro lugar, hasta que me toque reunirme definitivamente en su misma dimensión, entonces habrá esperanza para mi, esperanza para todos, y… ¿dónde quedará la religión?, ¿dónde quedará el sufrimiento de la pérdida, del sacrificio, y de la oración?

Aquellos dos hombres permanecieron en absoluto silencio durante unos instantes, sus pensamientos iban mucho más allá de todo lo que hasta ese momento se habían podido plantear, se encontraban, de manera evidente, ante la quimera más grande a la que la humanidad nunca se había enfrentado. Una quimera que había encauzado el nacimiento de las religiones y creencias más potentes a lo largo de la historia, el nacimiento de la concepción de la humanidad conocida hasta ese momento y a lo largo de decenas de siglos de existencia.

Ante esa situación, aquellos dos hombres de ciencia, les estaba provocando un cierto vértigo, acompañado de una intensa ilusión por la misión que tenían por delante y que por fin aparecía con la más absoluta claridad y transparencia, marcándoles a partir de ahora su camino y ciclo vital, y por qué no decirlo, mortal también.

– Está claro que debemos proseguir con los ensayos en seguida, aunque fue un acierto aprovechar el método ruso mediante el uso de hielo para prolongar los viajes al otro lado, si los podemos llamar así, tenemos que encontrar la manera de que el proceso no sea limitado en el tiempo. Debemos poder ir y volver tantas veces como queramos sin daño cerebral y celular, saber qué hay más allá de la otra dimensión, conocer la finalidad de todo esto, y, sobre todo, poder probar y documentar ante el mundo y ante los líderes mundiales que la muerte, tal y como la conocíamos hasta ahora, nunca ha existido. – Frank Marshield ahora tenía el compromiso de poder reunir de nuevo a un equipo encargado de reiniciar de forma inmediata los ensayos, pero a diferencia de la vez anterior, debía estar escondido y oculto en un mismo lugar. Ahora ya sabían de la existencia de un peligroso enemigo, y para ello pensó que el mejor sitio eran sin duda las instalaciones de la DEPS.

– Roger, si me permite, le aconsejo que no salga del recinto, ahora mismo es la única ubicación donde puedo garantizarle su seguridad. Le llevaré hasta una pequeña estancia que tengo habilitada para mi cuando, por trabajo, debo quedarme aquí, se instalará de momento usted allí y no saldrá hasta que yo mismo le venga a buscar.

Capítulo 51 SEGURO INSEGURO

Aquí estoy, en esta pequeña habitación en la que me encuentro instalado, después de seguir las indicaciones de Frank Marshield, la verdad es que más que un refugio parece el *zulo* de un secuestrado, y me pregunto sinceramente como una persona como el eminente doctor puede acomodarse, según él, en jornadas de mucho trabajo, en este "cuchitril" sin lujos de ningún tipo. No obstante, al menos, en esta lúgubre habitación el silencio es total, y esto me ayuda a tranquilizarme, me siento, quizás aparentemente, en un espacio que al menos me parece que está totalmente resguardado de extraños.

Justo en un instante alguien llama a la puerta, se abre y Marshield aparece nuevamente…

– *Mister Roger, come with me please, now.*

– Pero ¿adónde vamos ahora?, llevo horas aquí encerrado en este lugar y tenemos que seguir con los ensayos, no tenemos más tiempo que perder… al menos yo ya no tengo más tiempo que perder, mi mujer, mi hija, y Joan me están esperando.

– Precisamente a eso vamos mi querido amigo, debemos estudiar la manera de avanzar en la experiencia más allá de la muerte, para ello primero quiero que conozca a las personas que nos van a ayudar en esta misión, gente de mi total confianza, gente que daría la vida por este proyecto, y si fuera necesario por mí.

Mientras subimos unas escaleras hacia un distribuidor muy grande, Marshield me va explicando los siguientes pasos que según él debemos acometer y que me dejan estupefacto…

– Tenemos claro hasta ahora que el éxito de nuestra misión debe pasar por conservar el cuerpo el mayor tiempo posible sin daños, sin muerte celular, y para ello el tratamiento del frío es fundamental. – mientras, acercaba una tarjeta acreditativa a un sensor que permitía el acceso a un nuevo pasillo– ¿qué piensa de la *criogenización*, Roger?

– ¿Walt Disney? – dije de forma totalmente irónica – ¿me lo está usted diciendo en serio? Estamos aún muy lejos de conseguir conservar el cuerpo humano eternamente y sin daños, y además el coste económico de esta técnica es enorme.

– La criogenización está avanzando a pasos agigantados, ¿conoce el caso de *Einz*?

– ¿Debería conocerlo doctor? –estoy descolocado y totalmente sorprendido por aquella atrevida proposición que Marshield pretendía introducirme.

– Mire, Einz es la hija de un científico tailandés que cuando tenía dos años le detectaron un agresivo cáncer cerebral que paralizó todo su cuerpo, su familia tomó la decisión de congelarla con el objetivo de que algún día la ciencia fuera capaz de curar su enfermedad y revivirla de nuevo, y así lleva más de cinco años, en un tanque de criogenización, aquí mismo, en los Estados Unidos.

Todo esto que Marshield me explica, resulta del todo inverosímil, parece más propio de una película de género fantástico que de verdadera ciencia, y aunque a estas alturas ya he vivido lo suficiente para comprobar que existen cosas, a priori irreales, las cuales finalmente son tan ciertas como la vida misma, llámale más allá, pseudociencia o mundo paranormal, aún me cuesta asimilar todo esto en mi mente, la cual necesita pasar por un proceso de aceptación o descomprensión neuronal.

– La familia de Einz, está convencida de que, en algún momento, seremos capaces de reparar la materia a nivel molecular, y cuando eso suceda, la *criónica* habrá sido fundamental como proceso vital de preservación del cuerpo de su hijita, dándole una nueva oportunidad para vivir.

– Pero eso es imposible, hoy por hoy, los armarios de hipoxia y las cabinas de criogenización, son métodos que sirven hoy en día, y son efectivamente útiles para conservar los tejidos por un breve período de tiempo, como hicimos en Barcelona con nuestros ensayos, pero no creo que permitan recuperar a Einz para el futuro. –aunque quiero creer, estoy bastante convencido que la tecnología actual aún no está lo suficientemente desarrollada para llevar a cabo con éxito la recuperación de seres enfermos congelados, para ser curados muchos años después.

– Doctor Gilabert, los hombres de ciencia como usted o como yo, decimos que sabemos algo cuando lo sabemos, y, al contrario, si algo no sabemos, decimos que no lo sabemos, pero que no sepamos algo no quiere decir que esto no exista, no sea posible o, no pueda ser real. Y mi obligación como hombre de ciencia, igual que usted, es encontrar la manera de saber, y no de cuestionar porque no lo se.

Después de todo aquel recorrido por las laberínticas instalaciones, finalmente llegamos hasta un área de acceso restringido, donde dos guardias de seguridad vigilaban y acreditaban el acceso de aquel lugar, los cuales, al vernos llegar a Marshield y a mí, procedieron, sin preguntas, sin mediar palabra alguna, a abrir la puerta que daba acceso a su interior...

– Hola a todos, ya estamos aquí, disculpad el retraso.

Marshield se dirige a un grupo de personas que se encuentran en aquel interior, que parece una especie de sala de reuniones, donde observo la presencia de tres personas alrededor de una gran mesa alargada. Dos hombres y una mujer, la cual no le puedo ver la cara, está de espaldas a la puerta de acceso, pero como el resto de los presentes, respondiendo al saludo del doctor Marshield, girándose hacia nosotros...

– Hola Roger, *je suis tellement content de te voir*.

– ¿Mathilda?

Capítulo 52 CONSERVACIÓN REVERSIBLE

Roger estaba totalmente sorprendido por la presencia de Mathilda en aquella sala, quizá era la última persona que se esperaba encontrar, de hecho, hasta ese momento, pensó que incluso también a ella la habían encontrado y habían acabado con su vida, como le pasó fatídicamente a su querido amigo Joan. Por eso, una cierta felicidad se reflejó en la expresión del cardiólogo catalán, no podía ocultar cierta atracción y respeto por la sanitaria francesa, su atractivo, su alta capacidad y su gran profesionalidad suponían un imán para él, imperceptible hasta ahora, pero presente en su consciencia.

– Mathilda, pero ¿cómo?...

– Tranquilo Roger, yo también me alegro mucho de verte, luego te lo explico, gracias a Joan que me salvó la vida sacrificándose él por mi, puedo estar hoy aquí. –guiñándole un ojo de complicidad y ternura compartida.

– ¡Bueno señores!, perdón... y señora, todos vosotros conocéis a nuestro invitado, conocéis su historia, incluso alguna ha formado parte importante de esta... –mirando el doctor Marshield a Mathilda– Doctor Gilabert, de *mademoiselle* Bonpleaur no le diré nada que no conozca ya, así que le iré presentando al resto del equipo, si le parece bien, por supuesto.

– Será un placer, aunque veo que ya me conocen, permítanme que me presente, soy Roger, Roger Gilabert, encantado de conocerlos.

– Querido Roger, según nos han ido explicando, sabemos que tu camino ha sido largo y trágico, pero todos los que estamos aquí pondremos todo de nuestra parte para llegar lo más lejos que podamos, tal y como hicimos en su momento Joan y yo, se lo debemos. – se trataba del único superviviente del antiguo equipo de la DEPS, Pierre Domecq, el cual, Roger no pudo reconocer a pesar de haberlo visto en video. Aquel cirujano francés, eminencia mundial en el tratamiento de aneurismas cerebrales, en el año en el que se registraron aquellas imágenes era aún una persona bastante joven, pero después del paso de los años, más de catorce, ahora se encontraba ante un Domecq diferente, mucho más delgado, con

ya muy poco pelo, y muy demacrado con su cara increíblemente imberbe, pero en cambio llena de arrugas y con unas ojeras muy pronunciadas.
– Estimado doctor Gilabert, permita que ahora me presente yo, soy Pierre Domecq, y estuve con Joan Esteve en el equipo de la DEPS del 2.005.

Roger se sorprendió mucho al saber que él aún continuaba vivo, lo cierto es que el Doctor Marshield le habló del presunto suicidio de Hahnekoch, y dio por hecho que con Joan y Sheffield ya no quedaba nadie más vivo de aquel equipo original, pero Pierre Domecq allí estaba, dispuesto a volver a intentarlo de nuevo, muchos años después.

– Bueno, ya conoce a Mathilda y a Pierre, Steve, ahora vas tú…

– *Good Morning sir*, Gilabert, un placer conocerle, soy Steve Cape, el Doctor Cape, soy cirujano cardiovascular como usted, doctor en Medicina y Cirugía por la *Harvard's University*, aparte dicen de mi que soy uno de los mejores expertos en la ciencia del envejecimiento, en concreto en la criogénica. Entiendo que por eso mi querido amigo Frank me llamó para participar en este interesante y desconocido proyecto.

– ¿Criogénica?, ahora comprendo a qué venían sus comentarios Doctor Marshield. – Roger dirigiéndose al eminente médico americano que hacía de principal anfitrión y que asintió con sus cejas arqueadas ante aquella pregunta retórica.

Una vez todos los allí presentes se presentaron, quedaron aquellas cinco personas que a partir de ahora debían diseñar, planificar, estudiar, y llevar a cabo, la continuación del mayor proyecto sobre las experiencias cercanas más allá de la muerte que ninguno antes había realizado. Un camino que a lo largo de la historia de la humanidad hasta ahora sólo había sido de ida, y donde debían encontrar el modo de que fuera también de vuelta de manera permanente y no solo temporal.

– Como le he ido comentando anteriormente, doctor Gilabert, los ensayos que realizaron en Barcelona es indudable que produjeron unos avances muy interesantes desde todos los puntos de vista. –Marshield delante de una pizarra blanca manchada por los restos de lo que allí se había escrito a lo largo de los años y que al borrarlos permanecían como marcas perennes del pasado, ensuciando el fondo de sombras con múltiples colores y borrones de todos los tamaños. Empezó a escribir en ella. –Ustedes intentaron reproducir el método ruso de congelación del doctor Igor Petrov de Novosibirsk, adaptándolo, usando para ello ingeniosamente un contenedor de obra... –dibujando en la pizarra un cuadrado rallado en su interior.– ...cubierto de hielo y regulando la temperatura con un compresor de aire frío y caliente –del cuadrado salían dos líneas, en una escribió *cold* y en la otra *hot*, hacia otro pequeño cuadrado en el cual escribió, *air conditioned*.

– Interesante sistema para salvar a los peces del acuario… no se si me hace gracia, porque si alguien me lo sugiriera me reiría ante una broma tan pesada por lo mala que a priori me parecería, o porque la ridícula ocurrencia que, como no podía ser de otra manera, les salió finalmente bien porque no sabían que era imposible. Está claro que, a veces, de la imaginación y del ímpetu, puede surgir el efecto deseado de lograr lo que a priori resultaría del todo inalcanzable. –Cape estaba sorprendido, aunque no tanto como los presentes podían imaginar, por el sistema utilizado por Joan, Roger y Mathilda.

– Según los datos que nos facilitó Joan, lograste estar en el otro lado durante unos cuarenta minutos aproximadamente, si sabemos que la tecnología rusa podría alargar el proceso hasta la hora y media, este es el límite del cual sabemos que podemos garantizar un retorno sin secuelas. –Domecq exponía lo que hasta ahora sabían que era posible realizar, mientras él hablaba, el responsable de la DEPS escribió en la pizarra: 40' to 90' *Deadline*.

– Hay una manera que podríamos alargar el proceso mucho más allá, seguramente sin las plenas garantías, pero con un porcentaje razonable de éxito. –Steve Cape aportó su conocimiento para cambiar la perspectiva de todo aquello, tal y como había acordado previamente con Frank Marshield. –sí, no me miréis así… la criogénica. Dejadme que os hable un poco de la criogénica, cuando era apenas un niño, en casa teníamos un acuario con algunos pocos peces de agua dulce, recuerdo como una mañana de sábado, cuando mi hermano y yo nos levantamos, nos dimos cuenta de que, la bomba del aire del acuario, la cual debía aportar el oxígeno necesario para que los peces vivieran, se había roto durante la noche. Levantamos rápidamente a mi padre, el cual, en cuanto observó lo que había acontecido, nos dijo: "HOY NO SALIMOS DE AQUÍ HASTA

QUE SALVEMOS A LOS PECES". Como podéis suponer, la cara de mi hermano y la mía ante aquella situación, era un poema, nos miramos entre nosotros y sólo con los ojos nos dijimos… papá está loco, pero él era el padre de familia, así que no nos quedó más remedio que hacerle caso. Cogimos los peces que estaban flotando, allí sin vida aparente, y los pusimos en un recipiente lleno de agua con hielo. Al reducir la temperatura de sus pequeños cuerpos, se ralentizó el proceso de la muerte, unos minutos más tarde descubrimos sorprendidos que habíamos conseguido revivir a casi la mitad de ellos. Pero hasta aquí no os estoy contando nada que no sepáis ¿verdad?, de hecho, Roger hizo de "pececillo" en Barcelona…

– La cuestión es, ¿debemos continuar con el hielo o existen otros métodos que nosotros desconocemos? –Domecq se cuestionaba hasta qué punto el sistema ruso serviría para avanzar mucho más allá de lo que habían conseguido en Barcelona.

– Cierto, mi querido Pierre, creo que los actuales crioprotectores sirven perfectamente para la conservación duradera del cuerpo humano, pero se muestran muy inestables cuando debemos recurrir a ellos demasiado rápido para hacer reversible el proceso de criogenización. –Cape dibujando en la pizarra una flecha con dos puntas contrapuestas, escribiendo la palabra, *feedback*. –Si aceleramos el proceso según las técnicas actuales, corremos el peligro de deshidratar irremediablemente los tejidos y con ello, el cerebro, al extraer rápidamente toda el agua congelada adherida a las células, podemos provocar una fuerte cristalización del hielo dentro de la estructura celular que dañe irreversiblemente el cuerpo humano, provocando su muerte segura.

– Entiendo Doctor Cape que su presencia aquí es debida a que sabe o cree saber cómo evitar que esto suceda, ¿verdad? –Sin duda Roger estaba en lo cierto.

Cape se dispuso a rotular nuevamente en aquella pizarra, pero esta vez con letras mayúsculas y de gran tamaño, letra a letra, escribió:

E-POLI-L-LISINA CARBOXILADA (COOH-PLL) o PLL

– Como supongo que ninguno de los presentes sabrá de lo que estoy hablando, dejen que les introduzca en el conocimiento de esta maravilla, la PLL. Varios proyectos llevan años trabajando en la investigación de crioprotectores que puedan ser eficaces ante un procedimiento de reanimación vital, casi diría que estamos hablando realmente de una resurrección. Como el proyecto *CRYOSTEM* por ejemplo, en el cual, se probó de añadir, mediante solventes, algunos polímeros sintéticos al hielo, protegiendo y actuando como anticongelante con cierto éxito, o el proyecto *PROTECT*, en el cual, bajo el estudio de la congelación y posterior descongelación de células y tejidos cardíacos observaron que algunos tipos de proteínas que se unen al hielo, podían llegar a prevenir la formación de este. Pero es en Japón donde más han avanzado en el campo de la efectiva preservación del material biológico sin ser dañado, con la PLL, un crioprotector que no provoca ninguna toxicidad sobre las células, el cual atrapa las moléculas de agua e iones, previniendo la formación de cristales de hielo intracelulares, por tanto, contrarrestando el efecto de un posible choque osmótico y el consiguiente daño celular durante la congelación y la posterior descongelación, sin riesgo alguno sobre los tejidos, y conservando la vida del individuo.

– *Monsieur Cape*, ¿seguro que se ha probado y ha funcionado la PLL? –Añadió Mathilda.

– Por supuesto, en ratones sí ha funcionado. –la respuesta de Steve Cape dejó a todos los presentes sumidos en un estricto silencio, ¿cómo un método que sólo se ha probado con animales, bueno, de hecho, con ratones, va a funcionar en humanos?

– Lo entiendo, debo dejar de ser un "pececillo" para convertirme en un ratón, se trata de eso, ¿verdad? Por mí, adelante, ¡Marshield, hagámoslo! –Roger una vez ya estaba allí, en aquel lugar, sabía que su misión era principalmente que su viaje debía continuar, de una manera u otra, y que la única vía posible era, probar lo que nadie antes había intentado, al menos con humanos.

Capítulo 53 INTIMIDAD PRESTADA

Todo lo que ha explicado Cape resulta muy revelador, de hecho, desde que inicié este viaje he asumido que tendré que correr riesgos, sumergirme en hielo ya fue uno de ellos, para poder llegar finalmente a mi destino. Ahora que sé que Laia y Ona están ahí, aunque no las pueda ver desde aquí, allá donde estén estarán preocupadas por mí, pero a la vez ilusionadas con el hecho que pueda visitarlas dentro de poco. Espero que esta vez me pueda quedar con ellas y permanecer mucho más tiempo, tienen tanto que contarme, tengo ganas de saber, de conocer qué nos espera allí, cómo vivimos una vez dejamos nuestra realidad aquí, cómo pensamos, qué hacemos, qué sentimos, cómo queremos y amamos…

"TOC TOC"

Alguien llama a la puerta de esta diminuta habitación. - ¡Adelante!

– *Excusez moi* Roger, espero no molestarte.

– Para nada Mathilda, no sabes cómo me alegro de verte, de estar con alguien conocido.

– Delante del resto no he querido…pero ahora, aquí, solos tú y yo, quería explicarte tranquilamente cómo y porque he llegado hasta aquí, como tú.

– Bueno, ya sabes que yo salí disparado en cuanto vi que habían asesinado a Joan y que los siguientes éramos nosotros. Quizá fuera un poco cobarde, pero no tuve mucho tiempo para pensar en ello, la verdad.

– ¿Cobarde tú?, para nada, un cobarde no haría todo lo que has hecho, ni todo lo que estás dispuesto a intentar, para encontrar y estar con tu familia. Roger, aquella mañana yo estaba con él en el laboratorio, ¿te preguntarás qué hacía allí?, la noche anterior cuando llegué a casa después de tu viaje, me llamó y me dijo que lo estaban siguiendo y que estábamos los tres en peligro. Así que quedamos a la mañana siguiente para destruir todas las pruebas y desmontar aquel laboratorio antes que alguien descubriera lo que habíamos hecho en aquel subterráneo oculto del hospital.

Escuchando estas palabras me sorprenden enormemente y no entiendo como Joan no confió antes en mi para desmontar aquella instalación, recurriendo a ella y poniéndola más aún en peligro, ¿por qué mi querido amigo?, esto era una cosa entre tú y yo, me tocaba a mi estar esa mañana contigo.

– ¿Pero, por qué no me llamasteis?, si hubiera estado con vosotros a lo mejor Joan aún continuaría vivo.

– O estaríamos los tres muertos, piensa que mientras estábamos desmontando el contenedor de obra que usamos como cámara hipotérmica, oímos un ruido por las escaleras que bajaban al sótano. Joan, se asomó con cautela hacía el fondo de la escalera, pero rápidamente volvió a entrar muy nervioso y descentrado, me cogió de la mano y me dijo que saliera inmediatamente de allí sin hacer ruido. Había visto, bajando en silencio las escaleras, al individuo que lo estuvo siguiendo la noche anterior hasta la puerta de su casa. En un principio me negué a salir de allí, pero Joan insistió en qué debía salvarme, que yo era parte también del proyecto, me confesó que había enviado todos los videos, datos y documentos de nuestras pruebas a Marshield y que debía venir aquí a Virginia para continuarlo, pero debes saber que también me dijo que debía venir aquí para cuidarte, le prometí que no me separaría de tu lado.

Mientras ella me va hablando, soy consciente que Mathilda tiene ahora mismo su cara muy cerca de la mía, con esos ojos preciosos y esa mirada, pierdo por un momento el mundo de vista. Se acerca tanto que, abriendo su boca hacia la mía, me besa, un beso profundo, largo, y especial, como hace más de dos años que no sentía ya. Me siento vivo, excitado, y nervioso, no pensaba volver a sentir algo así, pero sin remediarlo, de repente, aparece ante mi mente la imagen de Laia y de Ona… –¡No!, ¡Mathilda lo siento, no puedo!, mi mujer y mi hija son lo más importante para mí, las quiero, y están vivas, lo sé, las he visto, créeme.

– *Pardon moi* Roger, no debería haberlo hecho…aunque lo deseaba tanto, y creo que tú también. Veo que aún no estás preparado, pero esperaré, aunque… ¿estás convencido de lo qué vas a hacer?, ¿quieres decir que no fue todo fruto de una alucinación?, ¿por qué arriesgarte?, vámonos tú y yo a empezar en otro lugar, juntos, por favor, dejemos esto atrás, aún estamos a tiempo.

Se vuelve a acercar para volverme a besar, pero esta vez retiro mi cara hacia atrás.

– Mathilda, márchate por favor, déjame sólo.

Ella se levanta, mirándome con una lágrima que le cae de su preciosa cara, saliendo de la habitación en silencio. Lo siento, pero yo aún quiero a mi familia, y deseo estar con ellas, no puedo pensar en otra cosa, aunque sin querer haya hecho daño a una persona que, en otro momento, en otro lugar, me podría haber llegado a enamorar cómo hace años lo hice de Laia, ¿quién sabe entonces qué hubiera realmente sucedido con mi vida?

Capítulo 54 FALLECER, REGRESAR, Y ENTENDER

La *IANDS, International Association for Near Death Studies, en Seattle,* había organizado para aquel día, una de las largas y numerosas charlas con testimonios que en primera persona narraban sus propias experiencias cercanas a la muerte. El hecho de ser la asociación internacional más importante a nivel mundial sobre las ECM, normalmente facilitaba el éxito masivo de asistencia a sus convocatorias allá donde estas se hicieran, y aquella jornada, por supuesto, no fue una excepción.

– Algunas veces pienso que me pondrán una camisa de fuerza y me encerrarán por explicar lo que me sucedió. – una mujer de unos cincuenta y pico años estaba en aquella sala de actos explicando su propia experiencia ante el gran número de asistentes, la mayoría de ellos testigos también de experiencias similares – Cuando uno tiene una experiencia de este tipo, asimilar lo que nos ha sucedido hace que sea muy difícil seguir viviendo como si nada hubiera pasado. Yo fallecí, viví la experiencia, regresé y ahora tengo que volver a vivir en el mismo mundo que antes, pero con una perspectiva totalmente diferente. El problema es que la perspectiva de los demás no ha cambiado, sigue siendo la misma, y aquí está el verdadero problema para nosotros, y esto puede llegar a ser un verdadero infierno de incomprensión en nuestra vida, difícil de solucionar.

Eduardo Caniglia llevaba ya varios años colaborando como psiquiatra y psicólogo de apoyo para la IANDS, su rol se había centrado a lo largo de los años en intentar ayudar a personas como la anterior, dando técnicas y herramientas con las que saber cómo compaginar su nueva perspectiva después del regreso del otro lado, delante de un mundo que no había cambiado, produciendo una asincronía que podía provocar verdaderos trastornos psicológicos de difícil curación para cualquier individuo, por muy centrado que este pudiera estar.

Cuando acabó la jornada, ya en su despacho, el psicólogo argentino recibió la visita de una pareja que deseaban hablar con él por los numerosos problemas de relación que estaban teniendo después de la ECM que tuvo ella hace ya algún tiempo. Él no sabía cómo comprenderla, de hecho, no podía, y la relación entre ambos se estaba deteriorando hasta un punto de casi no retorno. La distancia sentimental entre los miembros de la pareja era tal que estaban contemplando un divorcio inminente, no obstante, y como intento final, requirieron la ayuda de alguien como Caniglia, para poder guiarles en esa última tentativa sentimental común.

– De hecho, es muy difícil que usted intente entender una experiencia de este tipo que no ha vivido en sus propias carnes ni en su mente. Yo le aconsejo, como tarea más inmediata, que no intente comprender, lo que debe hacer es apoyar a su mujer aún cuando le parezca imposible hacerlo. –Caniglia se dirigía a aquel hombre de aspecto rudo y desaliñado, con la tez muy oscura, los ojos almendrados que denotaban un cierto origen magrebí, y una barba de tres días desarreglada, el cual quería salvar su matrimonio a toda costa, o eso parecía en un principio.

– Has visto como yo tenía razón, el doctor está en lo cierto, si queremos que nuestro matrimonio no acabe, si no lo queremos tirar todo por la borda, deberemos hacer un esfuerzo los dos, juntos, no sólo yo, como hasta ahora. – aquella mujer joven y delicada, parecía que más que hablar, seducía mediante las palabras con aquel acento tan embriagador.

En el leve instante que el psicólogo argentino se levantó un momento, para coger un dosier de orientación familiar desde un armario situado justo detrás de su mesa, dando por unos segundos la espalda a la pareja, y cuando menos se lo esperaba, notó como de repente algo se le enrollaba con fuerza alrededor de su cuello y desde su espalda empezaba a tensarse cada vez más y más, sin tiempo para reaccionar, con una presión tan grande y desmesurada que en pocos segundos dejó de sentir como ya no llegaba aire a sus pulmones.

La sensación de ahogo era terrible y al pobre médico argentino aquella presión lo estaba matando, lentamente, pero sin pausa, trágicamente, poco a poco iba perdiendo la consciencia, mientras de reojo observó el talante ahora serio de aquella fémina que unos minutos antes había sido tan amable y condescendiente, y ahora en cambio se había convertido en uno de sus crueles verdugos.

Cuando ya estaba todo perdido, cuando ya se había dejado llevar, rindiéndose ante aquella dramática situación, esperando el inevitable final de su vida, la puerta del despacho se abrió, sin avisar, de improviso, y allí estaba ella, la mujer que antes había hablado en público y que había explicado ante cientos de personas su ECM, la cual irrumpió por sorpresa en aquel despacho.

Aquello hizo que, por unos instantes, la pareja de asesinos bajara levemente la guardia, reduciendo así, completamente distraídos, la tensión ejercida sobre la cuerda que apresaba y ahorcaba al médico argentino. Esos segundos de reserva vital fueron aprovechados por él para propinar un enorme codazo en la cara del rudo individuo, derribándolo por completo, mientras su supuesta esposa sacaba una pequeña pistola del bolso para acabar con aquello de manera rápida y sin estridencias.

La señora que lo único que quería era saludar al psicólogo, se vio en medio de aquel conflicto sin desearlo, y asustada, empezó a gritar, momento en el cual, Eduardo Caniglia, aprovechó para saltar por la ventana de su despacho para caer justo encima del tejado de uralita del aparcamiento situado apenas a dos o tres metros por debajo del mismo, eso sí, no sin antes llevarse un buen golpe por la abrupta caída.

Aquella mujer desgraciadamente no tuvo ningún miramiento en asesinar a sangre fría a la inocente señora con un silenciado disparo en la frente, asegurándose que esta vez no volvería nunca más del otro lado. Segundos después, se acercó a la ventana y, desde allí, a pesar de la distancia, intentó disparar a aquel individuo que ya corría cojeando entre los coches allí aparcados, errando el tiro e incrustando la bala en una de las numerosas columnas de aquel aparcamiento, mientras a continuación el hombre rudo saltaba detrás de él en su caza.

Caniglia se escondió lo más rápidamente que pudo entre dos enormes coches que estaban aparcados, agachándose a ras del suelo para poder ver desde la distancia las botas de montaña de aquel asesino que lo perseguía. Poco a poco fue recuperando el aliento, y su respiración se normalizó dentro del nerviosismo que estaba sufriendo, nadie está acostumbrado a vivir una situación así, y el célebre psiquiatra mucho menos.

Pensó que donde estaba escondido no era el mejor lugar para permanecer, y que en pocos segundos sería descubierto sin posibilidad de escapatoria, así que intentó pensar rápido en cómo salir de esa tensa y angustiosa situación. Mientras estaba allí, en el suelo de aquel aparcamiento, lleno de manchas grasientas del aceite de los coches que allí aparcaban normalmente, observó que, a un metro o metro y medio, había una papelera colgada en una de las columnas blancas y rojas del aparcamiento.

Agachado, y casi arrastrándose por el suelo, intentó acercarse a la misma, pero de repente tuvo que detenerse porque vio como las botas de aquel individuo estaban ya muy cerca, demasiado, tanto que, si intentaba avanzar un poco más, sería descubierto al momento.

No obstante, la buena fortuna hizo que en ese momento llegara una enorme ranchera amarilla, la cual inició la maniobra para aparcar en aquella misma planta, de hecho, las luces potentes del vehículo deslumbraron al mismo Caniglia, pero también llamaron la atención de su perseguidor, el cual, se giró hacia dicho vehículo de grandes dimensiones. El argentino observó como las botas habían realizado un giro de ciento ochenta grados enfocadas hacia la ranchera, momento en el que aprovechó para avanzar el metro de distancia hasta la papelera, metiendo la mano en la misma, empezó a palpar con rapidez, y detectó una lata en su interior, la cual agarró para volverse a agachar nuevamente, esta vez entre la columna y otro vehículo aparcado.

Y allí, estaba, apoyado con su espalda en la columna, sentado en el suelo, respirando nervioso, aunque intentando controlar la situación, observando desde cierta distancia a su perseguidor y esperando el momento adecuado para intentar escapar.

La puerta de la ranchera se abrió, bajando un hombre de unos cuarenta años, vestido con tejanos y zapatillas deportivas blancas, el cual se acercó al tosco individuo para preguntarle por la salida peatonal del aparcamiento. El verdugo de Caniglia con impaciencia le indicó por donde debía salir, señalando con un gesto con su brazo, momento en el cual, el psicólogo lanzó la lata hacia el lado contrario por el que había pensado escapar, el ruido metálico de aquella lata hizo que el asesino corriera hacía donde había caído la misma, alejándose de donde se encontraba su posible víctima escondida.

Aquel psiquiatra de reconocido prestigio corrió todo lo que pudo, sin parar, sin mirar atrás, aunque el cuello le dolía aún demasiado, muy intensamente, donde una marca rojiza atravesaba toda su garganta como testimonio del intento de asesinato que acababa de sufrir, mientras tanto, a unos veinte metros de donde él se encontraba, el hombre desaliñado empezó a correr también, intentando darle alcance, desgraciadamente cada vez la distancia entre ellos era más corta, y se iba acercando más hacía el aún fugado doctor Caniglia, el cual intentaba escapar desesperado…

Capítulo 55 BILLETE DE IDA

Llegó el día de comprobar si todo lo que hasta ahora habían diseñado y planificado era posible llevarlo a cabo, llegó el día de reanudar aquel extraordinario viaje, suspendido temporalmente por el fallecimiento trágico de Joan, y prolongarlo en el tiempo indefinidamente. Por fin podrían demostrarlo y hacer partícipe a todo el mundo de lo que allí iban a descubrir, por fin quizá podría empezar una nueva fase en el estudio científico sobre el proceso que atañe a la muerte, tal y como la conocemos hoy en día.

Cuando llegó Roger al lugar, iba vestido con una simple bata sanitaria propia de los pacientes hospitalarios, de color verde. Para realizar el proceso de criogenización debía ir prácticamente sin ropa, solo vestido con un simple calzoncillo debajo de la bata, de tipo sanitario quirúrgico y que funciona como bioprotector, el cual está preparado para proteger al paciente actuando como barrera bacteriana y viral, ante posibles efectos nocivos por contaminación ambiental, ya que siempre existe un cierto riesgo de contaminación en cualquier ambiente clínico y este debe permanecer en todo momento aséptico.

A diferencia de la otra vez que consiguió viajar al otro lado, en esta ocasión, todo parecía mucho más preparado, mucho más controlado, en aquella sala de criogenización se encontraban Steve Cape, Pierre Domecq, Frank Marshield y Mathilda Bonpleaur. Todos ellos vestidos con sus correspondientes uniformes quirúrgicos, todos ellos tapados de pies a cabeza con sus sendos gorros, batas, guantes y mascarillas, y todos ellos situados en posición y preparados para iniciar el proceso.

La cámara de criogenización estaba en medio de la sala, pero a diferencia de la que construyeron artesanalmente en Barcelona, en esta ocasión, se encontraba en una posición totalmente vertical y sujeta por un eje basculador. Según habían comentado en la planificación días antes, una vez introducido el paciente horizontalmente dentro de la misma, esta debe girarse con el objetivo que el cuerpo permanezca definitivamente con su cabeza hacia abajo, y por tanto los pies apuntando hacia arriba, con el fin de evitar una descongelación imprevista, protegiendo así las partes del cuerpo más importantes, la cabeza y el cerebro, ya que en caso de producirse, empezaría siempre por su parte superior e iría descendiendo paulatinamente.

En este sentido, y como mal menor, lo que siempre se busca, es proteger el cerebro, mantenerlo congelado, para preservar la vida del paciente en caso de fracaso en su retorno, y quizá en un futuro poder reanimarlo, protegiendo así sus vivencias, sus recuerdos, y su personalidad. Sin estas características propias del humano, este no habría vuelto realmente, y sería una mala copia del original, sin su auténtica esencia vital.

– Bien Roger, ya no hay vuelta atrás, ¿está usted preparado? –Frank Marshield dirigiría personalmente todo el proceso. En esta ocasión, sentía que todos los años de estudio sobre las ECM, todas sus pruebas, tesis, conferencias, e investigaciones al respecto sobre la existencia real de la otra vida, y el tránsito a la misma, debían coronarse hoy con su participación en activo, en lo que podría suponer el primer viaje controlado de larga duración a lo que hasta ahora se conocía como el más allá. Era el colofón a toda una vida dedicada a su estudio, y sin duda quería ser un protagonista directo.

– No es que esté preparado, es que lo estoy deseando, aunque no puedo evitar cierta sensación de nervios, creo que hoy para bien o para mal viviremos un paso más, quizá definitivo, y lo más importante para mí, podré estar en unas horas con mi familia de nuevo. – los nervios empezaban a hacer mella en Roger, el contrasentido entre volver a experimentar una ECM y que algo pudiera salir mal, le creaba una cierta angustia incontrolable que, sin embargo, activaba la adrenalina de su cuerpo.

– Antes de iniciar quería informarles que acaba de llegar una persona delegada y enviada por nuestros mecenas. Es importante para nosotros ya que gracias a su inversión económica hemos podido preparar a lo largo de estos días la prueba de hoy, él mientras, permanecerá en la sala de observación viendo como transcurre todo. *Welcome mister Lazlo.* – Gregorio Lazlo había sido enviado para observar y certificar todo lo que acontecía sobre aquel proyecto, su deber no era sólo el de informar del éxito o fracaso de todo lo que allí sucediese a partir de ese momento, sino que además estaba allí para proteger la misión, pero por encima de todo, para proteger a Roger Gilabert.

– *Cześć panie* Marshield, –sonando su voz a través del altavoz de la sala– gracias por dejarme estar aquí hoy con ustedes y ser testigo de este gran proyecto. Son ustedes muy valientes, en especial el doctor Gilabert, le deseo un buen viaje y espero verlo de nuevo a su vuelta. –El padre Greghi, intentó demostrar con sus palabras su total apoyo y agradecimiento ante aquella oportunidad de poder ser un testimonio de primera mano ante aquel hito, pensando en cómo le hubiera gustado a su querido amigo Silvano Levi estar allí con él, esperando que donde ahora se encontrara, sin duda lo estaría viendo, compartiendo, y disfrutando con ellos.

– Roger, por favor, estírese aquí, debemos inducir ya la parada cardiorrespiratoria, buen viaje, y espero que nos veamos en unas horas. –Marshield y Roger se dieron la mano cordialmente ante lo que podría ser una despedida definitiva si las cosas no acababan saliendo bien.

A continuación, Mathilda, se acercó inmediatamente, le cogió de la mano a aquel hombre que ya se encontraba postrado en la camilla y preparado para iniciar su particular viaje, bajándose posteriormente la mascarilla besó con dulzura su mejilla, mirándose mutuamente a los ojos, hablándose entre ellos sin mediar palabra alguna. Ella parecía decirle que lo esperaría para, cuando volviera, estar ahí, junto a él, a su lado, tal y como le prometió, a Joan, en su día, tal y como sentía en lo más profundo de su corazón.

– Venga, todos en sus posiciones, vamos a iniciar el viaje, Bonpleaur proceda a inyectar inmediatamente la solución con *Lidocaína.* –Marshield coordinaba todos los pasos necesarios, dando instrucciones a la sanitaria francesa para comenzar con el proceso anestésico sobre aquel viajero.

– El electrocardiograma empieza a descender bruscamente, 85, 84, 83…comenzamos la PCR en el paciente, el *EEG* indica inactividad eléctrica cerebral, sin respuesta pupilar. –Mathilda iba siguiendo con escrupuloso orden y reportando todos los pasos necesarios.

– Debemos comenzar el proceso rápidamente, llevamos cinco minutos desde la parada, hay que evitar que las células cerebrales mueran, debemos sumergir de inmediato el cuerpo en el hielo e inyectarle la solución química que hemos preparado para evitar coágulos y daños en el cerebro. –Pierre Domecq con la ayuda de Cape cogieron aquel cuerpo sin vida y lo introdujeron en una especie de bañera llena de hielo.

Una vez el cuerpo estaba sumergido, procedieron a introducir mediante una bomba extracorpórea toda la solución crioprotectora a base de PLL, la sustancia milagrosa, tal y como la había detallado el doctor Cape.

Mientras, aquel enorme aparato conectado por vía intravenosa en el cuerpo de Roger empezaba a mezclar el innovador fluido crioprotector con su propia sangre para proteger su cuerpo de la cristalización. A la vez controlaban su temperatura corporal, la cual debía llegar al umbral marcado justo por encima del punto de congelación del agua, o sea los 0º Celsius, mientras el nuevo fluido continuaba llegando a todos los vasos sanguíneos y a todo el aparato circulatorio del viajero.

Pero ahora venía la parte más delicada de todo aquel complejo procedimiento, trasladar nuevamente el cuerpo desde el baño de hielo hacia la cámara criogénica. Es en esta parte donde la labor del doctor Steve Cape adquirió suma importancia, como experto en criogenización. Estaba convencido que, si el método había funcionado con éxito en ratones de laboratorio, no tenía porque no hacerlo en humanos, pero debían ser precisos en cómo introducían a aquel ser humano inerte en el interior del habitáculo.

Con sumo cuidado sumergieron el cuerpo en nitrógeno líquido a una temperatura cercana a los -125º Celsius para minimizar la posible formación de hielo, dentro de la cámara de criogenización, la cual una vez sellada giraron verticalmente, permaneciendo allí dentro con toda su actividad biológica completamente detenida.

El objetivo que habían estipulado era que permaneciese en su interior durante seis horas a lo largo de una sesión nocturna, en total sumando el inicio de la parada cardiorrespiratoria, Roger permanecería casi más de ocho horas clínicamente muerto hasta su posterior reanimación.

Mientras tanto, aquel viajero se volvía a encontrar fuera de su cuerpo, levitando en medio del moderno laboratorio, observaba como su cadáver congelado permanecía en la cámara de criogenización, consciente de todo lo que le sucedía, como en su primera experiencia, donde de nuevo un sentimiento de paz y relajación le invadía totalmente, en completo equilibrio entre su mente, su conciencia, y su cuerpo.Aunque no estuviera unido físicamente a él, curiosamente se sentía por primera vez como si fuera un todo, lo físico y lo mental, el alma y el cuerpo, separados pero conectados entre ellos.

Aquella voz que el otro día le hablaba, hoy le susurraba, pero en esta ocasión parecía tener mayor fuerza, parecía no ser tan etérea como en el anterior viaje experimentado, y delante de él poco a poco una forma humana empezó a ser visible ante sus ojos…

Capítulo 56 EL REENCUENTRO

– Roger, ¿qué estás haciendo otra vez aquí?, no es tu momento aún... deberías volver. –Esa voz, me suena, es conocida por mí, nuevamente la escucho en mi interior, aunque sin embargo en esta ocasión hay algo diferente, distinto, tengo la extraña sensación de no estar solo, percibo una presencia, la noto, está aquí conmigo, me acompaña, justo a mi lado...

– ¿Iaia?, ¿eres tú? –la veo, es ella, es mi abuela Dolors, no puede ser...está aquí conmigo.

– Roger, el meu nen, ya te dije que no es tu momento de partir, que aún debes hacer muchas cosas en la vida –desde adolescente no la he vuelto a ver, y después de tantos años no recordaba cómo la había echado tanto de menos, como ha sido tan importante en mi vida, gran parte de lo hoy en día soy se lo debo a ella, y ahora está aquí nuevamente conmigo, ¿será real?, ¿estoy soñando?– debes estar tranquilo, Laia y Ona están bien, me han dicho que te diga que están bien, que no te preocupes por ellas...que vuelvas...ellas te esperarán...siempre te esperarán.

– Iaia, ayúdame, debo verlas de nuevo, debo cruzar y llegar al mundo dónde vivís ahora, tengo que saber qué hay al final de todo esto. Necesito poder abrazarlas de nuevo, aunque sea por un momento, para saber que no es un invento de mi mente, de mi cerebro, sino que estáis ahí, que no os habéis marchado, que existe el camino y que se puede ir a través de él.

Mi abuela me mira con aquellos ojos llenos de bondad, me señala el espacio a transitar que aparece ante nosotros, y me coge de la mano, noto su piel y curiosamente no está fría, sin duda esa cálida sensación me tranquiliza. La muerte siempre inspira sensaciones frías y gélidas, en cambio hasta ahora sólo noto calor, templanza y un gran bienestar.

Como sucedió la anterior vez, aquel camino poco a poco se va retorciendo de nuevo, aparecen las escenas de mi vida, convertido ya en un túnel por el cual vamos avanzando, aunque en esta ocasión no presto tanta atención a todos los detalles de las imágenes que aparecen nuevamente a mi alrededor, ya las conozco.

Fijo mi mirada hacía aquel punto lejano del final, ese es mi objetivo, sin dejar de mirarlo, deseo con todas mis fuerzas que al final de todo vuelvan a aparecer mis niñas, mis amores, pero esta vez juro que no voy a retroceder, pienso llegar...

Me voy acercando, el punto ya no es tal, ahora parece una salida, o ¿quizá será una entrada?, llena de luz, llena de energía, la tranquilidad y la falta de miedo me hacen transitar en un estado de puro sosiego.

Estoy aquí, y yo he querido que así sea, y aunque no es todo nuevo para mi, si que siento que esta vez será diferente, espero que mejor, me encuentro cerca de la luz, ya casi puedo ver las siluetas al otro lado...

— Roger, si dejas este camino atrás, si cruzas el límite, seguramente ya no podrás volver, no podrás regresar...

— Iaia, esta vez quizá sí lo pueda conseguir, esta vez a lo mejor podré regresar, aunque cuando llegue el momento no se si querré hacerlo, pero tendré que intentarlo, es mi propio compromiso vital.

Confío que la criogenización será reversible, confío que hará su función, si mi cuerpo no se deteriora del todo quizá mi alma pueda regresar. Si la conexión no se rompe, mientras exista el lazo que une la conciencia con el cuerpo, tendré una oportunidad, pero si esta se interrumpe y mi alma viaja ya sola, aislada y sin vínculo alguno, no podré volver y explicar cómo es realmente esto. Automáticamente pienso que, si eso llega a suceder, me quedaré aquí para siempre con los míos. Aunque pensándolo mejor, tampoco sería un mal final, diría incluso que es un buen principio.

La luz me ciega, estoy muy cerca, tan cerca que me parece ver a Laia y a su lado, cogida de su mano, a mi preciosa princesa, a mi Ona.

El reflejo poderoso de esa energía lumínica cada vez se hace más llevadero, es como si mis ojos, si es que los tengo, se adaptan a este brillante ambiente. Ya estoy muy cerca, empiezo a dejar atrás el túnel, mi abuela me dice al oído...

— Roger, ahora es cosa tuya, yo ya te he guiado hasta aquí, el camino lo debes hacer sólo, se el hombre coherente y justo que fuiste en vida y

todo irá bien... nos volveremos a ver, tú tranquilo, tu iaia siempre estará a tu lado para ayudarte, guiarte, como siempre he hecho, como siempre haré...

Se ha desvanecido, casi que volatilizado, no sin antes besarme en la frente como hacía cuando yo era un crío, y cuando lo ha hecho, me ha transmitido una sensación vital muy fuerte que ha recorrido todo mi ser y que me ha sorprendido tanto.

No me ha parecido que fuera algo inerte, etéreo o sin alma, la energía que me ha trasladado es la de alguien, o algo, que está lleno de amor, y sobretodo lleno de vida.

El final del pasillo ya no es tal, estoy rodeado de mucha luz, es como una enorme bóveda lumínica que irradia energía invadiendo todos los poros de mi alma, ¡Ona viene corriendo hacia mí!

La abrazo, la beso, la siento, la huelo, mi niña, mi amor, mi todo...

– ¡Papi! Te estábamos esperando, no venías y me aburría aquí en casa...

¿En casa?, miro alrededor mío, estoy en mi casa, Laia viene, me besa, me abraza, los tres juntos, fundidos, como si nunca hubiese sucedido nada... allí, en el centro del salón, de nuestro salón...

– Ona, ve a jugar a tu habitación, tengo que hablar un momento con papi. –Laia me coge de la mano y nos sentamos en nuestro sofá de piel clara.

– Roger, amor mío, estamos aquí en casa, nunca nos hemos ido, tú hasta ahora no nos has visto pero sí nos has sentido, porque, aunque nuestros mundos ahora son distintos, ocupan el mismo lugar, el mismo espacio –se me acerca, nuestras bocas están cerca de tocarse, de sentirse, de saborearse, nuevamente...

Justo en el mismo momento, siento sus labios en los míos, pero cuando abro los ojos para observarla de cerca, ya no está, ha desaparecido, de nuevo sólo... ¿Estaré realmente muerto y lo que he vivido es una alucinación provocada por mi cerebro?, no puede ser, las he visto, las he sentido, las he tocado, existen, están vivas, esperando que me reúna con ellas.

¿Porque se han ido?, si estábamos felices juntos de nuevo, ¿será por algo de lo que hemos experimentado esta vez que lo cambia todo?, ¿me habrán criogenizado bien después de fallecer completamente?, sin duda, algo extraño hay en este viaje. He llegado a mi casa, he visto, hablado, tocado, abrazado y besado a mi familia, pero ahora no hay nadie, todo está en silencio, estoy en mi salón y vuelvo a sentirme tristemente en completa soledad, y un poco desesperado.

– ¡Laia!, ¡Ona!, ¿dónde estáis? –nadie responde.

Me dirijo hacia la cocina, está con aquel desorden natural de quien vive en una casa, diferente a estos meses, completamente solo en casa, en los que apenas la he pisado y mucho menos cocinado. Me recuerda esto todas las veces que le decía a Laia que fuera un poco más ordenada, que no dejara las cosas por encima, que lo recogiera todo, sino ¿cómo le íbamos a servir de ejemplo para nuestra niñita?

Veo nuestra nevera, y pienso… ¿aquí también necesitan nevera?, ¿se alimentan y beben o es sólo un concepto imaginativo de nuestra vida anterior?, ¿acaso el alma necesita alimentarse? La abro y veo que en su interior hay de todo como cuando éramos una familia, desde luego allí vive alguien, pero sigue sin haber nadie, todo sigue vacío.

Miro por la ventana y no veo nada raro, no parece que esté en otro lugar que no sea nuestra casa, la calle con sus coches, la gente paseando, ¿estarán muertos o será una ventana a la vida?

Lo curioso es que está todo en silencio, no se oye el deambular de los coches, ni el ruido propio de una gran ciudad como Barcelona, esto sí que es extraño, realmente extraño.

En la habitación de Ona la cama está deshecha, por tanto, parece que ella sigue durmiendo aquí, y en el suelo veo sus juguetes y sus muñecos desperdigados por toda la superficie, abro el armarito de mi niña y allí están, sus vestiditos ordenados por colores, como a ella le gustaba, entonces vuelvo a pensar... ¿aquí se visten?, ¿las almas se visten?

Por fin mi habitación, nuestra habitación, dónde hemos pasado muchos momentos buenos y no tan buenos como pareja, como cualquier pareja, pero que los echo tanto de menos.

El silencio sigue allí presente, igual que en la habitación de Ona observo la cama sin hacer, típico de Laia, en la mesilla derecha, su móvil y un libro encima, el cual leo el título, LA CHICA DEL TREN, es cierto, recuerdo que alguna vez me habló del mismo.

Pero, sigo sin entender, ¿por qué cuando he llegado estaban aquí?, ¿por qué me han recibido?, y ¿por qué ahora no hay nadie?, ¿qué está sucediendo?, a lo mejor no me merezco estar aquí y no podemos elegir cuándo venir o cuándo no, y me lo quieren demostrar de esta manera tan... ¿cruel?

Inesperadamente escucho un ruido que viene del vestidor, me voy acercando a él con suma cautela, abro la puerta de aquel gran armario...

– ¡Shshsh! Cariño no hagas ruido. –y allí dentro estaban Laia y Ona, agachadas, escondidas, pero ¿de quién?, ¿de mí?

– Papi –susurrándome mi preciosa hijita –entra aquí con nosotros, por favor.

– ¿Qué hacéis aquí?, ¿de quien os escondéis?

– Roger, nos hemos tenido que esconder, no estamos solos, has traído a alguien contigo... y presiento que no es bueno.

***

Capítulo 57 LA ESPINA

El padre Greghi aún disponía de un par de horas hasta su cita en casa de su querido amigo el rabino Levi, aunque siempre había sido un fiel servidor de Dios, él tenía su óptica propia e independiente, muy abierta y libre de lo que implica la religión considerada oficial para el ser humano actual. No obstante, esta búsqueda de la verdad moral se vio sin duda alterada y extremadamente confundida en el momento en que junto a Silvano Levi, descubrieron que efectivamente existía otro lado. Otra dimensión, a la que no solo se podía llegar mediante la muerte física del cuerpo, sino que era posible que nos pudieran visitar desde el otro lado, comunicarse con nosotros, en forma de entes, espíritus o simples presencias humanas mundanas, y por supuesto, con las pruebas en su poder, lo podían probar.

Después de aquella época, una vez regresó de su estancia en Israel, Greghi dedicó gran parte de su carrera canónica desde Roma al estudio de las experiencias cercanas a la muerte bajo un prisma o punto de vista católico. Todo lo contrario que su gran amigo Silvano, el cual decidió enterrar para siempre en la memoria aquello que vivieron y experimentaron junto a Alitza y que podía desviarlo peligrosamente de su objetivo principal, que no era otro que convertirse en el gran Rabino que hoy en día efectivamente era.

Mientras meditaba sobre todo lo vivido, Greghi paseaba por aquellas preciosas calles pisanas empedradas donde enormes palacios de color ocre y marfil le hacían recordar el esplendor que en otra época de la historia tuvo la famosa y ya desaparecida *Repubblica Marinara di Pisa,* que gobernó el mar mediterráneo durante siglos, cuna de grandes personajes de la ciencia, el arte, y la historia, como *Galileo Galilei, Nicola Pisano, Enrico Fermi* o *Fibonacci* entre otros, y ahora conocida por la famosa y turística *Torre Pendente* o Torre de Pisa, que concentra y monopoliza la visita de la mayoría de turistas que se desplazan en sus rutas hacia *Firenze* o *Siena*, perdiendo la gran oportunidad de conocer aquella pequeña pero espectacular ciudad toscana bañada por el conocido río *Arno*.

Y allí se encontraba Greghi, paseando por el Lungarno Mediceo en dirección a la *Piazza Garibaldi*, epicentro de la actividad pisana, centro geográfico, comercial, y vital para sus habitantes, cruzando el río a través del *Ponte di Mezzo*, famoso por ser el eje principal y entre otras cosas también, por ser el escenario del conocido *Gioco del Ponte* pisano, donde en la época estival, durante el famoso *Giugno pisano*, traineras terrestres que representan a los distintos barrios de la ciudad, compiten entre ellas empujadas con sus espaldas por equipos de enormes individuos fornidos y que son el reclamo de una identidad republicana marinera ya casi considerada ancestral, aunque auténtica a la par.

Greghi recordó que antes de ir a ver a Silvano, debía visitar sin excusas la famosa *Chiesetta della Spina*, una pequeña joya arquitectónica, una diminuta iglesia gótica de tamaño bolsillo, conocida porque se dice que alberga en su interior una de las espinas de la corona de Cristo, la cual se encuentra en el *Lungarno Gambacorti*, justo encima, sobre la misma riba del Arno. El problema era que siempre permanece cerrada y solo se abría a lo largo de unos pocos meses al año, algún día puntual y durante sólo dos horas, cosa que facilitaba al numeroso grupo de estudiantes universitarios que hay en la ciudad, no incumplir la tradición de no entrar a visitarla mientras se cursan los estudios, con riesgo a no finalizarlos por una supuesta "maldición".

Greghi ya hacía unos cuantos años que finalizó sus estudios eclesiásticos, por tanto, no tenía ningún temor a entrar a visitarla incumpliendo ninguna promesa o tradición. Curiosamente para alguien como él no resultó difícil que le abrieran en exclusiva el pequeño templo, con un par de llamadas, allí estaba toda a su disposición, permaneciendo en su interior mientras oraba delante de aquel altar mayor coronado con figuras atribuidas al mismísimo Andrea Pisano.

Después del paseo, Greghi por fin se encontraba delante de la residencia de su querido amigo Silvano, con los años inevitablemente se habían distanciado, pero siempre les quedó mucho afecto por la experiencia común en Tierra Santa, y por lo que allí vivieron.

– *Ciao* Silvano, me alegro mucho de verte querido amigo.

– *Buonasera Gregorio, entra prego.* Yo también me alegro, son muchos años ya desde la última vez.

– Ibrahim sabe que tienes las pruebas que nos envió Alitza, y nos ha llegado la información que están viniendo a buscarlas. –Gregorio desde hacía ya cierto tiempo, formaba parte de una congregación especial dentro del Vaticano, algo así como una especie de servicio de inteligencia pontificia que velaba por los intereses que venían marcados por el mismo Papa, y por parte de la curia afín a él.

– Ya lo sé, desgraciadamente sabemos que las Brigadas de la Fe no descansan, y hace tiempo que esperaba este momento. –Con sorprendente calma, el rabino expresó a su querido amigo el hecho esperado de estar en peligro por poseer aquel material especial para el devenir religioso mundial.

Cuando se iban a dirigir a las estancias superiores de la residencia, alguien llamó a la puerta, Levi observó, por la mirilla de esta, a una sospechosa pareja que había visto aquel día durante las jornadas hebreas que tuvieron lugar en la ciudad, por lo que procedió a poner en preaviso a su colega.

– Rápido Gregorio, sube por las escaleras, en la segunda habitación a la derecha está mi despacho, allí encontrarás colgado en la pared aquel cuadro que compré en Jerusalén y que tanto te gustaba. –hablando cada vez con mayor velocidad y premura –detrás encontrarás una caja fuerte, el número es el 1-10-9-18-21-1. Dentro de la caja se encuentra el sobre marrón que buscas. Por favor, no vuelvas a bajar, despidámonos aquí, cuando lo tengas huye por el *soppalco*, encontrarás una pequeña salida que te llevará a través de los tejados del palacio.

– Pero Silvano, no pienso dejarte aquí.

– Querido amigo, creo que ya es tarde para mi, no discutas y haz lo que te digo. *Shalom* Gregorio. –abandonando a continuación el vestíbulo y dispuesto a abrir aquella puerta que supondrá el final de la vida del rabino pisano, mientras el padre Greghi procedía tal y como habían acordado.

Sin tiempo que perder, mientras escuchaba el ruido violento del piso inferior, llegó a aquel despacho donde efectivamente un cuadro al óleo de Jerusalén escondía una caja fuerte en su interior.

- 1,10,9,18,21 y 1. Espera… 1 es la posición de la letra A, 10 es la L, I, T, Z, y A, ¡la contraseña es ALITZA!, ese astuto y viejo lobo de Silvano...

Tan rápido como pudo, siguiendo las indicaciones del rabino, el cual se encontraba trágicamente ya sin vida, escapó del palacio sin mirar atrás, escapando de su pasado ya para siempre, y de su querido amigo, entre los tejados de aquella ciudad toscana a lo lejos, iluminados, destacados sobre el resto, la famosa torre con su catedral y el magnífico baptisterio.

Capítulo 58 ÉXITO O FRACASO

El viaje llevaba ya más de tres horas de duración, se estaban acercando a la mitad del proceso, mientras se procedía a grabar las imágenes de todo lo que sucedía en la sala de criogenización, Marshield estaba plenamente convencido que con los datos documentados y registrados por todos los aparatos y sensores distribuidos e instalados tanto en el cuerpo de aquel viajero criogenizado como en la misma cámara, con las imágenes tomadas, los testimonios allí presentes, y por supuesto el retorno, la descongelación y la declaración de Roger, el primer humano criogenizado que vuelve a la vida, debería ser suficientes para preparar todo de cara a hacerlo público a nivel mundial.

El tiempo corría muy lentamente, aún se encontraban en una fase de control y seguimiento, pero debían estar preparados para iniciar el proceso de retorno en unas cuatro horas aproximadamente. Esto les hacía revisar una y otra vez, de forma sistemática, casi obsesiva, todos los indicadores que registraban y monitorizaban el desarrollo del viaje.

Mathilda se encargaba de observar la estabilidad de los niveles del fluido crioprotector, Domecq controlaba que no hubiera posibles pérdidas de nitrógeno en el interior de la cámara, además de comprobar el correcto funcionamiento del motor térmico, mientras Marshield y Cape analizaban desde los ordenadores que todos los indicadores fueran correctamente registrados y se mantuvieran en todo momento bajo los niveles idóneos y esperados.

Al mismo tiempo, en la sala contigua, el padre Gregui observaba desde la distancia y con total serenidad cómo se iban desarrollando los acontecimientos, con toda la tranquilidad que proporcionaba el lugar, el cual, y cuando menos se lo esperaba, se vio alterado súbitamente, ya que desde el fondo del pasillo se escucharon unos gritos que cada vez parecían que se iban acercando hasta allí. Gregui decidió salir al exterior del pasillo para ver qué sucedía, allí estaba Eduardo Caniglia, el psicólogo argentino que había sufrido un intento de asesinato y que parecía haber sobrevivido al mismo.

– ¿Se puede saber quién es usted? –Greghi Lazlo dirigiéndose hacia aquel personaje el cual había irrumpido con sus gritos de improviso, rompiendo el silencio y la tranquilidad de aquel lugar, demostrando estar completamente fuera de si, airado, alterado y sobretodo muy nervioso.

– ¡Rápido, debo avisar a Marshield, estamos en peligro!, sabíamos que vendrían y el momento ha llegado, están aquí, debe saberlo, y es urgente. –Caniglia era conocedor que si no habían podido acabar aún con él lo volverían a intentar, no le permitirían que pudiera seguir vivo, como hicieron con el resto, por eso era importante que se protegieran antes que llegaran a por ellos. – Quieren acabar con el proyecto, debemos estar atentos o lo conseguirán, van a por todas, y nada ni nadie los parará en su objetivo.

Para el padre Greghi esta situación inesperada no le era del todo desconocida, había vivido lo suficiente como para saber que existían sociedades ocultas y personas a sueldo dispuestas a matar porque aquello no tuviera éxito y no saliera nunca a la luz, quedando escondido eternamente como siempre había sucedido a lo largo de la historia.

No obstante, pensó que, en aquel momento, en aquel preciso lugar, se encontraban totalmente seguros de amenazas externas y nada malo podía suceder. El proyecto debía continuar, era la mejor manera de evitar que esos personajes ocultos y siniestros se pudieran salir con la suya. Si aquello tenía éxito sería el fracaso final de sus enemigos, los habrían vencido para siempre más.

– Tranquilo, en cuando finalice la prueba se lo podrá comunicar usted en persona, pero ahora relájese y descanse aquí conmigo mientras le espera, mi nombre es Gregorio Lazlo, el padre Lazlo, ¿y usted es?

Una vez se habían presentado, permanecieron en aquella sala juntos, observando como iba todo el proceso, donde aquellos eminentes médicos y sanitarios, iban siguiendo todos los protocolos como si se tratara de un mecanismo de relojería suiza, siempre perfecto y sincronizado.

Mathilda, empezaba a sentirse incómoda con su cuerpo, después de tantas horas en aquel lugar con aquel equipo de protección tan poco práctico, por unos segundos decidió bajarse la mascarilla sanitaria, sacándose el gorro con la finalidad de secarse el abundante sudor de su cara y

respirar un poco de aire fresco para recolocárselo todo de nuevo a continuación, unos pocos segundos después.

– ¡Es ella!, ¡es ella! –comenzó a gritar Caniglia desde la sala contigua.

Mientras Lazlo lo miraba sorprendido y asustado por la reacción inusitada del argentino.

– ¡Es la mujer extranjera que junto a aquel otro hombre intentaron
asesinarme el otro día en Seattle!, ¡debemos avisarles, rápido! ¡están en
peligro! –sus ojos casi se le salían de sus órbitas ante aquella situación de
clara amenaza. Eduardo Caniglia había reconocido a Mathilda, como su
presunta asesina, la cual allí estaba, dentro de la sala de criogenización
participando peligrosamente como un miembro más del equipo.

Lazslo y Caniglia se dirigieron disparados hacia la sala irrumpiendo
en el lugar sin avisar, Mathilda al ver al psiquiatra argentino no dudó en
arrancar uno de los tubos por donde se regulan los niveles del nitrógeno
líquido para la cámara en la que se encontraba el cuerpo de Roger, estos
empezaron a descender drásticamente de forma trágica, el cuerpo sumergido comenzó a aumentar peligrosamente su temperatura corporal,
si se iniciaba una reanimación forzada del proceso o de la temperatura
interior, no habría nada que hacer por él.

A continuación, sacó una pistola de su bata, apuntando a todos los
presentes, Pierre se abalanzó hacia ella la cual acabó disparando, sin
pensárselo dos veces, en la cabeza y trágicamente matando en el acto a
Pierre Domecq, mientras gritaba…

ORDO MUNDUM, ORDO MUNDUM, ORDO MUNDUM

La situación empezaba a resultar catastrófica, el nitrógeno seguía saliendo sin parar, y Roger corría el riesgo de descongelarse y no poder re-
animarse si no eran capaces de sellar el escape con premura, y reconducir
la situación, pero allí estaba Mathilda, protegiendo la fuga de temperatura con la pistola apuntando al resto.

– *Monsieur* Frank, hoy me vengaré finalmente de lo que le hicisteis
a mi padre, hoy acabaré por fin lo que empecé hace años, poco a poco,

ojo por ojo, diente por diente, Sheffield, Hannecock, Esteve, Domecq, y ahora sólo me quedan usted y el loco argentino. – mientras seguía apuntándoles con su pistola, Frank Marshield estaba completamente desolado ante aquella situación - Sí, efectivamente, soy la hija de Emery Mathieu, su paciente número ciento veintiséis, al que dejaron morir con sus experimentos de lo que ustedes llaman ciencia, y yo le llamo sacrilegio. A lo largo de estos años he ido acabando con todos, uno a uno, y no estoy sola en mi misión como habrán podido comprobar, nosotros, las Brigadas de la Fe, hemos nacido para acabar con los enemigos del mundo establecido, para evitar que nada cambie, para que sigamos viviendo en nuestra hipócrita sociedad que nos hace más vulnerables ante los ojos de Dios, más controlables, como siempre ha sido, como es hoy en día, como siempre será.

Marshield hizo un gesto para acercarse hacia la sanitaria, pero una bala le pasó rozando por la cara, la cual casi lo mata.

– Doctor, no vuelva a intentarlo. Esto se acabará cuando Roger ya no pueda regresar de su viaje, mientras esperaremos, pero como alguien intente algo, le vuelo la cabeza.

El proceso se estaba invirtiendo, esto implicaba que los tejidos en pocos minutos comenzarían a degradarse irremediablemente y ya no se podrían restaurar ni la estructura química ni la molecular, no siendo posible ninguna reanimación, ni cardíaca ni cerebral sobre aquel cuerpo.

Si el cerebro acaba dañándose, nunca se podría ya restaurar la identidad de la persona en el caso muy remoto de supervivencia, y en el mejor de los casos se produciría una amnesia, sin embargo, lo más normal sería el fallecimiento del individuo.

– ¿Mathilda, está segura de lo que está haciendo?, estoy convencido que no estaba fingiendo sus sentimientos hacia Gilabert, lo va a matar y él no tiene ninguna culpa de nada, de hecho, es una víctima y usted lo sabe. –Marshield intentaba convencer a la francesa que no siguiera con aquel atentado – He visto su mirada, y por mucho que no me lo quiera reconocer, eso no se finge.

– Doctor Marshield, si mi vida hubiera sido de otra manera, quizá usted tendría razón, pero nos han entrenado y formado para que el corazón no suplante a mi cabeza ni a mi misión. –Un disparo, por rabia e impotencia, salió hacia el cuerpo del doctor, que, en medio, de aquella bata blanca, comenzó a teñirse rápidamente de rojo, empezó a surgir una gran mancha de sangre que en cuestión de segundos crecía y crecía, cada vez más, hasta teñir completamente aquel trozo de ropa antes impoluta.

Marshield cayó al suelo, aunque trágicamente comprendiendo lo que le estaba pasando, se desangraba, en un par de minutos en aquella estancia habría, si nadie lo evitaba, dos nuevos cadáveres añadidos a la grotesca escena que se estaba viviendo.

– Mathilda, confiábamos en usted… –con la voz débil y ya sin fuerza, mientras se le iba escapando la poca energía vital que ya le quedaba.

La asesina no pudo contener una cierta sonrisa con tono sarcástico ante lo que veía, se sentía plena y realizada, su misión estaba a punto de ser completada, así que se acercó al moribundo Marshield para rematarlo. Mientras tanto, en un momento de descuido por su parte, cuando ya estaba a punto de apretar el gatillo y acabar definitivamente con la vida del eminente doctor, Gregory Lazlo aprovechó para golpear con fuerza la cabeza de la mujer francesa, usando uno de los extintores de seguridad del laboratorio. Mathilda se desplomó hacia el suelo inmediatamente debido al fuerte traumatismo, casi sin enterarse, sin percatarse, con su cuerpo desparramado en el suelo de aquel laboratorio.

Los niveles de nitrógeno líquido habían descendido muy peligrosamente, Steve Cape aprovecho la situación procediendo rápidamente a reinsertar de nuevo el tubo, ajustando las bridas de seguridad, sobre la cámara conservadora, consiguiendo que poco a poco estos se fueran recuperando, debía intentar salvar el cuerpo conservado de su interior.

A su vez, Lazlo y Caniglia fueron rápidamente a socorrer al doctor Marshield el cual estaba grave debido al disparo recibido en su estómago, arrastrando al herido hacía la sala contigua para buscar ayuda urgentemente, había que salvarle la vida como fuese. Desgraciadamente por Pierre Domecq nada se podía hacer ya, pero no podían dejar que el proyecto finalizara en fracaso. Greghi acostumbrado a mil batallas a lo largo de su vida, volvió al laboratorio, decidido a extraer del interior de su personalidad su vertiente más fría y calculadora, por un lado, tapando con una manta el cadáver del médico francés, luego arrastrando el cuerpo de la saboteadora hacia un extremo de la estancia, y a continuación se dispuso a ayudar en lo que pudiera para continuar el proceso.

– Recemos porque el cuerpo de Roger no haya sufrido daños irreversibles –Cape observando las pantallas de datos – aunque no lo parece a priori, sólo estaremos seguros cuando lo intentemos recuperar.

– Mister Cape, usted actúe y dígame cómo puedo ayudarle, que de la plegaria ya me encargo yo. –Lazlo colocándose al lado de la cámara criogénica, sin saber muy bien qué hacer.

Poco a poco fueron recuperando nuevamente el ritmo establecido, después de más de seis horas ya desde que provocaron el paro del corazón del viajero, sin lugar a duda, tiempo que nunca nadie había logrado experimentar, y que conllevaba una mínima posibilidad de recuperar con vida y sin daños aquel cuerpo congelado.

Capítulo 59 OTRA REALIDAD

No entiendo qué quiere decir Laia con esas palabras, la única persona o alma con la que he estado a lo largo del trayecto, ha sido mi iaia, y si hay un alma buena aquí en la eternidad, es sin duda la de ella. No comprendo porque tiene esta expresión de terror en su cara, ni el tono de sus palabras cuando asegura que hay alguien aquí que no es bueno.

En el interior de este vestidor, estamos los tres juntos, esperando que suceda algo, no se bien qué, pero si Laia está en lo cierto, lo mejor es que permanezcamos quietos y en estricto silencio.

Parece que escucho una voz que proviene del salón, Laia me mira confirmando su presentimiento, parece una voz que repite una y otra vez mi nombre...

Roger... Roger... ¿estás ahí?... Roger

– Voy a salir, quedaros aquí. –le doy un beso en la mejilla a Ona y otro a Laia en la boca. –volveré a por vosotras, no pienso perderos de nuevo.

Salgo del vestidor, dejando detrás mi habitación, me dirijo con cautela, a través del pequeño distribuidor que tenemos, hacia el origen de aquella voz, el salón.

Abro la puerta poco a poco, y veo allí en medio, lo que parece ser una figura femenina, en un extremo de la sala bajo la penumbra y no puedo distinguir de quién se trata.

Creo que me escucha llegar o siente mi presencia, aquella figura femenina se gira, y...

– Bonjour Roger, supongo que si estoy aquí es que estoy muerta, como tú. –es Mathilda, pero ¿qué hace aquí?, veo como tiene la bata médica manchada de rojo, y por cómo tiene también su pelo, todo apelmazado, diría que se trata de sangre, pero no soy capaz de observar ninguna herida, origen de esa sangre o golpe alguno.

– Mathilda, pero ¿cómo? ... ¿qué?... ¿qué ha pasado? –si ella está aquí es que ha sucedido algo trágico, quizá yo también he muerto definitivamente, estoy en estado de bloqueo, no sé que decir, no sé qué hacer.

– Roger, siento mucho todo lo que ha pasado, he tenido que matarte, ya no volverás nunca más, ¿mejor para ti no? –observo como deja de mirarme a la cara y dirige su mirada hacia alguien que debe estar justo detrás mío –Hola, ¿debéis ser Laia y Ona verdad?

No me han hecho caso y han salido del vestidor, ahora mismo observo como las ventanas de nuestra casa empiezan a oscurecerse, es como si una fuerte tormenta se acercara, cargada de nubes negras, y mucha agua de lluvia para lanzar con fuerza y violencia.

Mathilda y yo observamos ese cambio radical de luz, con cara de sorpresa, no entendemos qué está sucediendo, no obstante, Laia y Ona parece que están disfrutando de la presencia de esa amenaza que cada vez se encuentra más cerca, todo está más oscuro, más frío, y más siniestro.

– Roger, me gustabas, me gustabas mucho, pero el amor por tu familia te hacía peligroso, muy peligroso para nosotros, las Brigadas de la Fe, y por eso no podía dejarte volver, aunque haya supuesto que yo también haya viajado hasta aquí, con vosotros, y me quede en este más allá para la eternidad, ¿reuniéndome quizá finalmente con mi padre?, espero.

– No te vas a quedar aquí, ni lo pienses por un momento. –Laia con un tono sombrío y contundente –Ya están aquí, vienen a por ti.

Del exterior oscuro, del corazón mismo de aquella fuerte tormenta que todo lo había oscurecido, están emergiendo a través de la ventana del salón, cuatro figuras negras, difuminadas, con forma humana, pero no observo que tengan ningún rasgo que pueda reconocer, dan miedo, parecen entidades fantasmagóricas, están rodeando a Mathilda, la cual las observa con pavor, aterrorizada grita...

– ¡Roger!, ¡no dejes que se me lleven!, s'il vous plaît!

Esos cuatro entes empiezan a girar en torno a ella, cada vez más rápido, arremolinándose a su alrededor, justo en un segundo, uno de ellos de repente se para ante mi, veo como empieza a definirse una cara que me resulta conocida. Es Joan, mi querido amigo, el cual me mira guiñándome un ojo mientras se reincorpora a aquel remolino de nuevo, girando con más y más velocidad, tanto que ya no las distingo, de hecho, ya no veo ni a las figuras ni a la misma Mathilda, la cual ha desaparecido, y aquellas almas siniestras, tal y como entraron a través de la ventana, salieron de nuevo por ella para desaparecer en medio de la tormenta.

De nuevo la luz vuelve a emerger del exterior, el sol, la claridad, y veo allí como mi mujer y mi hija me miran... Laia me dice.

– Amor mío, ella no puede quedarse en este mundo, debe partir, debe purgar por lo que ha hecho en vida, y seguramente deberá reencarnarse de nuevo hasta encontrar la bondad, el amor, el equilibrio y la perfección que nuestras almas necesitan.

– Pero ¿adónde se la han llevado?, ¿y Joan? –le pregunto a mi mujer.

– Joan vive aquí también, pero su deber es llevarse a su asesina hacia otro universo, llámale purgatorio, plano oscuro, dimensión inversa, muchos le llaman infierno, aunque no es ciertamente cómo nos lo explican en nuestra vida terrenal. Realmente se trata de una fase de mejora, de perfeccionamiento del alma, al principio nada agradable, pero si pone de su parte, esa mujer irá evolucionando hacia un plano o dimensión mejor.

– ¿Y aquí?, ¿cómo es este lado del más allá?

– Dame la mano mi amor, venga Ona coge la mano de papi que nos vamos de viaje. –aquí estamos los tres cogidos por nuestras manos, nuestros cuerpos visibles empiezan a moverse, es como si estuviéramos nadando, los pies no tocan el suelo, no caminamos, nos deslizamos a través de las paredes de nuestra casa, estoy completamente alucinado.

– Mi vida, la muerte no es más que el paso entre un plano material, donde el tacto, la vista, el olfato y el gusto, nos marca la percepción de todo lo que sentimos, vemos, olemos y degustamos. Pero aquí, estos sentidos terrenales pasan a un segundo término, se convierten en complementarios, nuestra existencia en este plano paralelo, aunque visualmente

no diverge del que antes llamábamos vida, se basa en un completo equilibrio de los sentidos de la razón, el orden, el amor, la bondad, la sinceridad, la honestidad, la inteligencia, y la cordura. —estamos paseando por las calles de Barcelona, por nuestras calles, llenas de gente como nosotros, que transitan de arriba a abajo, de izquierda a derecha, algunos caminan, otros se deslizan, yo no paro de observar todo con detalle y curiosidad, mientras Laia continúa explicándome —Por esta razón, mientras que en nuestro plano vital es importante todo lo que conlleva enriquecer lo material, comer, beber, tocar, sentir... aquí enriquecemos lo intelectual, completamos nuestra esencia y nuestra alma.

– Pero entonces ¿por qué aquí también hay coches, gente paseando, personas comiendo?...

– Porque como te he dicho antes, todo lo que dices y conoces, deja de ser prioritario para vivir, pero no desaparece, se vuelve complementario ante nuestra principal manera de subsistir, como es la meditación, la música, el juego, el deporte, las matemáticas, la poesía, la economía, el arte, viajar, la cocina... En definitiva, aquí cada uno tiene su propia manera de vivir, tan válida como cualquier otra, mientras sirva para enriquecer y mejorar nuestra alma. Pero, también comemos, bebemos, saboreamos, tocamos, pero con el exclusivo objetivo de complementar nuestro intelecto, nuestra conciencia, lo que realmente somos más allá del cuerpo que nos hacía de coraza en la otra vida, aquí es una simple representación icónica de nosotros mismos que nos ayuda a nuestra transición hasta acabar siendo energía, alma...

Mientras Laia me está hablando, me siento tan feliz, pero tanto, volver a pasear los tres como hacíamos cuando estábamos juntos antes del accidente, volver a sentir sus manos, a oler sus cuerpos, a escuchar sus voces, otra vez la familia junta, de nuevo.

– Pero debes saber una cosa, cariño Ona, ¿se lo cuentas tú a papi?

– ¡Vale!, papi, me voy de viaje a un sitio "chuli" – Ona observa como me cambia la cara, me parece que no me va a gustar lo que me va a decir mi niña. —pero no te preocupes, que en poco tiempo volveré aquí con vosotros.

– ¿Qué quiere decir? –siento cierto enfado por primera vez desde que estoy aquí –¿qué es eso de un viaje?

– Roger, carinyet meu, Ona ha dejado la vida material demasiado pronto, es una niña, y debe completar su perfeccionamiento antes de poder estar aquí. Ona se debe reencarnar, debe volver, vivir, crecer, amar, sentir, experimentar, forma parte de nuestro aprendizaje.

– ¡Pero eso es toda una vida! –por un lado, me siento extremadamente egoísta, mi niña no pudo vivir lo suficiente, y se lo merece, pero yo quiero estar con ella, vivir lo que ella viva, sentir lo que ella sienta, no quiero volver a perderla.

– No te preocupes, de verdad, aquí no existe el tiempo, al menos como lo conocíamos hasta ahora, aquí la percepción será de pocos días, y yo estaré con ella en todo momento, igual que hemos estado contigo siempre, a tu lado. Los dos mundos, los dos planos paralelos, ocupan el mismo lugar, el que ves ahora, desde allí no puedes acceder a este porque nuestras mentes, nuestros cerebros no están suficientemente evolucionados aún, pero nosotros desde aquí sí podemos estar con vosotros, veros, sentiros, y hacer que vosotros notéis que estamos allí de alguna manera, con nuestra presencia, nuestro aroma, nuestro recuerdo, y en algunos casos con nuestra imagen.

Ahora mismo estamos encima del mar, debajo nuestro veo algunos barcos, y al final de todo, la montaña de Montjuich, que preside el frente marítimo de nuestra ciudad, Laia y Ona, me señalan con sus ojos que vamos a bajar, y mis pies tocan el agua del Mediterráneo, lo noto, me moja la pierna, hasta llegar a la arena de la playa, en la Mar Bella, donde esta se adhiere a la tela mojada de mi ropa. Ya casi no noto la diferencia entre cómo era en la vida mal llamada terrenal y como es aquí en la supuesta muerte, las sensaciones que tengo parecen exactamente iguales, no noto mucha diferencia.

– Roger, cuando regreses explica todo lo que has visto, sentido, y experimentado, haz ver al mundo que el más allá no existe, que es toda una evolución, un aprendizaje, y que la conciencia traspasa todos los planos, mejorando cada vez más hasta erradicar los defectos de la humanidad. –me recuerda hablando así, los momentos en los cuales me explicaba las

teorías existentes sobre los trazos casi mágicos de Tàpies en sus innumerables y fantásticos lienzos, con todo el conocimiento, y desde la pura pasión. - Nosotras como ves, estamos aquí, y cuándo quieras vernos ya sabes cómo hacerlo, y cuando quieras sentirnos sólo tienes que pedirlo y allí estaremos, mientras tanto amor mío, completa tu camino, que también es el nuestro, te quiero más que nada en el mundo, del anterior, de este y de los que puedan venir. Estamos unidos para siempre, tu, Ona y yo, y eso nunca va a cambiar, quédate tranquilo. —haciendo una breve pausa. —Ahora amor mío, debemos volver a casa, se acerca la hora del regreso de tu viaje aquí... —nos volvemos a coger los tres de las manos, y sin que pasen tres segundos, nos encontramos nuevamente en el salón de nuestro hogar.

***

Capítulo 60 INFIER(NO)

Mathilda se encontraba flotando en aquel laboratorio, hacía un breve momento que estaba apuntando con la pistola a aquellos individuos, y sin saber cómo ni cuándo, había abandonado su cuerpo, el cual veía allí justo debajo, tirado en medio del suelo de aquella fría sala de criogenización. No deseaba abandonarlo, quería resistirse a lo que le estaba sucediendo, pero atrapada en aquel espacio, inevitablemente comenzó su propio tránsito mortal.

Aquella mujer francesa como le habían explicado en tantas y tantas ocasiones, empezó a atravesar un túnel alargado y oscuro, dónde un punto luminoso al final de todo parecía indicar el final del camino de aquel siniestro lugar en el cual se sentía flotar.

Mientras avanzaba por aquel túnel se le fueron apareciendo momentos de su vida, la mayoría de los recuerdos de su infancia en Francia junto a su padre, el cual cuidó siempre de ella hasta su fatídico fallecimiento aquel 21 de septiembre de 2.005 dónde aquel equipo capitaneado por Frank Marshield se transformó en el máximo responsable de su muerte. Una negligencia cometida durante su reanimación provocó el trágico suceso que le marcó su vida, y así, la venganza pasó a ser la parte fundamental de toda la existencia de aquella mujer.

A continuación, ante sus preciosos ojos verdes, apareció una escena borrosa, donde una imagen de John Sheffield huyendo por las calles oscuras de Londres, en la cual aparecía ella persiguiéndolo de cerca hasta atraparlo y clavarle un puñal por la espalda, para luego retorcerlo en su interior, provocándole una muerte deseadamente dolorosa.

Otro fotograma claro resurgía en aquel pasillo oscuro, un precioso parque ajardinado y amurallado, con una torre inclinada al fondo, Mathilda se encontraba en la *Piazza dei Miracoli* en Pisa, a continuación llamando a la puerta de un precioso palacio toscano, Silvano Levi abriéndole aquella puerta cortésmente, y ella, acompañada de su fiel compañero, *el argelino*, haciéndose pasar por una devota pareja hebrea, accediendo a su interior para darle muerte y cumplir así la misión encomendada, recuperar ciertos objetos y documentación que podían probar la existencia de la otra vida y que aquel rabino parecía tener en su posesión.

Entre árboles y pequeñas villas, se veía a si misma siguiendo, a través de la oscuridad, a un Joan Esteve el cual se había percatado de su presencia, acelerando el paso hasta su casa, a continuación, el mismo Joan sentado en el viejo ordenador de aquel laboratorio clandestino y ella, en su espalda, golpeándolo primero y provocando posteriormente el incendio que al final sucumbió con el fallecimiento del médico catalán.

Todos sus asesinatos ante su mirada iban transcurriendo uno a uno, desde el intento de matar a Caniglia dando muerte a aquella señora que entró de improviso, hasta llegar al disparo mortal sobre Domecq y a un Roger en su cámara de criogenización degradándose su cuerpo inevitablemente.

Una vez alcanzado el final de aquel túnel se encontró en el interior de la casa de Roger en Barcelona, la cual conocía bien de cuando entraron, ella y el argelino, a asesinar al cardiólogo catalán y este había conseguido escapar hasta Virginia.

No sabía bien qué hacía allí, en aquel salón, y por qué, cuando de repente apareció él, la única persona que la ha hecho dudar de todo aquello, el hombre con el que seguramente hubiera huido de aquella maldad y venganza en la que vivía, y con el que hubiera estado dispuesta a enterrar su odio, pero que, sin embargo, decidió anteponer el amor a su familia a una nueva vida junto a ella, lejos de allí, firmando así su sentencia de muerte.

Y allí lo tenía, justo enfrente, en aquel salón, el cual de repente empezó a oscurecerse cada vez más y en el que unos seres oscuros empezaron a revolotear a su alrededor llevándosela de aquel lugar, llevándosela de su lado, lejos de él, en presencia de su esposa y de su hija que observaban la escena con cierta satisfacción.

Aquella alma imperfecta e impura fue guiada por aquellos seres a través de un vacío oscuro que le proporcionaba una visión del todo diversa a los testimonios que hasta ahora había escuchado sobre el otro lado. Se encontraba en un lugar lúgubre, oscuro y tenebroso, en el cual aparecieron unas figuras más propias del imaginario infernal, demonios con mirada lasciva, arpías aladas, y monstruos con formas terroríficas. Aquella situación no le producía ningún bienestar ni tranquilidad, sino el resurgimiento de un componente interior de sufrimiento continuo y de ahogo. Dichas figuras monstruosas se le acercaban incluso tocándola y llamándola por su nombre, mientras su alma continuaba cruzando aquel umbral hasta alcanzar un nuevo espacio mucho más oscuro, pero simultáneamente mucho más tranquilizador, donde la calma absoluta reinaba por momentos y le hizo adquirir un poco más de quietud y serenidad.

Dicha calma, apenas duró pocos segundos, hasta la absurda aparición de multitud de figuras geométricas que se movían alrededor de ella, cuadrados, triángulos, círculos, polígonos de diversos tamaños y dimensiones. Al mismo tiempo, su alma continuaba su trayecto de castigo por su erróneo comportamiento a lo largo de su vida, Mathilda poco a poco se fue adentrando en aquel sórdido mundo oscuro en el que se le aparecieron las caras de todas las personas que había asesinado en su obsesiva venganza, ingresando en un bucle sin fin donde el dolor y sufrimiento cada vez tomaban mayor importancia…

Una voz empezó a hablar en aquel lugar dirigiéndose hacia ella: "Has proporcionado mucho daño en tu vida, has destrozado la existencia de muchas personas, por este motivo sufrirás para toda la eternidad, hasta que te redimas o te reencarnes"

Un nuevo vacío oscuro y en aquel nuevo umbral, la presencia de miles y miles de personas amontonadas las cuales gritaban de sufrimiento y dolor, personas sin duda miserables que habían proporcionado mucho daño en la otra vida y que esperaban su momento de purga y posterior reencarnación. El alma de la francesa se fue adentrando cada vez más, mientras gritaba de desesperación, hasta desaparecer engullida por aquel amasijo de almas en pena, donde debería esperar en aquel lugar hasta que llegara el momento de purgar sus errores, y quien sabe, poder resucitar hacia una vida mejor.

Capítulo 61 BILLETE DE VUELTA

Steve Cape y Gregorio Lazlo eran los últimos supervivientes de aquel equipo, el peso de la responsabilidad era enorme para aquellos hombres sobre los cuales dependía el éxito o fracaso de aquella prueba. Quizá en ese punto pensaban que ya no era tan importante que aquello acabase bien o mal, después de todo lo sucedido si conseguían reanimar a Roger estarían más cerca de un evento milagroso que no tanto de uno científico.

No obstante, lo que verdaderamente resultaba primordial en todo aquello, era poder llevar a cabo todas las fases detalladas y anteriormente planificadas, sin saltarse un solo paso, y, sobre todo, sin que hubiera más fallos al respecto. Seguir minuciosamente el método científico-médico era lo más importante, ya que, si en el futuro existía una nueva ventana de oportunidad para volver a intentarlo, esta deberían completarla exactamente igual que como se había ideado, con el fin de no repetir los errores y centrarse en mejorar aquellos aspectos que no habían acabado de funcionar, optimizando los que sí, para avanzar hacía el éxito final.

Pensar de esta manera cuando la vida de una persona estaba en juego, sin duda resultaba en cierto grado un poco frívolo, pero en ese momento debían anteponer la meta al camino llevado, por encima de cualquier otra cosa, en aquella situación, debían ser más hombres de ciencia que no espirituales.

– Señores, ¿no pretenderán continuar sin mi?, ¿verdad? –por el audio del altavoz que comunicaba con la sala contigua, la voz de Frank Marshield resonaba fuerte y potente.

Entrando por aquella puerta, el eminente doctor norteamericano, convaleciente y un poco renqueante después del disparo recibido, procedió a incorporarse de nuevo al equipo contra todo pronóstico.

– No me miréis así, no os mentiré, me duele mucho y no estoy nada bien, pero ahora no pienso rendirme. Cuando esto acabe, y si mi cuerpo aguanta será el momento de ir al hospital, pero ese momento aún no ha llegado. –y allí estaban aquellos tres individuos preparados para hacer retornar a Roger Gilabert de aquel viaje al otro lado de la vida conocida.

Hasta ahora tenían bastante bien controlado como provocar artificialmente la defunción del individuo y su posterior reanimación unos minutos después, lo que no estaba tan claro es si con casi ocho horas en el interior de la cámara serían capaces de realizar con éxito una verdadera resurrección del cuerpo criogenizado, algo que no se había conseguido con humanos antes.

Las dudas les asaltaban en ese momento más que nunca, no bastaba con resolver únicamente los desafíos que supone dicha reanimación, sino que se añadían algunos nuevos que tendrían que afrontar a partir de ahora, como la existencia de daños ocasionados por una supuesta toxicidad del crioprotector utilizado, la PLL, si ésta finalmente no fuera tan inocua como habían pensado en su elección. También por la posible congelación en algunos tejidos que no se hubieran vitrificado correctamente, o incluso debido al inesperado descubrimiento de posibles fracturas corporales por los cambios térmicos bruscos sucedidos después del ataque de Mathilda, etc.

Todos ellos rezaban para que estas dificultades no se acabaran confirmando, y que al final, el cuerpo de Roger hubiera aguantado lo suficiente para que no fuera necesaria realizar una imposible regeneración de los tejidos y órganos que pudieran estar desgraciadamente afectados, y que no podrían llevar a cabo bajo ningún concepto, ésto provocaría que tuvieran que dar todo por perdido.

Para la resurrección utilizaron un método llamado *LIFO*, "*last-in-first-out*" donde una vez recuperada la temperatura corporal, y reemplazada de nuevo la sustancia crioprotectora extrayéndola de la sangre del paciente, empezaron por restaurar los niveles de los tejidos, observando que su estructura química y molecular no estaba alterada, posteriormente finalizaron el proceso de retorno con la reanimación cerebral y cardíaca mediante un sistema de resucitación cardiopulmonar *AUTOPULSE*, el cual comprime automáticamente todo el tórax provocando una continua circulación sanguínea hacia el corazón y el cerebro. Sus constantes vitales se fueron progresivamente recuperando, sorpresivamente Roger estaba de vuelta, y todo parecía indicar que estaba sano, contra todo pronóstico, la resurrección había sido un completo éxito.

Los tres hombres que habían llevado a cabo la asombrosa recuperación del paciente no dudaron en abrazarse eufóricamente entre ellos, Marshield casi cediendo su cuerpo y sujetado por Cape les agradeció su ayuda a ambos. A continuación, entraron dos sanitarios que se lo llevaron en una camilla que estaba preparada en el pasillo exterior, a su vez, Caniglia los observaba desde la distancia con una sonrisa de satisfacción en la cara.

***

Laia me coge la mano, mientras tengo a Ona sentada en mi regazo, me temo que ha llegado la hora de partir, ciertamente tengo una sensación agridulce en mi interior a diferencia de cuando las perdí trágicamente tras el accidente en Menorca. En este preciso momento, es como si me fuera de viaje sólo por un cierto tiempo, siento como la nostalgia empieza a invadirme, pero la certeza de que volveré en breve me calma esta impaciencia sobrevenida.

– Carinyet meu, ahora ya sabes dónde estamos, sólo encuentra la manera de volver cuando quieras, hasta que llegue tu momento. Pero ahora debes ser nuestro portavoz ante todo el mundo, la humanidad debe dar un nuevo paso hacia su evolución, y este pasa por saber que la muerte no existe, y que en la vida terrenal todas las personas deben ser mejores y deben prepararse para cuando llegue el momento, dejar un mundo material mejor del que se encontraron y entrar así, en una nueva y mejor fase de la evolución humana. Pasarás a la historia y nosotras orgullosas lo veremos desde aquí. –nos abrazamos los tres profundamente, siento sus alientos, sus olores, y su supuestamente calor corporal, las quiero más que a nada en el mundo, pero tienen razón, debo acabar lo que empecé, ya no por mí, ni por el mundo que me espera, sino por ellas.

– Laia tengo miedo por Ona, no sé qué se encontrará en su nueva vida, no sé si será feliz, y yo no podré protegerla.

– Con lo que vas a hacer en tu retorno, y con la revelación que la humanidad va a recibir de ti, estarás protegiéndola para siempre… de hecho, estarás protegiéndonos a todos para siempre. –Laia me besa,

aunque por un lado sonríe, no puede evitar que las lágrimas caigan por su mejilla.

– Papi te quiero, yo soy tu CARTÓLOGA, ¿nos veremos pronto verdad? –abrazándome con tanta fuerza que me resulta imposible desprenderme de ella.

– Claro que sí mi amor, te lo prometo.

En este momento noto como una fuerza invisible empieza a empujarme y a separarme de ellas, nuestras manos entrelazadas empiezan a distanciarse, nuestros dedos apenas se tocan ya, mis tesoros con sus miradas de amor me dan la energía que hasta ahora no tenía y que necesitaba, sonriéndome. Poco a poco se alejan de mí, estoy retrocediendo en el túnel a una gran velocidad mientras una fuerte sensación de somnolencia me invade por todos los poros de mi cuerpo, o de mi alma, ya no sé bien...

***

PARTE QUINTA

Capítulo 62 BROOKLYN MON AMOUR

Jane trabajaba desde hacía varios meses en uno de los mejores hoteles de toda la ciudad, en pleno Manhattan el *Four Seasons* dominaba la urbe desde su imponente altura, las mejores vistas de *New York City*, nada extraña por otra parte en la famosa ciudad de los rascacielos. El hecho de ser madre soltera le complicó enormemente las expectativas de encontrar algo mejor, pero ahora tenía una boca que alimentar. El cargo de asistente de recepción del famoso hotel no estaba para nada mal pagado, sin embargo, los horarios se le hacían interminables e intensos para alguien como ella que había estudiado periodismo y, para ser sinceros, no llevaba en la sangre el oficio hostelero de contentar siempre con una sonrisa a los clientes y huéspedes, se lo merecieran o no.

Aquella tarde oscura y diluviana del otoño neoyorquino se cernía amenazante sobre el cielo de la ciudad, Jane como cada día al acabar su jornada laboral se dispuso a coger el metro suburbano más grande del mundo y el cual debía llevarla hasta Brooklyn. Media hora de escaso viaje entre las paradas de *Lexington* y *Nostrand* separaban el centro más bullicioso del universo de su tranquilo apartamento en el que vivía sola con su hijita de dos años.

Al llegar a su hogar, su madre, la señora *Margie*, la estaba esperando, siempre pensó que sin sus padres ella nunca hubiera conseguido tirar hacia adelante, ellos cuidaban de su niñita mientras trabajaba, aunque la mayoría de las veces, como en este caso, cuando regresaba a casa, *Billow* dormía ya plácidamente.

Los padres de Jane nunca le preguntaron a su hija por el padre de la niña, ella decía que fue un desliz de verano sin futuro ni solución, pero cuando se quedó embarazada no dudó en continuar adelante y disfrutar de la experiencia más bonita, dura e intensa que un ser humano puede llegar a vivir, el ser madre o padre.

– *Thanks mum! see U tomorrow and take care please.* – Jane despidiéndose de su madre hasta al día siguiente.

Una vez ya en casa, desde su pequeño pero coqueto apartamento, el ritual siempre era el mismo, aprovechaba para cenar algo rápido que siempre traía del hotel, era otra cosa a tener en cuenta de su trabajo, la comida y la cena las tenía incluidas si ella lo deseaba, siempre gratis, luego se abría una botella de cerveza, y mientras descansaba en aquel sofá desgastado observaba un poco la televisión. Un rato después se dirigía hacia aquel gran ventanal y miraba como la noche iluminaba su ciudad. Estas vistas la relajaban lo suficiente hasta entrarle la somnolencia y acostarse junto a la niña de sus ojos, abrazándola hasta la mañana siguiente, siempre que Billow no se despertara antes claro.

Aquel sábado no le tocaba trabajar hasta el turno de tarde, por lo que decidió aprovechar aquella soleada mañana para disfrutar del día con Billow, así que decidieron dirigirse al parque más cercano para jugar con ella antes de ir a comer en alguno de los numerosos puestos de comida rápida que hay a lo largo de la *Brooklyn Avenue*.

El *Brower Park* es perfecto para ir con niños, sus amplias zonas ajardinadas y los numerosos columpios y toboganes hacen del lugar, un emplazamiento idóneo para que Billow juegue, se divierta y se canse lo suficiente como para poder comer luego tranquilamente.

Ser madre soltera implica que una no pueda descargar, compartir y compaginar esfuerzos con una pareja, por lo que todo recae al cien por cien sobre el único progenitor, sin pausa posible, y es aquí donde entra la estrategia de diversificar al máximo los "tempos" de cualquier actividad lúdica.

Mientras aquella preciosa niña rubia jugaba en la tierra con otros niños, haciendo castillos y formas abstractas varias, Jane la observaba con todo el cariño del mundo, era su centro, era su universo, respiraba por su hija, y no se podía imaginar la vida sin aquel pequeño y hermoso ser.

Todo estaba resultando perfecto hasta ese momento, Jane consultó un segundo, desde el móvil, el cuadrante de horarios del Four Seasons para planificar exactamente a qué hora deberían llegar a casa para no tener ningún retraso en su puesto de trabajo, pero cuando Jane levantó la vista, la niña ya no estaba delante suyo. Un enorme escalofrío le recorrió todo su cuerpo, unos gramos de desesperación surgieron de repente ante el miedo de que se hubiera perdido, o peor aún, que alguien se la hubiera llevado de allí.

Se levantó de inmediato para buscarla, y justo cuando iba a iniciar un potente grito con su nombre, respiró por completo. La niña estaba justo detrás suyo, a apenas dos metros, hablando con un árbol, o eso parecía, luego se sentó a los pies de este para seguir jugando en la tierra de aquel parque como si nada, tranquila y desenfadada.

– Billow cariño, ¡me he llevado un susto de muerte, mi amor!, por un segundo pensaba que te había perdido, ¿se puede saber qué haces?, ¿con quién hablas?

– *Mami, hablado con papis simpáticos, dicho que soy "pesiosa".*

Pero su madre no observó la presencia de nadie en ese lugar, allí no había nadie, sólo aquel simple árbol…

Capítulo 63 REVELACIONES

El *Lost Saint Bar* en Charlottesville, uno de los *meetings points* más conocidos entre los lugareños de la ciudad, considerado lugar ideal para tomarse unas copas y relajarse en buena compañía, entre amigos, después de una intensa y dura jornada laboral. Su larga barra entre paredes enladrilladas y cientos de botellas de licores varios, distribuidas a lo largo de una estantería que la recorría de punta a punta, fue el punto escogido por Frank Marshield para dialogar tranquilamente con Roger sobre los hechos acontecidos en la prueba de la semana anterior.

Aquel eminente doctor norteamericano, después de la misma, tuvo que ser ingresado de urgencias debido a las graves heridas provocadas por Mathilda. Unos días después, ya parcialmente recuperado, quiso quedar con el doctor Gilabert, y charlar distendidamente, con total confianza, más allá del mundo médico-científico en el cual ambos estaban siempre inmersos. Buscaba afianzar la complicidad que había nacido entre ellos, acabar de comprender todo lo sucedido y establecer los siguientes pasos a seguir.

– Todo esto es muy revelador Roger, confirma todos y cada uno de los puntos que ya sospechábamos, según le he entendido… –Marshield dando un largo sorbo a aquel vaso de whisky con hielo –…una vez atravesado el túnel de luz accedemos a un plano o dimensión paralela al que nos encontramos en nuestra actual vida, material y corporal, todos en un mismo lugar, pero en diferente realidad, en un universo digamos que paralelo, ¿cierto Roger?

– Exacto, como le expliqué antes, el símil de los ácaros en el diván que aquella médium me detalló sería lo más gráficamente cercano a lo que parece ser el tránsito real entre la vida y la supuesta muerte. Cuando morimos, no nos vamos a ningún lugar, permanecemos aquí, en el mismo sitio, junto a nuestras personas amadas, pero en otro plano existencial, donde el ser humano busca continuar con su evolución, busca alcanzar un nuevo grado de perfeccionamiento interior y mental. Si le soy sincero, y después de lo que he vivido, llevo días pensando que quizá todo esto nos ha llevado de forma intencionada a un mismo punto. Alguien o algo quería que llegáramos a una misma conclusión, y de la cual hasta ahora no comprendíamos del todo, quizás nos encontramos ante el origen de un nuevo mundo, una nueva etapa que sea mejor para la humanidad, una nueva etapa que suponga el siguiente paso de la evolución humana, menos material y más espiritual, y está en nuestras manos provocar que suceda desde este lado de la existencia.

– Por eso le he traído hasta aquí, quería hablar con usted tranquilamente y de forma relajada de los hallazgos que hemos descubierto, pero también quería rebelarle que esto no se ha acabado aquí, como bien ha dicho tenemos en nuestras manos el origen de un nuevo paso hacia un mundo mejor. –dando otro sorbo al embriagador líquido dorado- Mañana tenemos que viajar hasta Roma, disculpe que hasta ahora no le había informado al respecto, quería protegerlo de posibles peligros, pero viendo que ha sido inevitable, creo que debo hacerle partícipe de todo lo que conlleva nuestro trabajo, sin secretos de ningún tipo.

– ¿A Roma?, no entiendo. –Roger estaba extrañado ante el siguiente paso.

– Querido Roger, debe saber que el padre Greghi trabaja directamente bajo las órdenes del mismísimo Santo Padre, y parece ser que tenemos una audiencia privada con él donde nos explicará los siguientes pasos que debemos seguir. Ahora mismo, todo esto ya no nos pertenece, estamos involucrados en un desafío que nos supera y que debemos contribuir a que llegue a buen puerto, poca cosa más le puedo decir, sin embargo, mañana saldremos de dudas, se lo aseguro.

El vuelo hasta el aeropuerto Leonardo da Vinci, conocido como *Fiumicino* en Roma resultó del todo relajado, durante las más de once horas del viaje aprovecharon sobretodo para descansar, leer un poco, y repasar toda la documentación y archivos existentes de la prueba realizada. Tanto Roger, como Marshield, y Cape, eran a priori completamente desconocedores de qué les iba a deparar ese viaje al centro del mundo cristiano, y qué papel podía tener la iglesia católica en todo lo que hasta ahora habían descubierto.

Una vez en la terminal 2 de llegadas internacionales, les esperaban dos individuos con un cartel que señalaba:

Uno de ellos, de casi unos cincuenta años, con el pelo canoso y corto, peinado con la raya marcada al lado, el cual iba vestido con el típico habito monástico utilizado por el clero regular de la iglesia católica, completamente de negro y provisto del correspondiente alzacuellos blanco, en cambio. El otro hombre, sin duda más joven, vestía con traje oscuro, camisa blanca y corbata también oscura, sin ningún distintivo a priori de pertenecer a ninguna orden monacal, lo más probable es que se tratara de un chofer o asistente a cargo del otro individuo.

Al acercarse los tres doctores a aquellos personajes, el que iba con los hábitos de cura se dirigió a ellos sin dejar que mediaran apenas ningún tipo de palabra:

– *Benvenuti a Roma, signori. Gli prego, il prete Greghi gli sta' aspettando, se sono gentili di venire con noi?*

A continuación, el hombre del traje oscuro se hizo cargo del equipaje de los visitantes, mientras el sacerdote les convidó a seguirlo hasta un enorme coche negro con el distintivo monacal en sus puertas y los cristales tintados, el cual estaba aparcado justamente a la salida de la terminal. Una vez en su interior, el hombre con hábitos de sacerdote se presentó ante el trío:

– Soy el padre Gentile, se me ha otorgado la tarea de facilitarles su estancia en nuestro país, por lo que me pongo a su entera disposición para lo que necesiten. Ustedes pídanme y yo se lo facilitaré, lo que sea, no lo duden, para eso estoy.

– *Piacere prete*, se lo agradezco, pero ahora mismo una buena ducha y descansar un rato es lo único que necesito. –Roger solo quería pensar un poco en todo lo que estaba sucediendo desde su vuelta del otro lado, entre su posterior recuperación, comprender todo lo que había sucedido, y las revelaciones de Marshield, apenas había tenido el tiempo suficiente para asimilarlo todo, y sobre todo para pensar qué es lo que vendría a continuación. Para ello necesitaba imperiosamente estar sólo y hablar desde su interior con su mujer y su hija, quizá ellas le podrían aconsejar desde el pensamiento, desde el sueño, o dándole alguna señal al respecto.

Un rato después, allí estaban aquellos tres hombres ya en sus correspondientes estancias, el lugar escogido para que permanecieran alojados los invitados por el Santo Padre, era la *Residenza Casa di Santa Francesca Romana*, la cual, gracias a su excelente ubicación, en pleno centro del populoso barrio de *Trastevere*, cercana al mismo Vaticano, confería la posibilidad a sus huéspedes de poder descansar, hacer turismo, o simplemente relajarse en su jardín interior, mientras esperaban el momento de acudir juntos a la audiencia prevista.

Capítulo 64 TRASTEVERE

Desde la ventana de la habitación, Roger podía observar la calle, sin duda era del todo acertada la fama de barrio bullicioso que siempre ha acompañado como tópico a aquel precioso entorno del Trastevere romano. El hecho de poder ver el exterior a través de aquellas ventanas entretenía a Roger las horas que pasaban lentas mientras esperaba el momento de ser llamado. Le agradaba observar cómo la gente transitaba por sus calles, ajenos a todo lo que él había vivido hasta ahora, ajenos a los descubrimientos que podrían hacer tambalear la vida conocida para la mayoría de los mortales, viviendo sus vidas cotidianas con la más absoluta normalidad, con aquellos comercios llenos de turistas, furgonetas descargando caóticamente en las callejuelas de un barrio en otra época humilde pero ahora centro de la actividad turística de la ciudad, pero sin perder su identidad, sin perder ni un ápice de su humanidad.

Todo esto lo conectaba con la vida que hasta hace poco había conocido, y que después de su viaje al otro lado, al más allá, a la otra realidad, le había hecho tomar demasiada distancia sin darse cuenta que mientras él transitaba en el límite de lo desconocido, la vida tal y como la había conocido, seguía como siempre, abriéndose camino a través de lo cotidiano y lo mundano.

En un determinado momento en el cual más absorto se encontraba ante la visión de lo diario, llamaron a la puerta. El padre Gentile le anunciaba que esa misma noche tendría lugar la audiencia prevista con el Santo Padre, en un par de horas debería estar preparado ya que no había tiempo que perder, por fin sabría cómo debían continuar con aquel, hasta ese momento, secreto.

Roger, dudaba de cómo debía vestir ante una audiencia de este tipo, la verdad es que su equipaje era muy escaso, cuando salió de Barcelona huyendo apenas tuvo tiempo de llenar con lo mínimo una maleta de cabina, por lo que su vestuario se limitaba a dos pares de pantalones, tres camisas, dos suéteres y un pijama, algunos calzoncillos y poco más, así que con lo que tenía, debía intentar combinar de la mejor manera posible sin parecer irrespetuoso ante aquella privilegiada ocasión que iba a presenciar en un par de horas.

Una vez en el vestíbulo de la residencia, allí se encontraban Cape, Marshield, y Roger Gilabert, mientras esperaban el momento que el vehículo negro apareciera de un momento a otro delante de la puerta...

– ¿Cómo estás Roger?, yo si te soy sincero, un poco... bueno... bastante nervioso. –Steve Cape, igual que el resto, no estaba acostumbrado a estos actos protocolarios más allá de lo que representaba asistir a un congreso médico como ponente, o a participar en algún simposio como orador en un tiempo aún no demasiado lejano.

– Bueno Steve, tranquilo, creo que estamos todos igual, en este punto ninguno de nosotros tres sabe qué quieren de nosotros, ni qué papel nos espera. Es toda una incógnita... –Marshield intentaba tranquilizar a sus colegas, pero sin nada de éxito.

– Marshield, sinceramente, no me creo que no sepa nada, usted inició todo esto hace años y se ha convertido en una eminencia en el estudio de la experiencia de la muerte. Sus estudios han sido financiados y apoyados por numerosa gente importante, por lo tanto, no nos venda la idea de que aquí somos todos iguales y tenemos el mismo papel en todo esto. –Roger, sabía que era imposible que no supiera nada más, y estaba convencido que quien había provocado esta audiencia era el mismo Marshield.

– Querido Roger, les puedo prometer que les he contado todo lo que se, a mi se me encargó la responsabilidad de encontrar el mayor número de respuestas, pero le puedo garantizar que no tengo las preguntas que usted me otorga tener. No creo que ninguno de los que estamos ahora aquí seamos ajenos de que detrás de todo esto hay algo que trasciende a cada uno de nosotros, y que creo que hoy nos explicarán, pero no por ello debe adjudicarme un papel superior al que tiene usted mismo como viajero de toda esta experiencia.

– Si lo dice, así será. –Roger no acababa de confiar en las palabras expresadas desde una ficticia sinceridad, había algo en todo aquello que le resultaba enormemente dubitativo.

El coche oscuro finalmente apareció al otro lado de la puerta de la residencia, desde el mismo, el padre Gentile, invitó a aquellos hombres a entrar en su interior, el Santo Padre los estaba esperando y no había tiempo que perder.

En aquel trayecto de apenas quince minutos en coche a través del *Viale di Trastevere*, atravesando el *Ponte Garibaldi* sobre el río Tíber, Roger pensó que sin duda alguna a Laia le hubiera gustado enormemente conocer Roma. Esa preciosa ciudad que ante sus ojos de visitante ocasional, observaba como estaba formada con una mezcla adecuada de historia, arte, esencia, y porque no decirlo, caos. pero aderezada con esa personalidad propia y única que ella siempre buscó en vida. Mirando a través de las ventanas del vehículo, observando el siempre caótico tráfico de la ciudad de Roma, se dirigían por los distintos *Lungotevere*, aquellos bonitos paseos arbolados a lo largo del río, primero *Vallati*, luego *Tebaldi*, y *Sangallo*, hasta volver a cruzar el río por el *Ponte Vittorio Emanuele II* directos por *Via San Pio X* hasta la mismísima *Piazza Pia*, entrada del famosísimo *Castel Sant'Angelo*, donde parece ser que iba a tener lugar finalmente la audiencia privada.

Aquel castillo iluminado bajo la penumbra nocturna ya presente sobre la ciudad, fortaleza y mausoleo situado justo al lado del mismo río e integrado hoy en día en el enorme entramado sin sentido de la gran ciudad eterna. Conocido comúnmente como *il Guardiano di Roma*, símbolo del poder ejercido, actuaba como verdadero guardián de la ciudad, ya que se decía que ningún invasor podía proclamarse dueño de Roma hasta que no lo hubiera ocupado y claudicadas las fuerzas defensoras de su interior.

La hermosa estatua del Arcángel San Miguel, *il Santo Angelo*, con su torso alado, saluda desde la altura a aquellos visitantes nocturnos en horas alejadas de los horarios comunes para turistas y curiosos que visitan el museo existente en su interior, los cuales, siempre siguiendo al padre Gentile y a su asistente, fueron entrando hacia aquel complejo arquitectónico que hoy en día está en poder de la *Repubblica Italiana*, pero que como antigua residencia papal, era ocasionalmente cedido al Vaticano para realizar algunos actos y eventos vinculados a la Santa Sede. De hecho, el castillo comunica con la Ciudad del Vaticano a través de un paso elevado, *il passetto*, utilizado por distintos Papas a lo largo de los siglos para acceder e incluso escapar por él, y que era el medio común utilizado por el Papa Rodrigo I con el fin de alcanzar anónimamente estas reuniones digamos que clandestinas o semioficiales que solía organizar en el castillo, evitando las agendas complejas, controladas y protocolarias de la famosa Curia Romana, siempre ávida de poder y enemiga del descontrol.

Justo en la misma entrada al castillo, dos miembros de la *Guardia Suiza Pontificia*, el famoso cuerpo militar de elite encargado de velar por la seguridad del Papa y de la Santa Sede, controlaban el acceso a su interior. Éste se encontraba iluminado con algunos puntos de luz, a lo largo del trayecto por aquellos pasillos y salas cargadas de retablos, esculturas llenas de historia. Cada cierta distancia, había la presencia de una pareja de guardias suizos ataviados con sus uniformes coloridos de corte medieval con sus morriones coronados con la famosa pluma roja o blanca, dependiendo del rango de cada soldado, los cuales iban guiando a los visitantes hasta llegar a una enorme puerta que se encontraba cerrada, y en la cual una nueva pareja del cuerpo de seguridad del Vaticano procedió a abrir ante aquellos tres visitantes acompañados por el padre Gentile...

Capítulo 65 LA AUDIENCIA

Nos encontramos en la que es conocida como la Sala de la Biblioteca, parece ser que se trata de una de las zonas más protegidas de todo el complejo arquitectónico ya que según nos ha comentado Gentile, en tiempos pasados confería al lugar de la máxima importancia posible debido a la ubicación contigua de la Sala del Tesoro. Desde aquella estancia se custodiaban no solo los tesoros y reservas de oro del Vaticano sino también el *Archivio Segreto Pontificio*, con los documentos más antiguos y secretos de la historia del cristianismo, y que actualmente se encuentra reubicado en los archivos centrales del propio Vaticano a disposición de un número de privilegiados investigadores muy limitado y acreditados sólo por el mismísimo Santo Padre en persona.

Observo en el techo de la enorme sala unos retablos de una gran belleza, y en sus paredes unas figuras que, Gentile nos ha explicado, representan alegóricamente a la Iglesia y a la ciudad de Roma, sin ningún tipo de duda este lugar tan religioso me impone mucho. Como hombre de ciencia que siempre he sido, estoy más acostumbrado a entornos mucho más fríos y minimalistas, como son los laboratorios y quirófanos que durante un largo período de mi vida han formado parte de mi día a día, hasta que todo cambió radicalmente al involucrarme en esta actual locura.

– *Aspettino qua'*, en seguida serán atendidos. –el padre Gentile nos convida a esperar brevemente, mientras él se despide y desaparece del lugar, dejándonos contrariados y en la máxima soledad que nos evoca esta enorme sala.

Sigo sin entender qué hacemos exactamente aquí, no me fío para nada de las explicaciones que hasta ahora nos ha dado Marshield, y que veremos en un rato si estoy o no en lo cierto. Tantos años dedicados a descubrir qué hay detrás de la muerte no pueden haber transcurrido sin la ayuda, conocimiento, o colaboración, de estancias y organizaciones superiores, ¿con qué fin?, aún no lo se, pero intuyo que en breve alguien me lo desvelará, o eso espero.

Han transcurrido unos pocos minutos desde que Gentile ha abandonado aquella sala, y aquí estamos los tres, mirándonos con cara de extrañados por esta situación sobrevenida, a la expectativa de no saber exactamente qué mensaje vamos a recibir del mismísimo Papa Rodrigo I. Sin embargo creo que el que se siente más afectado soy yo, ya que soy la única persona que ha podido traspasar el umbral entre la vida y la muerte, el único testigo que puede ratificar qué hay de cierto en todo esto, y que sin poder evitarlo me empieza a obsesionar, ¿qué rol concreto me esperará a partir de ahora?

La gran puerta se está abriendo, aparecen en primer lugar dos parejas de guardianes suizos, seguidos de un séquito de varias personas, todos en completo silencio, puedo ver al padre Greghi entre ellos, el cual me saluda desde la distancia, pero también entran… ¿eehhh?, ¡Esteban Ferran mi jefe, mi director del Clínic!, acompañado del Cardenal Berenguer y del resto de personas que diría no conozco en absoluto.

Estoy alucinado y descolocado, ¿qué tiene que ver Esteban con todo esto?, observo que se dirige hacia mi con cara de cierta alegría…

– ¡Roger!, por favor, ahora te lo explico todo… –se acerca con la intención de darme un abrazo, pero yo no me dejo y me aparto de él, me siento traicionado, o peor aún utilizado. – …no me mires así, fue Joan quien habló conmigo para que formaras parte de esto, de hecho, al poco tiempo de suceder el accidente con tu familia me vino a ver al despacho. Entonces me informó que estabas empezando a cuestionarte cosas que nunca antes te habías planteado –¿pero qué me está contando este cabrón?, ¿qué sabrá de lo que he vivido, de lo que he sufrido con todo esto?– la muerte de tu mujer y tu hija te destrozó tanto la vida que cuando intentaste recomponerla descubriste nuevas piezas que hasta ese momento nunca habías asimilado que existían, que estaban ahí, y que te abrían una nueva perspectiva, una nueva realidad y que ahora ya conoces.

– Esteban, ¡eres un hijo de la gran puta!, me has estado utilizando –me acerco hacia él y le doy un puñetazo en la cara con toda la fuerza de mi cuerpo. La rabia me invade como nunca hasta este momento, cuando se me echan encima varios de los presentes para separarme, entre ellos, dos soldados suizos los cuales me inmovilizan y me cogen por la espalda lanzándome hacia el suelo mientras yo grito fuerte –¡Cabrón!, ¡por tu culpa ha muerto Joan!

– Roger –Esteban con toda la cara ensangrentada fruto del fuerte golpe propinado – no ha sido así, te lo juro, no te engañes, todas y cada una de las personas que hemos participado en esto hemos estado en peligro, por eso no nos ha quedado más remedio que mantenerlo todo en un profundo secreto, y Joan siempre lo supo, pero debes saber que siempre antepuso la misión a su propio camino, sabedor de lo que le podía llegar a suceder. –Mientras se limpiaba con un pañuelo la sangre de su nariz, extiende la otra mano hacia mi e invita a ese par de orangutanes a soltarme y dejarme completamente libre –por favor, dame la mano, y déjanos explicártelo todo, por favor, Roger, aunque ahora te cueste comprender, confía en nosotros.

– Escúchele, hágale caso. –Marshield acercándose con cautela, supongo que asustado por si es el siguiente en recibir un golpe por mi parte y contrariado ante aquella desagradable e inesperada situación. Entiendo que nadie esperara esa reacción por mi parte, pero estoy seguro de que nadie se ha llegado a plantear realmente como me siento ante dicha revelación. –Deja que te lo expliquemos todo, hoy debemos poner la primera piedra del nuevo mundo, dejaremos para ti todos los secretos enterrados definitivamente, pero ten paciencia. El Santo Padre está a punto de llegar y tenemos que guardar la compostura, por favor, él no entendería el uso de la violencia, aún con parte de razón, y menos entre nosotros que alardeamos de ser hombres razonables de ciencia.

Están anunciando la entrada del Papa Rodrigo I en la Sala de la Biblioteca, aparece delante de mí, un hombre de unos setenta años, de estatura más bien baja, sus ojos pequeños y oscuros contrastan con la importante nariz aguileña que corona su rostro asincrónico, marcado por importantes arrugas que denotan la experiencia de una vida dedicada a sus creencias, con seguramente sus propios sufrimientos y con sus propias renuncias vitales, creencias que, sin embargo, considero aún muy alejadas de las mías.

Abriéndose paso entre todos los allí presentes, viene directo hacia mí con sus pasos cortos pero firmes, no puedo evitar sentir cierto nerviosismo, tengo ahora mismo el cuerpo lleno de un sinfín de sensaciones extrañas, hace unos minutos lleno de rabia, y ahora en cambio los nervios y la incertidumbre se apoderan de mí.

Ante mis ojos, aquel hombre ataviado con una túnica blanca, con fajín del mismo color decorado con bordados dorados en su extremo, un pequeño casco de tela blanca, presumiblemente seda, que corona su pequeña cabeza, y del cual me sorprende mucho no ver ningún símbolo religioso más allá del bordado en el fajín, ni crucifijo, ni sello alguno, por lo que aparece ante nosotros, con actitud humilde, simple, sencillo, cordial y amable.

No tengo ni idea de cómo debo saludar a la eminencia religiosa más importante del mundo occidental, ¿debo darle la mano?, ¿hacer una reverencia?, las dudas me asaltan, creo que él es consciente de ello y sencillamente se acerca hacía mi y me da la mano, como lo haría cualquier persona en cualquier lugar.

No puedo remediar pensar que, seguro que Laia se estará tronchando ante esta escena, a ella siempre le hizo gracia verme reaccionar en aquellas pocas situaciones cuando la inseguridad extrañamente hacía acto de presencia en mi interior, descolocando completamente mi presunta firmeza y haciéndome sentir incómodo, sin embargo, la conozco muy bien, y sé que también estará muy enfadada de cómo he reaccionado con Esteban.

A fin de cuentas, debo pensar que gracias a participar en esta locura he podido volver a verla, besarla, abrazarla y sentirla de nuevo, solo por eso debería estar agradecido y no airado ante esta oportunidad que la vida me ha presentado. ¡Ufff!, creo que ahora mismo soy como una montaña rusa, falto de la estabilidad necesaria ante esta situación, necesito calmarme un poco, necesito respirar profundamente ante lo que se me pueda desvelar hoy, necesito controlarme de nuevo.

– Querido Roger, no sabe cuántas ganas tenía de conocerle, creo que no acaba de comprender que usted se ha convertido ya en alguien que pasará a la historia de la humanidad. Creo que no se da cuenta que formará parte de los libros en los cuales las futuras generaciones estudiarán su vida, y su hazaña. Roger Gilabert, el primer ser humano desde Cristo nuestro Señor que ha sido capaz de viajar y volver del mundo eterno.

No tengo intención ni quiero contradecirlo, por educación y por quien es prefiero callar, pero todos saben que en mi viaje no he visto nada parecido al cielo católico del cual este señor me está hablando, en cambio sí que he visto la entrada a un tipo de infierno, de sufrimiento y purga más afín a lo que siempre nos han explicado desde muy pequeños.

Los soldados suizos nos indican a todos que nos traslademos hacia una sala contigua presidida por una enorme mesa de madera tallada a mano, invitándonos a tomar posesión de los asientos disponibles.Mientras nos dirigimos hacia allí, el Santo Padre no aparta la mano de mi espalda, a modo de acompañamiento cordial, me invita a sentarme justo a su lado, como si fuera su personal y único invitado.

Una vez sentados a lo largo de aquella mesa, observo como desde el techo desciende un soporte mecánico, con un conjunto de proyectores dispuestos en 360 grados, los cuales inician una proyección sobre cada una de las cuatro enormes paredes de la sala, en cada una de ellas aparecen las imágenes de una serie de personas ubicadas fuera de aquel lugar, personas completamente desconocidas, al menos que yo recuerde.

– Estimado doctor Marshield, si quiere proceder usted con el inicio del acto que nos ha traído hoy hasta aquí, acto que representa, esperemos, un nuevo bautismo para el hombre, el inicio de una nueva era que debe venir para nosotros y para las futuras generaciones que nos proseguirán. Adelante doctor. –Rodrigo I da entrada al doctor Marshield, el cual se levanta de su asiento…

– *Good evening everybody and thanks for being here*, Roger debes saber que estamos aquí representando al Parlamento Mundial de las Religiones, ahora mismo nos encontramos conectados por videoconferencia con representantes y líderes de las religiones más multitudinarias del planeta, no solo el catolicismo, sino también el judaísmo, budismo, islam, taoísmo, bahaísmo y sijismo, entre otras.

– ¿Y se puede saber qué hace un hombre de ciencia como usted involucrado entre tanto creyente? Sinceramente, no lo entiendo, pensaba que éramos investigadores, médicos y científicos, pero nunca soldados de la fe al servicio de cualquier religión humana. –para mi es muy difícil comprender toda esta situación, la cual sinceramente me supera. –Siempre he pensado que la mayoría de las creencias religiosas cuentan la historia de manera diferente, con su propio interés egoísta, sobre lo que sabemos y podemos demostrar desde la ciencia y la investigación, por tanto, ¿cómo podemos compartir nuestro hallazgo el cual además hemos visto que no tiene nada que ver con ninguna religión?

A mi lado, el Papa Rodrigo I me observa con una expresión alterna entre la estupefacción ante mis palabras, que corría el riesgo fueran malinterpretadas, y la condescendencia ante la presencia del doctor Marshield por el protagonismo que le habían otorgado.

– Querido amigo, Roger, intenta abrir un poco más tu mente, aunque en ciertas circunstancias podría llegar a compartir tu argumento, debemos mirar más allá, más allá de las fronteras y de los límites hasta ahora establecidos entre las dos maneras de observar la realidad, la ciencia y la religión no dejan de ser dos ventanas diferentes para observar un mismo mundo, una misma casa en la que todos vivimos juntos. De hecho, tú mismo has experimentado, en todo este proceso, vivencias no contempladas de lo que hasta ahora habíamos conocido como ciencia, y que quizá se encuentran más cercanas a todo lo referente a la ventana de la fe, ¿no crees? –Esteban se aprovecha de su relación conmigo, de la confianza labrada durante tantos años, para intervenir y hacerme entrar en su razón, como siempre, como ya hacía en el Clínic. –¿No puede ser que aquello que la ciencia no es capaz de explicar hoy en día, lo desecha, lo ignora y lo menosprecia?, mientras que la religión lo recoge e intenta interpretar desde la propia creencia y mística.

– Piense Roger en esto que le dice Esteban, ciertamente cuando la ciencia logra explicar un nuevo descubrimiento y probarlo empíricamente, desde la religión, hasta ahora, nunca hemos rectificado. Ni mucho menos hemos adaptado nuestras estructuras a dicha nueva realidad, permaneciendo a lo largo de los siglos fijas e inamovibles, por tanto, con el objetivo de sobrevivir y de subsistir ante los cambios que han ido produciéndose en la evolución humana. Así hemos estado manteniendo erróneamente a ultranza esas creencias místicas obsoletas para gente como usted y como otros millones de personas. –el Cardenal Berenguer levantándose de la mesa, expone su visión al respecto. –Hace unos años, en uno de los Parlamentos mundiales, debatimos profundamente entre todos nosotros este hecho, enrocarnos en nuestras creencias propias y demostradas ya empíricamente desde la ciencia nos estaba alejando cada vez más de las personas, del hombre. Sólo hay que observar cómo cada vez menos gente asiste a la iglesia, a la sinagoga, o a la mezquita, entre otros, desgraciadamente para todos nosotros el mundo cada vez es menos religioso porque cada vez es menos creyente, en aquel Parlamento surgió el embrión de un nuevo paradigma que nos ha llevado hasta el día de hoy.

– Justo de ahí surgió la idea de cambiar el rumbo conjunto de todas nuestras creencias… –el Dalái Manjari, líder del budismo tibetano, que desde una de las pantallas proyectadas en las paredes nos está hablando con buen acento inglés –…y tomamos verdaderamente conciencia que por fin había llegado el momento de cambiar juntos con la humanidad, codo con codo, si no éramos capaces, la alternativa era mucho peor, ya que nos esperaba irremediablemente vivir el fin de nuestras religiones tradicionales. Religiones devoradas en unos casos por nuevas creencias más materiales basadas en el ego por encima de la comunidad, como el *neoliberalismo*, en nuevos mundos especulativos como las sectas surgidas alrededor de las *criptomonedas*, u otras más adaptadas a supuestos puntos de vista más actuales como la cienciología. Si miras cotidianamente, en los distintos medios y redes sociales, las noticias que aparecen al respecto, es fácil observar el nacimiento de nuevas sectas y pseudorreligiones que van surgiendo cada día, o incluso como dentro de las tradicionales que son también devoradas por posiciones propias más radicales en su seno, extremadamente inmovilistas, conservadoras y populistas como el jihadismo, el fascismo, o como bien sabe, los *Protectores del Orden Mundial*, entre otros…

– Roger, déjeme que le explique algo personal, durante muchos años participé en un proyecto junto a otros colegas de otras religiones, en el cual, trabajamos en investigar y encontrar los posibles puntos de unión que sin duda había entre la Biblia, la Torá y el Corán. –Gregory Lazlo, el padre Greghi, que hasta ese momento había permanecido en total silencio. – En los años que duró aquella investigación, experimentamos algo que, tanto a mi compañero Silvano Levi como a mi mismo, nos cambió profundamente para siempre. Allí fuimos testigos, en Israel, de la existencia real de la otra vida y del más allá. Le puedo garantizar que esa experiencia sin duda cambió por completo toda la perspectiva de nuestro estudio, de nuestro interior, y de nuestra fe. –Se levanta de su silla, y se va acercando poco a poco hacia mí, mientras continua, explicando su historia– Fue en ese momento en el que fuimos realmente conscientes cual era el nexo principal y real que une, de una forma u otra, a cualquier creencia religiosa, pasada, presente o futura, y es la explicación sobre el tránsito entre la vida y la muerte, la eternidad. Si este tránsito y su conocimiento formaba parte de un todo común para la humanidad, ¿debíamos centrarnos como personas religiosas en su estudio? Desgraciadamente mi compañero Silvano dio su vida intentándolo, como tantos otros, pero gracias a personas como él, como Joan, o como Pierre, entendimos que no podíamos dejar escapar esta oportunidad. Participar activamente en el descubrimiento empírico y real de qué se esconde realmente tras lo que llamamos, muerte… y es por tanto ese momento el cual decidimos finalmente sobre la disyuntiva que se nos había planteado, ¿debíamos aprovechar esta última oportunidad de evolucionar como lo hacía el mundo o debíamos continuar anclados en nuestro pasado sin esperar un futuro?

– Por eso el padre Greghi contactó conmigo en el año 2.005, de hecho, yo ya llevaba varios años de investigación desde la DEPS en Virginia, recuerda que hacía años que se venía investigando al respecto de una manera más o menos sería, Elisabeth Kübler-Ross, por ejemplo, o los casos documentados de ECM alrededor del mundo. –Frank Marshield por fin decía la verdad, ¡lo sabía!

– ¿Y ahora Frank?, ¿cuál es el siguiente paso? – era la primera vez que lo llamaba por su nombre, dándole pie a una mayor confianza.

– Roger, ahora debemos hacerlo público, y te necesitamos, más que nunca. Tú has sido la primera persona que ha conseguido volver con vida de la muerte, tú has visto lo qué hay realmente y has podido estar de nuevo con tu familia. Además, para acabar de corroborarlo, tenemos toda la documentación que prueba la existencia de vida después de la muerte y que Alitza Meymer nos proporcionó. Por eso ha llegado el momento de revelar a la humanidad que la muerte es un simple cambio de estado o dimensión, que todos permanecemos aquí juntos, y que no es más que una evolución lógica del propio género humano hacía un ser más perfecto, humilde y bondadoso.

– Para ello, Roger, tenemos preparadas varias cámaras de criogenización alrededor del mundo, listas para iniciar nuevos viajes a la otra dimensión, con nuevos viajeros seleccionados que sean capaces de volver, como lo hiciste tú. –Steve Cape, el experto en criogenización me está desvelando la existencia de una enorme red de cámaras alrededor del mundo y que empezarán a realizar cientos, incluso miles de viajes, amparados por los gobiernos más importantes del planeta. –En dos meses presentaremos el proyecto delante de la Asamblea General de la Naciones Unidas en Nueva York, …y queremos que estés allí con nosotros, ¿qué nos dices?

Capítulo 66 DESAYUNO SIN DIAMANTES

Hace tiempo que no me sentía así de feliz, creo que después de todo lo que he pasado estos últimos meses, merezco por fin disfrutar de este viaje. La verdad es que no me esperaba que Nueva York en esta época del año fuera una ciudad tan soleada, es curioso cómo me trae los recuerdos de las magníficas primaveras en Barcelona, mi ciudad.

Precisamente hoy es el día que, en esta misma ciudad, Frank Marshield presentará junto a los principales líderes religiosos y gobernantes del mundo, delante de la Asamblea General de las Naciones Unidas, el mayor descubrimiento de la humanidad de los últimos siglos, donde quizá a partir de mañana, una nueva sociedad surgirá adelante y que espero nos haga a todos mejores. Donde por fin podamos reunirnos con nuestros familiares y seres queridos que ya no están aquí, siempre que queramos, comunicando ambos mundos, ambas dimensiones, entonces será el momento de recuperar parte del tiempo perdido y de disfrutar de la vida como lo que es, una parte más del camino, nada más.

Cuando Marshield y Cape me propusieron estar hoy presente con ellos en la sede de la ONU, aquí en Nueva York, no puedo negar que me sentí muy halagado ante tal ofrecimiento, me sentí verdaderamente especial, y ya no sólo por mí, sino por Laia, Ona y Joan, los cuales han sido el motor principal por el que decidí llegar hasta el final, jugándome incluso mi propia vida, ironías del destino.

Pero después de recapacitar profundamente, desde el accidente en Menorca, las primeras pruebas de Barcelona y el viaje final en Charlottesville, he entendido finalmente en mi interior que todo lo he hecho por volver a estar con Laia y con Ona. Ese ha sido mi único propósito todo este tiempo, volver a recuperar a mi familia, volver a estar con ellas, aunque eso representara tener que traspasar el umbral entre la vida y la muerte.

Se que nunca volveré a ser el que antes del accidente fui, ya no volverá aquel doctor Gilabert volcado en su carrera profesional de prestigio internacional, pero quizá podré volver a ser simplemente Roger, el hombre, amigo, amante, marido, confidente y padre que era, y eso es lo único que ahora mismo me importa. No quiero ser una persona diferente, lo que debe ser verdaderamente importante en todo esto es la película entera, desde el inicio hasta el final que vendrá, y lo que en ella se explica, yo solo me limité a ser uno de sus muchos testigos, protagonista en algunas escenas puntuales, pero sino hubiera estado yo, más tarde o temprano hubieran encontrado a otro que habría llegado al mismo punto.

Ahora mismo, sinceramente, prefiero estar aquí, no se me ocurre mejor lugar, paseando por esta hermosa ciudad, y observar desde la distancia lo que hoy se va a anunciar al mundo y que cambiará nuestras vidas para siempre.

La gente está ahora mismo concentrándose y colapsando la calle, aquí en *Times Square*, en pleno Manhattan, van a retransmitir por las enormes pantallas de la plaza, todo el acto de presentación desde la misma Asamblea de las Naciones Unidas. Ahora mismo veo como desde la sede del organismo internacional comienzan a llegar algunas imágenes en directo, mediante un barrido de cámara sobre los asistentes he podido ver como Frank y Steve se están organizando para quizá el momento más importante de sus existencias y por el que llevan toda una vida dedicados a que llegara, me alegro mucho por ellos.

Cada vez viene más gente por la *Séptima Avenida*, hace ya un rato que apenas se puede transitar hacia las calles *42* y *47*, todo el mundo quiere ver este acontecimiento mundial, los medios de comunicación llevan días anunciando que hoy se revelará un secreto de la humanidad que lo cambiará todo. Los diferentes programas de mayor audiencia han especulado tanto sobre el mismo, pero ninguno de ellos se ha acercado ni tan solo un poco a lo que realmente hoy se desvelará.

En ciertos momentos siento cierta envidia al ver las caras de la gente ante su ignorancia benévola, su actual desconocimiento los hace ser seres transparentes, sin estar viciados por lo que se les viene encima y cómo se ha llegado hasta aquí, aunque desgraciadamente no es mi caso, mientras, todo el mundo se sigue acercando a la enorme plaza de la que es considerada por muchos como la verdadera capital del mundo, la *Big Apple*.

Escapando del lugar a contracorriente del resto, subiendo a continuación por la *Séptima*, intento dejar atrás a toda aquella muchedumbre que ahora mismo llega hasta la confluencia con la *48*, parece que esta parte de la avenida empieza a estar más despejada, menos mal que según puedo observar, al menos hasta donde me alcanza la vista, hacia la *49* está todo mucho más tranquilo. Se agradece, porque la sensación de agobio me comenzaba a resultar estresante, entre la cantidad de gente que se mueve por sus aceras, las numerosas avenidas con cuatro y cinco carriles plagados de coches, y para rematar, cuando levantas la vista hacia lo más alto, ver esos enormes edificios que apenas dejan acceder a todo aquel precioso cielo, impacta por momentos.

Recuerdo como hace años, unos amigos nuestros asiduos a esta ciudad, ya nos advirtieron que cuando uno llega por primera vez a Manhattan, te recorre una doble sensación, la primera es la de observar que, aunque nunca antes la hubieras visitado, siempre te quedaba la extraña sensación de haber estado previamente, de conocerla, como si de un *déjà vu* se tratase. Pero también podía darte una fuerte sensación de agobio, la cual podía causar en tu cuerpo un fuerte impacto, cuando esto sucedía, ellos nos recomendaron que no nos preocupáramos en exceso, que al final uno se acababa adaptando tanto a la ciudad que incluso te llegabas a plantear no abandonarla jamás, porque para ellos Nueva York podía llegar a ser peligrosamente adictiva.

Por fin allí la veo, en la *Quinta Avenida*, es ahora cuando de repente me viene a la mente un recuerdo que marcó nuestras vidas, el de una escena vista en cientos de ocasiones junto a Laia:

"Un taxi atravesando una desierta Quinta Avenida mientras Nueva York se empieza a despertar ante el nuevo día, el vehículo se detiene justo ante la joyería Tiffany's. Audrey Hepburn desciende del mismo, con su famoso vestido de noche de Givenchy y sus icónicas gafas oscuras, ella contempla ensimismada aquel escaparate cuando de una bolsa de papel extrae un croissant y un café en vaso de plástico, mientras todo el rato, detrás de la escena, suena Moon River y comienza Desayuno con Diamantes."

Emulando aquella misma escena, ante aquel mismo escaparate, me veo reflejado en aquel mismo cristal que en su día también reflejó a la mismísima Audrey, y justo a mi lado, Laia, sonriéndome con la felicidad que tanto había echado de menos. Por fin estábamos allí, tal y como le prometí, juntos, de la mano, sellando para siempre nuestro amor eterno, permanecemos en silencio durante unos minutos, disfrutando del momento que en tantas ocasiones habíamos soñado…

– *Amor meu*, ¿te gustaría verla? –Pensaba que era yo quien había conseguido sorprender a mi esposa, en cambio es ella la que parece tener una sorpresa inesperada para mí.

– ¿Está aquí en Nueva York?, ¿es aquí donde vive?

Laia me mira con tanta ternura, es como si nunca hubiera pasado nada, como si aquel maldito coche no se hubiera cruzado en nuestras vidas y todo hubiera sido una pesadilla de la cual finalmente había despertado aquí, junto a ella, a mi lado, como siempre, y en aquella gran ciudad.

Me agarra de la mano, me hace un gesto afirmativo, y empezamos a levitar unos centímetros por encima de aquel suelo neoyorquino, flotando levemente dejamos atrás Manhattan cruzando el *East River* hacia Brooklyn, de norte a sur, y en pocos minutos aquí estamos, en un precioso parque repleto de vegetación y césped. Allí, en aquel lugar, observo familias improvisando un picnic, decenas de niños y niñas jugando, la busco con la mirada, escudriñando uno a uno a todos aquellos pequeños individuos que disfrutaban de aquel espectacular entorno, vigilados por sus progenitores que, desde los diversos bancos distribuidos por todo el recinto, observan todos los movimientos de sus vástagos.

Laia me acaricia la cara, y me dice:

– Roger, allí está, es aquella. –señalando a una preciosa niña rubia de unos dos años que está jugando en el suelo del parque.

– ¿Ona?, ¿es nuestra Ona? –siento como el corazón bombea tan rápidamente en mi cuerpo etéreo, pensaba que a estas alturas estas sensaciones físicas ya no se producían, pero empiezo a notar como la alegría y la tristeza se mezclan ante una nueva emoción nunca experimentada. No puedo evitarlo, lloro, lloro mucho al verla allí, jugando, tranquilamente, lo cierto es que desde lejos me recuerda mucho a nuestra Ona, a como era físicamente cuando vivía en nuestra vida, Laia me intenta tranquilizar, consolar si cabe.

– Mira, aquella chica rubia que hay sentada en el banco es su nueva madre, se llama Jane, y la quiere tanto como nosotros la quisimos, como nosotros la queremos. Ahora Ona, se llama Billow, y tiene una nueva oportunidad, una nueva vida en la que crecer, aprender y mejorar.

– ¿Pero ahora tiene una nueva madre?, ¿tiene un nuevo padre y no soy yo? –Lo siento, pero no lo entiendo, Ona es nuestra hija, nadie me dijo que reencarnándose la perdería, aunque suene egoísta, la quiero demasiado.

– Tranquilízate *amor meu*, Ona regresará con nosotros cuando acabe su proceso, no tengas miedo, siempre estará ligada a nosotros, sólo que su alma sufrirá un desdoblamiento, una réplica para que Billow también pueda estar con Jane cuando llegue su momento. Se que es difícil de entender, pero no debes preocuparte, de verdad. ¿Te gustaría hablar con ella?

– ¿Ahora?, no me gustaría asustarla, pero me encantaría oír su voz, aunque fuera por un segundo.

– Tranquilo, ella no sabrá que no estamos realmente aquí, nos verá como una pareja que pasea por el parque, como otra cualquiera. Vamos ven.

Y de la misma forma en que nos hemos movido hasta aquí, flotando, nos dirigimos hacia el árbol que hay cerca de Ona, perdón, de Billow.

La miramos fijamente hasta que la niña nos ve, la saludamos y se acerca hacia donde estamos…

– Hi!, ¿cómo os llamáis? –con aquella vocecita dulce e inocente.

– ¿Y tú *carinyet*?, ¿cómo te llamas? – le pregunta Laia ante mi reacción aún dubitativa.

– Billow, me llamo como una ola de mar. –Esto me deja más estupefacto aún, Billow significa lo mismo que Ona, ¿casualidad?, ¿será un mensaje para hacerme ver que son la misma niña, pero en vidas diferentes?

A mi sólo se me ocurre decir a aquella preciosidad que es la reencarnación de mi hija…

– Billow, te pareces mucho a nuestra hija. Igual que ella, eres una niña preciosa.

Laia me coge nuevamente de la mano, y con un pequeño gesto con la cabeza me indica que ha llegado el momento de dejar ese lugar.

Jane, su nueva madre, se levanta de inmediato hacia ella…

– Billow cariño, ¡me he llevado un susto de muerte, mi amor!, por un segundo pensaba que te había perdido, ¿se puede saber qué haces?, ¿con quién hablas?

– *Mami, hablado con papis simpáticos, dicho que soy "pesiosa".*

Pero su madre, Jane, no observó la presencia de nadie en ese lugar, allí no había nadie, sólo aquel simple árbol…

Capítulo 67 NUEVO ORDEN MUNDIAL

El edificio de la Asamblea General está construido sobre una estructura inclinada coronada por una gran cúpula que proporciona la iluminación natural necesaria a su interior. Justo al norte de la mastodóntica estructura, se ubica la entrada principal, la cual dirige a sus visitantes hasta un gran hall inicial donde grandes aberturas acristaladas combinadas con paredes de mármol, invitan y dan la bienvenida al recinto. Una vez acceden a la gran sala donde tienen lugar las famosas asambleas, se encuentra un gran espacio donde cada una de sus cuatro plantas está decorada con tonalidades diferentes, azules, verdes y doradas.

La parte central de la gran sala, en este enorme parlamento de naciones, está destinada a albergar a los diferentes representantes de los 193 Estados distintos que conforman la *Organización de las Naciones Unidas, ONU*, y en la cual toman asiento los más de mil miembros de dichas delegaciones, que se sitúan mirando hacia el centro de este espacio, donde un gran podio elevado preside todo aquel complejo, el cual está destinado en exclusiva para el *Presidente de la Asamblea General* y el *Secretario de las Naciones Unidas*, ubicándose uno al lado del otro, acompañados a su vez por un secretario de rango inferior.

No cabía ni una aguja en aquel lugar, todos los asientos reservados tanto para la prensa como para el público, asistente al evento, estaban completamente abarrotados, de hecho, habían tenido que habilitar más espacio para la prensa debido a las expectativas generadas por la gran revelación que iban a comunicar a continuación.

Las imágenes transmitidas por los medios de comunicación iban llegando desde diferentes partes del planeta, las cuales connotaban el hecho extraordinario que aquel día iba a producirse en Nueva York, ciudad donde se encuentra ubicada la sede central de las Naciones Unidas.

En dichas imágenes se podía observar cómo los habitantes del mundo estaban abarrotando lugares tan emblemáticos como Times Square en Nueva York, *Piccadilly Circus* en Londres, la *Avenue des Champs-Élysées* en París, la *Avinguda Maria Cristina* en Barcelona, la *Puerta del Sol* en Madrid, la *Piazza Venezia* de Roma, *Shibuya* en Tokio, la *Plaza de Mayo* en Buenos Aires... todas las televisiones del planeta estaban emitiendo en directo, y resultaba evidente que nadie se lo quería perder. Se respiraba en el ambiente que se encontraban ante una jornada diferente, quizá única, la cual supuestamente debería pasar a los anales de la historia.

Steve Cape y Frank Marshield se encontraban en el centro de la sala, los nervios ante aquel glorioso día eran del todo incontrolables, a pesar de que lo habían preparado todo a consciencia y que era imposible que algo saliera mal.

Para la presentación estarían rodeados de los diferentes presidentes del G7, el grupo de los siete países con mayor peso político, económico y militar del mundo, junto a los líderes de las siete creencias religiosas con mayor influencia. Todos ellos, de forma conjunta, hoy ocuparían el espacio normalmente destinado a las ponencias y a la Presidencia de la Asamblea que amablemente cedió el protagonismo a los eminentes científicos, los cuales para ese día, tenían de forma extraordinaria el permiso explícito de la organización en exclusiva.

En el centro, ocho pequeñas estructuras verticales dispuestas en paralelo y tapadas por unas lonas azules coronadas con el emblema de la ONU, un mapa del mundo circular, centrado sobre el Polo Norte, y circunscrito dentro de una corona formada por dos ramas de olivo cruzadas y que simbolizan la paz en el mundo.

Poco a poco todo el mundo fue tomando posesión de sus asientos, el estrepitoso ruido de cientos de personas moviéndose y dialogando fue transformándose en un silencio total, todos los focos de atención miraban hacia un mismo lugar, el centro de la sala.

El Presidente de la Asamblea comenzó su ponencia con un breve discurso en el cual daba por iniciada oficialmente aquella sesión extraordinaria, a continuación el Secretario de las Naciones Unidas, la persona de mayor rango dentro de la organización internacional, se dirigió al conjunto de los representantes de las naciones allí presentes, mientras Marshield y Cape seguían con atención sus palabras.

– En esta jornada histórica, la cual llega en un momento crítico para la humanidad, donde la existencia de conflictos armados que se están volviendo del todo incontrolables, donde la emergencia climática continúa empeorando, donde la desconfianza y la división alejan a las personas entre ellas cuando la solidaridad y la colaboración son más necesarias que nunca. Nos encontramos, como familia humana, justo de frente ante una clara disyuntiva: la paz o el peligro perpetuo, la evolución o el deterioro. Ha llegado el momento de elegir todos juntos la primera opción, la paz y la evolución humana. Y os preguntaréis… ¿qué es la paz?, la paz es aquella luz en la oscuridad que nos guía por el único camino que conduce a un futuro mejor para la humanidad. ¿Qué es la paz?, es el estado vital que nos permite respirar cada día, vivir y disfrutar, sin miedo al sufrimiento, todos por igual, y por tanto ¿cuál es el peligro para la paz?, que esta se acabe y que la muerte invada nuestras vidas, justificada como un simple y triste final. Pero, y ¿si la muerte no fuera un final?, ¿tendría sentido acabar con la paz?, hoy nos encontramos ante uno de los momentos más importantes de la historia de la humanidad, hoy apostaremos por la paz y por la vida para siempre jamás. Gracias.

Millones de personas acababan de escuchar aquel discurso, lleno de intenciones, pero hasta ese momento vacío en su contenido, a pesar de ello, los aplausos se hicieron presentes en aquel lugar y en todos los puntos del mundo donde las personas estaban siguiendo aquel acto con atención y un cierto grado de optimismo… ¿qué va a cambiar a partir de este momento?

Ante aquella gran sala, anunciando su presencia a la multitud, el doctor Frank Marshield acompañado del doctor Steve Cape, se dirigen al podio de ponencias.

– Gracias Secretario General por sus emotivas palabras. Antes de empezar quería pedir disculpas porque para hombres de ciencia como nosotros, los discursos y las palabras grandilocuentes no forman parte de nuestra idiosincrasia, por lo que, si nos disculpan, esa parte se la dejaremos a nuestros líderes aquí presentes y a los cuales queremos agradecer enormemente su apoyo y colaboración, y como no… gracias a Roger, Roger Gilabert, cardiólogo catalán y el primero de todos nosotros, sin él hubiera sido imposible llegar a este día de hoy, tan importante para todos nosotros, Roger, Laia, Ona, Joan, John, Pierre,… os debemos tanto. – Mientras le daba un sorbo al vaso de cristal relleno de agua con el fin de poder respirar y con la finalidad de que no se le resecara más la garganta,

Marshield continuó con su discurso. – ¿Se preguntarán que hay debajo de esas lonas azules?, antes de responderles debemos visionar unas imágenes que en parte lo explicarán, por favor inicien la reproducción.

Justo en ese momento, en todas las decenas de pantallas repartidas por toda la sala general, así como en las televisiones, redes sociales, y medios digitales que estaban retransmitiendo el acto, se inicia un video en el cual aparecen ocho personas, personas con cierto peso en sus sociedades: deportistas, políticos, escritores, científicos… de ocho nacionalidades diferentes: Estados Unidos, China, Japón, Rusia, Francia, Alemania, Israel, y Turquía, cada uno de ellos explicando desde cada uno de sus propios países la misma experiencia.

Fueron escogidos para realizar el viaje más extraordinario jamás vivido, un viaje de ida, pero también de retorno, un viaje que va más allá de los límites de la vida. En las imágenes se observa como aquellos hombres y mujeres son introducidos en unas cabinas o cámaras, que según van explicando, después de una breve y controlada parada cardiorrespiratoria son introducidos en su interior para proceder a un proceso de criogenización que durará dos días, y en los cuales permanecerán completamente fallecidos, sin signos vitales, pero conservados sin daño alguno en sus inertes cuerpos.

Una vez finalizadas las imágenes, unos operarios se dirigieron hacia aquellas ocho estructuras verticales ocultas bajo las lonas azules, destapándolas y descubriendo al mundo, ocho cámaras de criogenización con los cuerpos de los ocho voluntarios que habían aparecido anteriormente en el video.

Steve Cape se dirige hacia el micrófono habilitado.

– En efecto, como han podido visionar, hemos provocado artificialmente la muerte de estas personas y, hoy, ahora, procederemos a su resurrección, les devolveremos a la vida tal y como todos nosotros la conocemos. Pero lo sorprendente no será esto, lo sorprendente será escuchar una vez revividos qué tienen que decirnos… Por favor inicien el proceso.

Aquel equipo de operarios comenzó a girar las estructuras horizontalmente e iniciaron el proceso de resurrección a la vez, sobre cada uno de los ocho viajeros internacionales, mientras tanto, Cape y Marshield iban explicando uno a uno, todos los pasos que se realizaban con la finalidad que fueran comprensibles para el mayor número de personas posibles, independientemente de su educación, cultura y estatus.

Poder revivir a personas fallecidas ya fue un gran impacto para todo aquel que estaba en ese momento delante de la televisión, del móvil, tableta u ordenador, visionando aquello, pero sin acabar de comprender que apenas se encontraban ante el primer plato de un extraordinario menú, el cual aún estaba por venir.

Uno a uno, cada uno de aquellos cuerpos fueron recuperados, hasta que, una vez ya despiertos, empezaron a explicar qué habían experimentado, qué habían visto, y dónde habían estado.

La primera en hacerlo fue Margareth Duvall, vicepresidenta de los Estados Unidos de América y seguramente en el futuro, primera presidenta fémina de aquella nación, la cual explicó entusiasmada como había viajado a través de un pasaje hasta llegar a una granja en Missouri, la granja de sus padres, y cómo había estado con ellos después de más de diez años que llevaban fallecidos. El siguiente fue Miroslav Svetlinov, deportista ruso, campeón olímpico de natación, el cual explicó una experiencia propia similar, y así todos y cada uno de los ocho voluntarios.

Todo el planeta estaba impresionado por lo que estaban escuchando, algunos no sabían si creerlo, otros se sentían angustiados por lo que les estaban explicando, el shock era tan grande que, por supuesto la humanidad necesitaría su tiempo para ir digiriendo lo que allí les estaban rebelando. Aún el planeta no estaba preparado, no obstante, sólo era una cuestión de tiempo, un simple proceso al cual se acabaría ineludiblemente llegando.

Después de narrar todas estas experiencias personales, llegó el turno de los siete presidentes y de los siete líderes religiosos, los cuales explicaron a sus conciudadanos el cambio de paradigma que implicaba este descubrimiento para toda la humanidad, y los cuales anunciaron conjuntamente el inicio de una nueva era.

Finalmente, y como cierre de aquella histórica jornada, nuevamente el italiano Paolo Furbo, Secretario General de las Naciones Unidas, procedió con el discurso de clausura sobre el acto.

"Hoy iniciamos una nueva época, un nuevo camino para todos nosotros, para cada mujer, cada hombre, cada niña y cada niño de este planeta, de nuestro querido planeta.

Por fin podemos responder a una de las grandes preguntas de la civilización humana, donde la vida no se acaba en todo aquello que nuestros ojos ven, ahora ya sabemos y podemos probar que existe otra dimensión, otro mundo que también es nuestro y que será nuestro hogar en el futuro, que está aquí con nosotros, ocupando el mismo lugar, habitado por nuestros seres queridos y los cuales pensábamos que habían dejado de existir. Hoy nuestro dolor dará paso a una nueva esperanza que nos hará mejores.

Cada uno de nosotros debemos transmitir este mensaje, a nuestros padres, a nuestros hijos, a nuestros vecinos y amigos, desde nuestras ciudades, nuestros barrios y nuestras calles, debemos contribuir a dejar un mundo mejor del que nos encontramos, debemos facilitar la vida para el presente y para el futuro, prepararnos para el siguiente paso, prepararnos para nuestro siguiente hogar.

A partir de hoy, y gracias al acuerdo unánime de los 193 miembros soberanos de esta Asamblea, distribuiremos cientos y cientos de estas cámaras criogénicas repartidas por todo el mundo, y a disposición de todos los países, para que estos puedan facilitar a sus habitantes, a todos los habitantes del planeta que lo deseen, la posibilidad de viajar al otro lado y de estar cuando deseen con sus seres que creían ya fallecidos. Un nuevo paradigma, una nueva era que hoy se inicia, y que establecerá desde hoy en adelante, en el cual viviremos todos juntos a partir de ahora, un nuevo orden mundial.

ORDO MUNDUM SINE FINE."

FIN

CRONOGRAMA

- 2003 -

Enero

      C8 RESIDENTES

- 2004 -

Abril

      C44 TIERRA SANTA

Mayo

      C45 LA NOTA

Noviembre

      C27 HACER LAS AMÉRICAS

      C28 CHARLOTTESVILLE

- 2005 -

Enero

      C37 HIPOTERMIA INDUCIDA

Septiembre

DOCUMENTACIÓN

Si te interesa y quiere tener mayor información sobre las investigaciones, informes, y documentos recopilados y tratados en esta historia, en el blog de SINE FINE (sinefinebook.com) tienes a tu disposición, entre otros:

-*Fundación Elisabeth Kübler-Ross*

-*DOPS Division Perceptual Studies (Universidad de Virginia)*

-*IANDS Asociación Internacional Estudios Cercanos a la Muerte*

-*NDERF Near-Death Experience Research Fundation*

-*El caso de Einz*

-*Criogénica*

-*Jose Miguel Gaona*

-*El Parlamento Mundial de las Religiones*

Blog de SINEFINEBOOK.COM

Muchas gracias por haberme dado la oportunidad que conozcas mi novela, espero que te haya gustado, y si tienes alguna aportación sea del tipo que sea, será siempre bienvenida. Agradeceré, si lo estimas oportuno, una reseña en la tienda donde lo hayas adquirido, como escritor independiente esto me ayudará a darle mayor visibilidad a la novela.

Por supuesto, te invito a visitar la web y/o conectarte a las redes sociales de SINE FINE.

Israel

WWW.SINEFINEBOOK.COM

FB.COM/sinefinebook

INSTAGRAM: @sinefinebook